Les Inventeurs
et L'Étoile de la Victoire

A. M. Morgen

Les Inventeurs et L'Étoile de la Victoire

Traduit de l'anglais (États-Unis) par
Marie Cambolieu

Albin Michel Jeunesse

Titre original :
THE INVENTORS AT N°8
(Première publication : Little, Brown and Company,
Hachette Book Group, 2018)

Carte intérieure de Diana Sousa
pour l'image de la carte intérieure,

Illustration de couverture de Iacopo Bruno

Pour I. R.
Désolé, tu ne figures pas
dans ce livre. Mais j'espère
que tu le liras quand même un jour.

WESTERN HEMISPHERE
North Pole
South Pole
NORTH AMERICA
SOUTH AMERICA
PACIFIC OCEAN
ATLANTIC OCEAN
SOUTH SEA
SOUTHERN OCEAN
Tropic of Cancer
Tropic of Capricorn
Equinoctial Line
Antarctic Circle
Arctic Circle
NEW ZEALAND
MEXICO
CANADA
PERU
PARAGUAY
BRASIL
LOUISIANA
Gallipagos
Easter I.
Marquesas
Norfolk I.
Tropic of Capricorn

EASTERN HEMISPHERE
North Pole
South Pole
RUSSIAN EMPIRE
ASIA
EUROPE
AFRICA
PERSIA
CHINA
TIBET
WESTERN TARTARY
EASTERN TARTARY
ETHIOPIA
INDIAN OCEAN
EASTERN OCEAN
SOUTHERN OCEAN
NEW HOLLAND
NEW SOUTH WALES
Tropic of Capricorn
Hottentots
Monomotapa
Congo
Bengal
Mecca
Kalmucks
Sandy Desert
Cook's Track 1773

PROLOGUE

Si, parfois, le sort s'acharne, pour George – troisième lord de Devonshire –, il frisait la persécution. Et George avait de quoi le prouver.

Preuve n° 1 : Lady Devonshire, sa mère, mourut à sa naissance.

Preuve n° 2 : À l'âge de quatre ans, George marcha sur les mains. La prouesse surprit tant sa gouvernante adorée que celle-ci s'étouffa avec un caramel. Depuis ce jour, George s'abstint d'exhiber le moindre talent physique, de peur de tuer quelqu'un.

Preuve n° 3 : Pour son dixième anniversaire, son père lui offrit une paire de patins à roulettes flambant neufs. Mais sans laisser à George le temps de les enfiler, son père voulut absolument les essayer le premier. Il s'élança, dégringola par la fenêtre du troisième étage et atterrit la tête la première sur un mur de briques, dans le jardin, au pied de son propre père, le premier lord de Devonshire.

Preuve n° 4 : Le premier lord de Devonshire, le grand-père de George, fut secrètement soulagé de la disparition de son fils. Il put enfin cesser de cacher les objets de valeur sous le plancher, de crainte que son fils ne les vende pour éponger ses dettes de jeu. Pour des raisons connues de lui seul, le premier lord de Devonshire enterra immédiatement le deuxième lord dans le jardin. Mais il n'avait plus l'habitude de ce genre d'exercice et, victime d'une crise cardiaque, il mourut sans prononcer un mot.

Preuve n° 5 : Après avoir organisé les funérailles du premier lord, le majordome et la cuisinière s'enfuirent ensemble, pour se marier au bord de la mer. Il était désormais clair que la maison des lords de Devonshire – voire George lui-même – était atteinte d'un cas de poisse particulièrement tenace. George ne fut donc pas surpris quand, peu après, il apprit que le majordome et la cuisinière s'étaient noyés pendant leur lune de miel, lors de leur première baignade.

Preuve n° 6 : La domestique, sortie acheter des fleurs pour la tombe du premier lord, fut renversée par une voiture à cheval en quittant la boutique.

Alors que le soir tombait sur le dixième anniversaire du troisième lord, le n° 8, Dorset Square ne comptait plus que deux occupants : George et le nouveau vieux valet, nommé Frobisher.

Frobisher avait remplacé l'ancien vieux valet, mort quelques semaines plus tôt (Preuve n° 7). À peine arrivé, Frobisher montra des signes d'une laryngite et d'un rhume sévères (Preuve n° 8) et se mit au lit. Étonnamment, ni sa fièvre ni ses cordes vocales enflées n'eurent raison de lui. Mais dès lors, son nez ne cessa de couler et il perdit l'usage de la parole.

En cette terrible journée d'anniversaire, George, troisième lord de Devonshire, devint orphelin et maître du n° 8, Dorset Square.

Était-ce tragique ? Absolument.

Le troisième lord de Devonshire était-il le garçon le plus malchanceux de Londres, voire de l'Empire britannique tout entier ? Vraisemblablement.

Était-il possible que le garçon le plus malchanceux du monde devienne en même temps le plus chanceux ? Vraisemblablement.

Encore fallait-il avoir le courage de tenter sa chance.

CHAPITRE PREMIER

Pour son douzième anniversaire, George, troisième lord de Devonshire, se réveilla de mauvaise humeur.

D'abord, parce qu'il pleuvait. Rien d'étonnant en Angleterre, mais si la pluie se révélait déjà pénible à l'extérieur, chez George, il pleuvait également à l'intérieur. Il fut tiré de son sommeil par de grosses gouttes qui s'écrasaient sur son nez.

– Joyeux anniversaire, murmura-t-il pour lui-même.

Floc, répondit la pluie.

George revêtit son plus beau costume, qui était aussi le seul qu'il possédait. Il avait vendu son dernier pantalon de rechange le mercredi précédent. Il passa ensuite à la cuisine pour prendre son petit déjeuner habituel, composé d'eau chaude et de croûtes de pain.

Frobisher avait disparu. Il s'était sans doute rendu chez l'antiquaire. La veille, George l'avait chargé de vendre un vieil uniforme mité, celui d'officier de marine de son grand-père. George aurait pu s'en occuper lui-même, mais il n'avait plus quitté cette demeure en ruine depuis son dixième anniversaire, soit deux ans jour pour jour. Il ne se fiait guère au Monde Extérieur, derrière les portes du n° 8. Sa malchance l'y rattraperait sûrement.

Sans Frobisher, il se sentait pourtant bien seul dans cette maison. À part le valet et Mme Daly, bien sûr, le rat apprivoisé de Frobisher, il ne lui restait guère que les huissiers, qui venaient régulièrement exiger le paiement des dettes laissées par son père.

George, qui n'avait rien de particulier à faire, poursuivit sa routine matinale. Comme tous les jours, il ramassa soigneusement les escargots qui s'étaient introduits à l'intérieur par les plinthes pourries et les déposa dans un seau rouillé, que Frobisher sortait dans le jardin. Un jour sur deux, il passait aussi en revue les pièces décrépites à la recherche d'objets susceptibles d'être vendus.

En deux ans, il avait vidé la maison familiale de tous ses meubles et bibelots, comme un puzzle qu'on désassemble. Il avait chargé Frobisher de céder les tapisseries, les beaux fauteuils recouverts de cuir, l'argenterie et les miroirs, les lustres et les lampes, ainsi que les portraits de lointains ancêtres aux joues roses. Il avait bradé la grande cage où vivait autrefois le pauvre perroquet de Frobisher (« Frobisher Junior »), mort dévoré par une grosse chouette entrée par une fenêtre ouverte (Preuve n° 9). Mais George devait payer les huissiers, qui menaçaient de saisir le n° 8, Dorset Square. Or si on lui prenait sa maison, il serait séparé de Frobisher, envoyé dans un orphelinat où il mangerait du gruau et partagerait son lit avec des puces.

Il préférait encore partager le n° 8 avec des escargots. Et Frobisher.

Après avoir fouillé le moindre recoin et regardé sous les lattes du parquet, George ne trouva rien d'autre à vendre qu'une portée de souriceaux. Il ouvrit son livre de comptes où il calculait ses « Revenus et Dépenses ».

Revenus	Dépenses
1. Uniforme de marin de Grand-père.	1. Encore du cheddar pour Mme Daly... 50 pence.
2. Sept souriceaux.	2. Pastilles (à la cerise, les préférées de Frobisher)... 63 pence.
3. Dix seaux d'eau de pluie.	3. Ravaudage de mon pantalon (dernière paire... il faut bien sauver les apparences)... 32 pence.
4. Le périscope de Frobisher.	

D'un trait ferme, il raya le périscope de Frobisher de la liste. L'objet appartenait à son valet et George s'en voulut d'avoir songé à le vendre.

George lissa l'épi qui se dressait sur sa chevelure blonde – comme toujours lorsqu'il était nerveux. L'uniforme du grand-père était donc leur dernière source de revenus. Ensuite, il ne leur resterait que leurs chemises.

Et, bien entendu, la carte.

Mais George ne mettrait pas la carte sur cette liste : il avait juré de ne jamais s'en séparer.

George sursauta lorsque quelque chose frappa la fenêtre. Une série de *boum* et de *clac* résonna dans la maison vide. Le cœur battant, il se tourna vers la vitre. Et si quelqu'un était finalement venu pour l'emmener ? Mais il ne vit que les branches du magnolia secouées par le vent.

Il s'aperçut alors que Frobisher était parti depuis plusieurs heures. Jamais il ne s'était senti aussi seul.

Et si Frobisher ne revenait pas ?

Et si sa terrible malédiction avait fait de Frobisher sa nouvelle victime (Preuve n° 10) ?

Un craquement sonore au pied de l'escalier brisa le silence. Puis un raclement contre la fenêtre, comme si quelqu'un la tapotait d'un doigt long et fin.

– Frobisher ? cria-t-il, plein d'espoir.

Évidemment, il n'eut aucune réponse. Frobisher était presque sourd et ne pouvait pas l'entendre depuis l'étage inférieur. Un autre frisson le parcourut lorsqu'un net grincement résonna dans toute la maison. Il s'accroupit sans un bruit. Le mois précédent, il avait demandé à Frobisher de vendre le sabre de son grand-père. Ce fichu sort avait voulu qu'il en ait besoin après s'en être débarrassé. George se glissa vers l'escalier.

– Il y a quelqu'un ? appela-t-il.

Quelqu'un... qu'un... un... répéta l'écho.

Il descendit lentement les marches jusqu'au salon, évitant les plus grinçantes – soit la plupart – et retint son souffle...

Avec un cri guttural, il surgit dans la pièce.

Celle-ci semblait vide.

Mais non.

Un mouvement attira son regard vers la fenêtre, où un rideau était écarté. Un oiseau noir se trouvait perché sur le rebord, à l'extérieur. Il pencha la tête et l'observa en clignant des yeux. *Croa !* lâcha-t-il en tapotant son bec contre la vitre.

– Viens ici, lui ordonna George.

George n'aimait pas vraiment les animaux, mais Frobisher aurait peut-être envie de remplacer son perroquet, Frobisher Junior. Il aurait alors une bonne raison de rester au n° 8, Dorset Square malgré toutes celles qui l'incitaient à partir. Or George ne voulait pas qu'il s'en aille. Sans Frobisher, il se sentirait bien seul.

Mais l'oiseau s'envola, fila à travers les arbres de l'autre côté de Dorset Square pour finalement s'engouffrer par la fenêtre ouverte du n° 5.

S'il n'était pas rare qu'un oiseau s'invite au n° 8, cela paraissait en revanche fort étrange pour le n° 5. George savait que les Milbanke y résidaient parfois l'hiver, mais la plupart du temps, la maison semblait aussi hermétiquement fermée qu'une boîte de sardines. Un proche de la famille, le poète Lord Byron, y avait séjourné quelques fois, mais on ne l'y avait pas revu depuis des années. Un soir de l'été précédent, George avait entendu, par la fenêtre de la cuisine, les domestiques du n° 7 raconter que le lord y avait laissé d'« encombrants bagages » et n'était jamais revenu les chercher.

– Cet animal stupide, maugréa George, honteux d'avoir eu peur d'un oiseau.

Il avait sans doute imaginé ces bruits. Il lâcha le battant de la fenêtre, qui se claqua violemment. Il repoussa le verrou rouillé aussi loin que possible.

C'est là qu'une main lourde s'abattit sur son épaule. George poussa un cri.

CHAPITRE DEUX

Ce n'était que Frobisher, revenu de sa visite chez l'antiquaire. George s'empressa de muer son cri en exercices vocaux. Mais en voyant la mine abattue du vieux domestique aux joues déjà pendantes, George cessa ses fredonnements. Son embarras se changea en inquiétude.

– Frobisher… Que t'arrive-t-il ?

Frobisher dénoua lentement l'écharpe autour de son cou, déboutonna son manteau et ôta les nombreux bonnets que George le persuadait d'enfiler. Puis, plus doucement encore, il ouvrit la main, au creux de laquelle se trouvaient quatre petites pièces.

George les compta rapidement, deux fois, puis trois. La mort dans l'âme, il recompta.

– Seulement quatre shillings pour l'uniforme de Grand-Père ?

Frobisher acquiesça, l'air sombre.

– Tu as essayé chez Twombly ?

Frobisher opina du chef.

George sentit sa gorge se serrer, sèche comme s'il avait avalé du sable.

– Et chez Wadsworth ? Harris ? Cotswold ?

La face grise de Frobisher se flétrit, comme une vieille laitue au soleil.

George s'efforça de maîtriser sa panique.

– Mais il valait beaucoup plus ! Une centaine de shillings. Au moins ! C'était une antiquité, le fleuron de la collection de mon grand-père, le célèbre héros des mers, le premier lord de Devonshire. Tu as expliqué tout cela ?

Une fois de plus, Frobisher hocha la tête. George se lança dans quelques calculs. Cet argent ne couvrirait qu'une semaine de frais, pas plus. Impossible de vendre le manteau, l'écharpe ou les bonnets indispensables à Frobisher.

À ce rythme, la maison serait saisie d'ici à la fin du mois. George imaginait déjà le rictus hideux du directeur de l'orphelinat venu le chercher...

– C'est la dernière fois que je propose quelque chose à Wadsworth. Ou Cotswold ! Ou Harris !

Pour plus d'effet, il frappa du poing contre le chambranle de la porte, mais se mordit les lèvres de douleur. Les larmes lui montaient aux yeux. Il n'y avait plus rien à vendre.

Excepté...

Une seule chose, dont il avait promis de ne jamais se séparer.

– Demain, tu vendras la carte de l'Étoile de la Victoire, s'entendit-il déclarer.

Prononcer cette simple phrase l'anéantit. Même la pièce sembla pâlir.

Frobisher écarquilla ses yeux humides. Il secoua farouchement la tête, en agitant les bras d'avant en arrière (sa façon silencieuse de hurler), car il savait que la carte menant à l'Étoile de la Victoire – un joyau inestimable qui assurait la victoire militaire à celui qui le possédait – était l'objet le plus précieux laissé à George par son grand-père. Le véritable héritage de George n'était ni les portraits poussiéreux ni les meubles croulants, mais ce vieux papier.

J'ai exploré des coins reculés du globe dont tu ne soupçonnes pas l'existence, racontait son grand-père. *Et tout est là, sur cette carte. Un jour, avec un peu de chance, tu découvriras ses secrets.*

Le premier lord, autrefois un héros des mers, aurait voulu voir George suivre ses traces, prendre la carte et retrouver l'Étoile de la Victoire. Mais George n'avait aucune envie de devenir un héros du Monde Extérieur. Tout ce qu'il souhaitait sauver, c'était sa demeure et sa petite vie paisible. Son Monde Intérieur.

– C'est un ordre, Frobisher. C'est l'unique moyen d'éponger les dettes de mon père et de garder la maison. J'aurais dû la vendre en premier, non en dernier, déclara George d'une voix ferme, comme pour s'en convaincre. Va donc finir d'abattre le magnolia, dans le jardin. Un bon feu nous ferait du bien.

Sans autre choix, George se traîna jusqu'à la bibliothèque qui comptait jadis de nombreux volumes traitant d'histoire, de géographie, de mathématiques et de grammaire. Désormais, seuls subsistaient ceux dont personne n'avait voulu, comme *La Couture utile* ou *L'Histoire du Rhône*.

Il ouvrit un tiroir dans la boiserie pour en sortir la carte et une odeur de vieux papier, qui n'était pas désagréable, emplit ses narines. *Cette carte, c'est ta destinée*, lui avait répété le premier lord de Devonshire. Captivé, George avait écouté son grand-père décrire l'Étoile de la Victoire : *Bleue comme le ciel. Étincelante comme le soleil. Scintillante comme les étoiles.*

Depuis la mort de son grand-père, George avait étudié le document presque chaque jour. Il aurait pu la regarder les yeux fermés. Elle était composée de deux projections azimutales des hémisphères est et ouest, dont les pôles inexplorés étaient marqués par des inscriptions topographiques anguleuses. Les bleus, les verts et les gris des sept mers semblaient si réalistes que George pouvait presque entendre le grondement de leurs eaux dans son sommeil. Conscient que c'était peut-être la dernière fois, il contempla les annotations plus fantaisistes de son grand-père : les serpents de mer colorés enroulés dans les flots des océans, les tortues volantes qui s'élevaient vers les nuages. Il examina les curieux symboles qui ornaient les extrémités de la carte, pareils à des statues brisées de civilisations disparues. Telles étaient les contrées étranges, lointaines qui peuplaient ses rêves… des contrées où tout devenait possible.

Malgré tout cela, il n'avait jamais réussi à comprendre où l'Étoile de la Victoire se trouvait cachée. Aucun « X » ne marquait l'emplacement d'un trésor enfoui, aucune latitude ou longitude n'indiquait le cap à prendre.

Un terrible fracas retentit alors dans la demeure. George sursauta et la carte lui échappa. Le bruit semblait bien trop proche pour provenir du jardin, où Frobisher abattait le magnolia. Un autre choc le cloua sur place. Mais seulement pour une seconde. Poussé par son instinct, il se glissa dans la cheminée, froide et sombre. Non, George n'était pas un lâche : il prévoyait simplement une attaque par surprise, comme tout lord courageux qui se respecte.

Drapé d'ombres, il tendit l'oreille. Les marches craquaient et grinçaient. Il y avait quelqu'un dans la maison et à sa démarche, George comprit que l'intrus cherchait quelque chose… ou quelqu'un. Les pas étaient lents, mais déterminés. Et ils se rapprochaient.

Quelques instants plus tard, ils s'arrêtèrent juste devant la porte de la bibliothèque. George ramena ses genoux contre sa poitrine et se mordit la langue pour ne pas crier. Il ne craignait rien tant qu'il ne faisait pas de bruit. Si l'inconnu était en quête d'argenterie ou de bijoux, il avait choisi le mauvais numéro de Dorset Square, pensa-t-il.

Les pas avancèrent, puis s'immobilisèrent de nouveau. L'intrus était dans la bibliothèque.

La carte ! Son bien le plus précieux ! Son dernier espoir ! Le cœur de George battait sourdement. Il l'avait laissée par terre, bien en vue, au milieu de la pièce vide. Comme la lave d'un volcan, il surgit de la cheminée sans même réfléchir. Il remua les bras et les jambes pour se débarrasser des amas de suie, si bien que des particules noires jaillirent tout autour de lui. Il chercha une arme – n'importe laquelle aurait fait l'affaire – et sa main rencontra le tisonnier. Il le leva telle une épée et l'agita dans tous les sens.

Sa gorge et ses yeux le brûlaient.

– Hors de chez moi ! hurlait-il entre deux quintes de toux.

Lorsqu'il y vit de nouveau clair, George se trouvait seul dans la bibliothèque. Il ne tenait pas le tisonnier – déjà vendu depuis longtemps – mais la balayette.

La carte avait disparu.

Brandissant sa balayette, George se précipita dans le couloir, mais oublia d'enjamber les planches pourries près de la salle à manger. Son pied traversa le bois et il s'étala de tout son long, lâchant sa balayette. Il la chercha à tâtons, mais soudain, l'intrus se plaça devant lui, projetant une ombre immense.

CHAPITRE TROIS

Le voleur était élégamment vêtu. Il portait un haut-de-forme, une redingote d'un rouge sombre, un pantalon blanc et des bottes de cavalier. D'épaisses boucles rousses dépassaient de son chapeau. Vu de près, il n'avait rien d'un vulgaire bandit, d'un criminel, ni d'un meurtrier. Il avait même l'air… respectable.

George éprouva un bref soulagement et il relâcha imperceptiblement la balayette. Les personnes respectables ne s'introduisaient pas chez les gens pour les détrousser. Mais George aperçut alors un papier roulé dans la main de l'intrus.

Son sang parut se figer dans ses veines. La carte de son grand-père. George s'appuya sur un coude et pointa sa balayette vers le torse de l'inconnu. Il espérait sincèrement qu'il ne remarquerait pas qu'il tremblait.

– Lâchez ce papier et sortez d'ici !

L'homme pencha la tête de côté, comme s'il observait un chiot qu'il hésitait à caresser ou à frapper d'un coup de pied. Il esquissa un sourire, puis leva le genou, prêt à lui écraser le crâne avec sa botte. George replia les bras pour parer le coup… mais celui-ci ne vint pas.

La porte du jardin s'était ouverte brutalement.

George écarta juste assez les mains pour apercevoir Frobisher, la bouche déformée par un cri silencieux, qui agitait une branche du magnolia tel un fouet en direction du voleur. Le valet avança, mais d'un mouvement agile, l'autre esquiva pour se glisser derrière lui. Il leva ses deux poings et les abattit violemment sur le dos de Frobisher.

Le domestique s'effondra sur le sol, ses membres curieusement placés.

– Non ! Frobisher !

Tremblant, George se traîna jusqu'au corps inerte de son valet, pour le protéger.

L'inconnu brandit la carte et ouvrit la porte d'entrée. En jetant un dernier regard au vestibule du n° 8, il esquissa un sourire triomphant, découvrant ses dents jaunes et tordues.

C'est alors qu'une créature sombre surgit dans la pièce, filant droit vers le voleur. George reconnut l'oiseau aperçu sur sa fenêtre un peu plus tôt, avec ses plumes d'un noir luisant et son bec étrangement acéré.

L'intrus tourna la tête à l'instant où l'oiseau fondait sur lui. Avec ses serres, celui-ci déchira son chapeau et lui griffa la joue, y laissant une estafilade rouge. L'homme se mit à hurler, remuant frénétiquement les bras pour échapper aux ailes qui s'agitaient devant son visage. Il chancela.

George ramassa sa balayette et, alors que l'autre luttait contre l'oiseau, tenta de lui reprendre la carte. L'inconnu chercha à le repousser, mais George tint bon. L'oiseau lança une nouvelle attaque. Dans la confusion, George réussit à arracher la carte des mains du voleur.

À force de battements d'ailes et de coups de bec, l'oiseau le fit reculer jusqu'au perron. L'intrus parvint à saisir le cou de l'animal et à le renvoyer vers le vestibule, où il percuta le sol comme une pierre, dans un terrible fracas, avant de terminer sa course contre la branche de magnolia. À bout de souffle, George se précipita pour refermer la porte d'entrée sur le bandit. Il la verrouilla, soulagé d'entendre le cliquetis de la serrure.

Bloqué à l'Extérieur, l'inconnu lança un juron – sans doute n'était-il pas si respectable que cela. George risqua un coup d'œil par la fenêtre et comprit que le tumulte avait alerté le voisinage. Le majordome acariâtre du n° 5 et les domestiques trop bavardes du n° 7 étaient sortis de leurs offices pour jeter des regards inquiets vers le n° 8. Le voleur n'oserait pas forcer la porte devant tant de témoins.

– Nous nous reverrons, lâcha celui-ci, d'une voix rocailleuse, avant de s'élancer dans l'allée puis de disparaître.

Épuisé, George se laissa glisser sur le sol près de Frobisher. Il secoua doucement les épaules du vieux valet, qui toussa, battit fébrilement des paupières, avant de le rassurer d'un faible clignement d'œil.

Près de lui se trouvait le haut-de-forme du voleur, tombé dans la confusion. Il empestait la brillantine, cette huile pour cheveux dont son père s'était un jour servi pour lustrer ses mèches.

Frobisher se redressa, massa ses épaules endolories tout en refusant le soutien de George. D'un geste tendre, il tendit le bras vers l'oiseau demeuré inerte sur les dalles du vestibule.

George fut alors pris de pitié devant l'amas noir que Frobisher tenait entre ses mains. L'animal l'avait aidé à récupérer sa carte. Était-il mort (Preuve n° 11) ? Il se pencha. Un frisson le saisit devant le regard vide de l'oiseau et son cou, plié d'une curieuse façon. Mais soudain, comme par miracle, il émit un piaillement.

Ou plutôt… un cliquètement.

Avec un soubresaut, la créature revint à la vie. Malgré son cou tordu, elle releva la tête, et se remit sur ses pattes dans la paume du valet.

– Veux-tu le garder, Frobisher ? proposa George en voyant le visage du vieil homme s'illuminer.

« *Ssss* », siffla l'oiseau, en déployant ses ailes froissées. C'est alors que George remarqua ses serres étincelantes, métalliques.

Ravi, Frobisher le désigna du menton, comme pour inciter George à le caresser. D'un geste prudent, celui-ci plaça la carte sur ses genoux et tendit sa main

– qui tremblait légèrement –, avant de poser un doigt sur le plumage. Son flanc paraissait froid au toucher. George retira aussitôt son bras. Cet oiseau n'était pas fait de chair ou d'os.

C'était un automate.

George n'en avait jamais vu de pareils. Les yeux noirs n'étaient pas vides, mais fixes, faits d'une pierre argentée, et roulaient dans leurs orbites.

Ébahi, George l'observa longuement. La créature sembla se rétablir. Sans que George ait eu le temps de réagir, elle sauta sur son genou, saisit la carte dans son bec gris et s'éleva dans les airs, comme catapultée par un ressort. D'un battement d'ailes, elle fila par la vitre brisée, emportant au loin la plus précieuse – et la dernière – possession de George.

CHAPITRE QUATRE

S'élevant une fois de plus au-dessus du square, l'oiseau mécanique se posa sur le rebord d'une fenêtre, au troisième étage du n° 5.

Encore abasourdi, George ne put qu'observer la scène. Des rideaux de mousseline s'agitèrent et une jeune fille de l'âge de George apparut pour récupérer la créature. Celle-ci sembla jeter un dernier regard au n° 8 en remuant les ailes d'un air triomphant, la carte dans son bec, puis disparut à l'intérieur. La fille referma le battant d'un claquement sec.

George n'avait jamais vu la moindre fille au n° 5.

– Je m'en occupe, Frobisher. Va te reposer. Tu en as besoin, après le mauvais coup que tu as reçu.

Frobisher acquiesça et se dressa fébrilement sur ses jambes. Il tapota le dos de George avant de grimper les marches pour rejoindre sa chambre.

En ouvrant la porte, George se rappela soudain combien il serait seul, vulnérable et en danger, dehors. Il ne s'était plus aventuré à l'Extérieur depuis deux ans. Son cœur battait à tout rompre. Le soleil avait glissé derrière les toits, et le ciel au-dessus de Dorset Square prenait une teinte blafarde de vieux linge. Un écureuil surgit devant lui et George fit un bond en arrière.

La voix de son père revint le hanter : *Tu as autant d'épaules qu'un escargot et du porridge en guise de cervelle.*

– Courage, murmura George pour lui-même.

Non qu'il craignît de quitter la maison. C'était pour le bien des autres qu'il s'isolait, pas pour le sien. Frobisher était l'unique personne qui paraissait relativement immunisée contre sa malchance. Mais si George croisait des gens, combien d'entre eux seraient en danger de mort ? Provoquerait-il une épidémie de peste, ou un nouvel incendie de Londres ?

George passa sa main dans ses cheveux, rajusta sa veste et sortit sur le perron, avant de refermer la porte derrière lui. Dans la rue, les réverbères brillaient d'une intense clarté. La douce brise semblait lui fouetter les joues. Le parfum de l'herbe le prenait à la gorge. En revanche, aucune voiture à cheval ne s'emballa, aucune des maisons voisines ne prit feu. Alors il se dirigea vers l'étroite demeure du n° 5, de l'autre côté du square, faisant un pas, puis un deuxième et encore un troisième, jusqu'à ce qu'il ait quitté l'allée délabrée du n° 8 pour atteindre la rue. Le souffle court, il rallia sa destination en exactement trente-cinq pas. Et son agacement grandit avec chacun d'eux.

Quel toupet ! pensa-t-il en observant le troisième étage où cet horrible oiseau s'était réfugié. À mesure qu'il approchait, son malaise redoublait. Plusieurs fenêtres étaient condamnées par des planches de bois, ou par des chaînes cadenassées. Il avait toujours cru que les propriétaires espéraient ainsi éloigner les voleurs. Et s'ils cherchaient au contraire à retenir quelqu'un prisonnier ? Qui d'autre qu'un fou choisirait un automate pour compagnon ? Et bien entendu, qui d'autre que George, le garçon le plus malchanceux de Londres, aurait un fou pour voisin ? Mais il continua tout de même, car quelqu'un, au n° 5, détenait désormais sa carte.

George souleva le heurtoir de cuivre et frappa une… deux… trois fois.

Un verrou glissa bruyamment derrière la porte. Puis une clé tourna dans la serrure, qui s'ouvrit avec un cliquètement. Une chaîne fut ôtée, puis un second verrou repoussé, avant qu'une nouvelle serrure soit déverrouillée. Enfin, le battant s'écarta sur quelques centimètres, retenu par une autre chaîne.

Le majordome revêche observa George, détaillant ses vêtements couverts de suie, son visage en nage et ses cheveux en bataille.

– Nous n'avons pas besoin de ramoneur.

– Je ne suis pas un ramoneur, s'offusqua George.

Il était sur le point de se présenter, mais se ravisa. Si cet homme connaissait sa famille, admettre qu'il était le troisième lord de Devonshire l'inciterait à poser trop de questions.

– Je dois absolument entrer.

Le majordome fit mine de refermer la porte, mais George la bloqua avec son pied.

– Je voulais dire que... pour moi, le ramonage n'est pas seulement un métier. C'est une vocation. L'entretien des cheminées, le travail bien fait, c'est ma mission, poursuivit-il sans réfléchir. Tenez, la semaine dernière, j'ai découvert un conduit obstrué par un parapluie. Saviez-vous que les parapluies sont les principaux ennemis des conduits de cheminée ?

– Entre, lâcha enfin le majordome. Mais ne bouge pas d'ici. Et si ma maîtresse, Lady Milbanke, n'est pas convaincue, tu déguerpiras aussitôt.

– Merci, répondit George avec un sourire feint – mais poli.

Il attendit que le domestique ait disparu pour se faufiler dans un étroit couloir menant à un escalier. Des piles de journaux et de livres dangereusement branlantes jalonnaient les marches, rendant l'ascension périlleuse. George les évita avec précaution en s'efforçant de ne pas faire de bruit.

La treizième marche céda brutalement sous son poids. Il dut se cramponner à la rampe pour ne pas tomber à la renverse. En baissant les yeux, il remarqua que la marche avait en fait basculé, comme l'interrupteur d'une machine.

La rampe se mit à vibrer tandis que, dans le mur, un mécanisme métallique s'animait avec un vrombissement. George fit un bond en arrière. Une seconde plus tard, un énorme sac de farine s'écrasa avec un choc retentissant là où George se tenait quelques instants plus tôt. Le ronflement de l'engin s'interrompit aussi brusquement qu'il s'était enclenché.

George agrippait si fermement la rampe que ses jointures prirent la couleur de la farine qui recouvrait ses chaussures. Il se sentit soudain très mal. À une seconde près, il aurait pu être catapulté vers le bas de l'escalier comme une quille. Il réprima l'envie pressante de faire demi-tour et de se réfugier au n° 8. Mais il épousseta son front couvert de farine avant d'enjamber le sac et de poursuivre son ascension.

En haut des marches, il entendit un léger cliquetis et reconnut le bruissement d'ailes de l'oiseau mécanique. Le bruit provenait d'une petite porte rouge, au fond du couloir. Il avança et perçut une odeur de sciure de bois et de fumée.

Un filet de lumière s'échappait du battant à peine entrouvert. George redoutait une nouvelle attaque de farine, mais il approcha tout de même l'œil de l'entrebâillement.

Il cherchait l'oiseau, la fille ou la carte, espérant secrètement que cette aventure se terminerait vite. Mais en découvrant ce qui se cachait derrière la porte, il eut soudain le pressentiment qu'elle ne faisait que commencer.

CHAPITRE CINQ

La pièce ressemblait à sa propre chambre – un rectangle grand comme deux voitures à cheval mises bout à bout – mais cela s'arrêtait là. Si sa chambre était vide, à l'exception d'un lit à baldaquin dont les montants avaient été sciés et découpés pour alimenter la cheminée, celle-ci débordait de couleurs. Des centaines de dessins d'oiseaux et d'animaux recouvraient les murs. Les rayonnages des nombreuses bibliothèques étaient encombrés de modèles réduits en plâtre de trains, de bateaux, de chouettes, de coquillages, de maisons miniatures et d'étranges visages. Des morceaux de bois et de fer jonchaient le sol, certains animés d'un mouvement mécanique qui produisait les cliquetis qu'il avait entendus. Dans un coin de la pièce, une figure féminine ailée brandissait un curieux orbe lumineux dans ses mains de bois. Elle semblait l'inviter à entrer.

Derrière un établi, la jeune fille mince aux cheveux noirs qu'il avait aperçue à la fenêtre se penchait sur l'oiseau-automate, si absorbée qu'elle ne paraissait pas avoir remarqué son intrusion. Plusieurs miroirs, installés autour d'une lampe à pétrole, réfléchissaient sa flamme pour en faire un seul et puissant rayon. Une petite trappe ouverte dans le cou de l'oiseau dévoilait ses entrailles métalliques. George la regarda triturer l'automate à l'aide d'une longue pince à épiler.

C'était donc elle qui avait inventé cet oiseau chapardeur ! Une fille. Qui devait avoir son âge. Il ne s'attendait pas du tout à cela.

George poussa la porte. Mais une clochette attachée à une ficelle reliée à la poignée intérieure tinta et la jeune fille brune se dressa d'un bond, révélant des yeux démesurés… C'est du moins ce que crut George avant de s'apercevoir qu'elle portait des lunettes grossissantes, maintenues derrière sa tête par ce qui ressemblait à un nœud papillon.

Il était pris au piège. Il inspira profondément, redressa les épaules et ouvrit tout grand le battant.

– Écoute-moi bien, dit-il en imitant le ton ferme des notaires et des huissiers qui se présentaient si souvent à sa porte.

Il avait à peine fait un pas dans la pièce qu'il buta sur un obstacle invisible et atterrit à quatre pattes. Son menton heurta le plancher et ses cheveux retombèrent devant ses yeux. Avant qu'il ait pu se relever, la fille l'avait déjà rejoint.

– Qui êtes-vous ? gronda-t-elle en brandissant sa pince à épiler sous son nez. C'est l'Organisation qui vous envoie ? Répondez, ou bien je vous arrache les yeux !

George voulut parler, mais ne réussit qu'à éternuer, étouffé par la poussière qui recouvrait la chambre. Il écarta ses mèches pleines de suie et tâcha de se remettre debout. Lorsque enfin il se tint sur ses pieds et sonda son regard – grossi par ses lunettes –, elle soupira et baissa le bras.

– Ah, ce n'est que toi. Désolée, je ne t'avais pas reconnu avec mes lunettes. Je t'ai pris pour un espion de l'Organisation. Mère dit toujours qu'on n'est jamais trop prudent. Tu aimes les œufs ? lui lança-t-elle, précipitamment et sans transition, comme si les deux sujets n'avaient rien d'incompatible.

Hébété, George la dévisagea en secouant la tête. Elle tira un œuf dur de sa poche, qu'elle se mit à écaler. Plus il l'observait et plus elle lui semblait grotesque. Ses cheveux noirs étaient rassemblés en une masse de boucles rebelles sur sa tête, comme un chou-fleur. Ses verres glissaient sur ses yeux, qui paraissaient perpétuellement changer de taille. Où étaient donc ses manières, son éducation ? Sortait-elle d'une maison de fous ? Cela expliquerait pourquoi George ne l'avait jamais vue. Mais certainement pas pourquoi elle semblait le connaître.

– Je sais pourquoi tu es là, reprit-elle, la bouche pleine. D'abord, je te dois des excuses.

George réprima un soupir de soulagement, mais le répit fut de courte durée.

– Je suis désolée pour les mollusques.

– Les mollusques ? répéta-t-il, ahuri.

Elle acquiesça d'un air grave et remonta ses lunettes sur son front.

– L'an dernier, j'étudiais les adhésifs et la viscosité, déclara-t-elle comme pour mieux se justifier. J'ai collecté plus de mille mollusques, avec et sans coquille, de toutes les tailles, de la plus commune des limaces jusqu'à l'escargot à coquille bleue d'Amérique du Sud. Soit deux cents de plus que Charles.

Les questions se succédaient si rapidement dans l'esprit de George qu'il sentit la tête lui tourner.

– Charles ? Qui est Charles ?

– Tu ne le croiras pas, mais j'ai oublié de refermer leur boîte ! Tu n'imagines pas à quelle vitesse ils ont réussi à s'échapper, pour des animaux aussi lents. Je suis contente que Frobisher ait eu l'idée de les remettre dans le jardin, mais tu pourrais peut-être lui demander de les relâcher un peu plus loin.

George aplatit son épi en bredouillant.

– Comment sais-tu que... Est-ce que tu m'espionnais ? s'exclama-t-il, soudain furieux.

– Évidemment, l'assura-t-elle en ouvrant de grands yeux, comme si elle craignait de le vexer en affirmant le contraire. Tous les jours, depuis près d'un an, maintenant. Et cela s'est avéré payant. Enfin, pour toi, bien sûr.

Avec un large sourire, elle fit une profonde révérence, en retenant sa jupe d'une main et en posant l'autre sur sa poitrine.

– Ada Byron.

Cette présentation aurait pu sembler élégante si la jeune fille n'avait pas eu la bouche pleine. George s'inclina aussitôt, comme un gentleman se doit de le faire devant une lady.

– Charmé de faire votre connaissance, Miss Byron, mentit-il. Je m'appelle George, troisième lord de Devonshire. Ce ne sont ni les limaces ni les escargots qui m'amènent ici. C'est lui, ajouta-t-il en se redressant et en pointant l'oiseau du doigt. J'ai bien peur d'avoir à m'en plaindre.

La créature paraissait mal en point, posée sur l'établi, révélant ses entrailles mécaniques.

Ada fronça les sourcils.

– T'en plaindre ? Il t'a sauvé la mise, me semble-t-il.

– Je maîtrisais parfaitement la situation, répliqua George. J'étais en train de mettre cet intrus en fuite avant qu'il ait pu dérober le moindre objet de valeur.

Il rougit, espérant qu'elle ne l'aurait pas suffisamment espionné pour savoir qu'il n'avait plus rien à voler.

– Il était à genoux et me suppliait de l'épargner quand ton oiseau a attaqué.

Ada le regarda en penchant la tête.

– Tu mens. Si on peut parfois accepter le mensonge, dans ce cas, il n'a aucune justification si ce n'est protéger ton ego.

– Mon quoi ?

– À ce que j'ai pu observer, si mon automate n'avait pas volé à ton secours, cet homme allait quitter ta demeure en emportant cette précieuse carte, reprit-elle en désignant le document, roulée sur l'établi.

– Je me débrouillais très bien tout seul, bougonna George.

Il avança vers la carte et tendit la main. Mais Ada fut plus rapide.

– Je crois que tu me dois aussi des excuses. Je t'ai rendu service.

George allait répliquer, mais se ravisa.

– Comment sais-tu que cette carte a de la valeur ? Demanda-t-il, soupçonneux.

– Parce que quelqu'un cherchait à la dérober. Parce que c'est pratiquement la dernière chose que tu possèdes et que tu n'aies pas encore vendue. Alors, qu'est-ce que c'est ? demanda-t-elle, presque pour elle-même.

Elle ouvrit le papier sur l'établi et sortit une loupe de sa poche pour mieux l'examiner.

– Elle est magnifique. Sans doute unique.

Flatté, George se redressa. Cette fille semblait certes étrange, mais elle ne ressemblait pas à une voleuse, même si elle s'était emparée de l'objet.

– Elle indique l'emplacement d'une pierre précieuse d'une importance historique considérable. Et c'est effectivement une pièce unique. Je le sais, car c'est mon grand-père qui l'a dessinée.

Avec sa loupe, Ada s'attarda un instant sur le nom latin « *Stella Victoriae* ».

– Étoile victorieuse, murmura-t-elle.

– L'Étoile de la Victoire, corrigea George d'un air méfiant.

Ada cherchait-elle à lui prendre la carte, elle aussi ? Mais dans ce cas, son oiseau aurait pu tout simplement disparaître avec elle…

– C'est une véritable œuvre d'art, poursuivit-elle, si bien que George songea avec admiration à son grand-père. Enfin, si on omet ces ratures et ces erreurs, comme celle-ci, sur la Suisse.

– Des erreurs ? s'étrangla George.

Ridicule ! Il suivit le doigt d'Ada, qui désignait deux symboles en pointe, au-dessus du lac Léman.

– Ce n'est pas une erreur, Miss Byron. C'est la lettre grecque lambda, l'initiale du lac. Elles sont un peu de travers, car mon grand-père avait un style d'écriture bien à lui. Je connais cette carte mieux que personne.

Ada le dévisagea. Ou plutôt, elle semblait voir clair en lui.

– Étonnant, dit-elle. Ne trouves-tu pas curieux qu'on ait cherché à te la voler le jour où Frobisher sort pour se rendre chez un antiquaire ?

Elle savait donc cela aussi ?

– Simple malchance, répondit George. À ce propos, je dois absolument rentrer m'occuper de lui. Sa santé est fragile et ton oiseau lui a fait une peur bleue. Si tu veux bien me rendre ma carte, je vais m'en aller.

– Tu as tort, une fois de plus. Laisse-moi te dire ce que je sais.

– Cela ne m'intéresse pas.

Ada ne sembla pas l'entendre, ou refusa de l'écouter.

– C'est certainement l'œuvre de l'Organisation. Ce ne sont pas de vulgaires voleurs, poursuivit-elle en l'arrêtant lorsqu'il essaya de protester. Ils agissent, tapis dans l'ombre, sans jamais dévoiler leurs véritables intentions. Mon père me racontait souvent des histoires à leur sujet.

Me racontait. Les mots d'Ada l'ébranlèrent. George se demandait quoi penser de cette jeune fille, mais il connaissait trop bien le sentiment de perdre quelqu'un.

– Miss Byron, reprit-il avec douceur. Je suis désolée d'apprendre que ton père a… disparu.

Il s'interrompit, pensant qu'elle ajouterait quelque chose, mais elle se contenta de hocher la tête. Il avait donc vu juste. Comme lui, Ada avait perdu son père.

– Ce vol n'était pas le fait d'une… euh… organisation.

Ada le considéra quelques instants en silence – un record pour la jeune fille.

– Lord Devonshire, je doutais moi aussi de leur existence, au début. Je refusais de croire ma mère lorsqu'elle m'affirmait qu'ils avaient poussé mon père à partir. Qu'il nous avait laissées pour notre propre sécurité. Puis j'ai remarqué les individus qui rôdaient, autour de Dorset Square. Puis ce bandit s'est introduit chez toi : dans une maison qui – sans vouloir t'offenser – ne contient aucun objet de valeur hormis cette carte.

Ada désigna la demeure décrépite du n° 8.

– J'ai un esprit scientifique et je ne peux pas ignorer les indices. Ils convoitent certainement l'Étoile de la Victoire.

– Mais c'était un homme seul, argua George. Un homme roux, avec une horrible redingote rouge qui empestait la brillantine.

– Les criminels aussi utilisent de la brillantine, tu sais, répliqua Ada en croisant les bras. Et ceux-là sont de véritables termites. Ils sont partout, se glissent dans la foule, et grignotent les fondations de notre société jusqu'à réduire le royaume tout entier en poussière.

– Je n'ai jamais entendu parler de criminels pareils, s'esclaffa George.

– Peut-être parce que tu ne sors pas de chez toi et que tu n'as jamais rencontré quelqu'un comme moi, susceptible de te mettre en garde.

Furieux, George piqua un fard, mais Ada ne sembla pas le remarquer.

– Tu es grotesque ! Comment une organisation inconnue pourrait-elle renverser un gouvernement ?

– Ce n'est pas *une* organisation, c'est l'Organisation, s'agaça Ada. Tu es vraiment naïf. Je l'étais aussi. L'Organisation pourrait avoir des membres infiltrés dans l'armée britannique, chez le roi ! Je n'ai pas encore identifié l'origine de leurs fonds, mais… imagine ce dont ils seraient capables avec une fortune à leur disposition.

Ses yeux luisaient avec une intensité qui perturba George.

– Oui… Ils veulent sûrement l'Étoile. Elle a de la valeur.

George ne savait que penser de cette étrange jeune fille et de ses théories farfelues, mais elle avait raison sur un point. La carte avait de la valeur.

– Nous allons devoir partir tout de suite, déclara Ada.

– Partir ?

– D'abord pour récupérer l'Étoile de la Victoire. Ils la convoitent certainement dans un but malfaisant.

Elle dévisagea George. Le tic-tac d'une pendule, posée sur une étagère, sembla soudain assourdissant. Son balancier oscillait de gauche à droite, comme pour trancher l'épais silence de la pièce.

– De toute façon, tu n'as rien de mieux à faire.

L'espace d'un instant, comme il l'avait si souvent fait avant la mort de son grand-père, George s'imagina retrouver l'Étoile, cachée dans une contrée lointaine, enneigée. Il sauterait du bateau, s'accrocherait à un iceberg pour atteindre la banquise, puis inspirerait l'air glacé avant de crier : « Moi, le roi George, je me déclare souverain du Continent Inconnu, possesseur de l'Étoile de la Victoire ! » Puis il planterait dans la neige un drapeau aux armes des Devonshire. Après quoi, dans son fantasme, le sol se fissurait et s'ouvrait en deux, avant de les engloutir, lui et tous ceux qui avaient eu la malchance de le suivre dans sa quête. Mais la voix d'Ada dissipa ses pensées.

– Je te rendrais service, d'ailleurs. Tu dois t'ennuyer. Et te sentir seul.

Il lui arracha la carte des mains. Il était resté bien trop longtemps dans cette maison.

– Je te prierais d'avoir l'obligeance de ne plus te mêler de mes affaires, à l'avenir. Bonne journée, Miss Byron.

En le voyant glisser le document dans la poche intérieure de sa veste, Ada écarquilla les yeux. Elle sembla sur le point de le supplier, ou peut-être de le lui reprendre. Mais avant même d'avoir ouvert la bouche, elle changea brusquement d'attitude. Son expression s'adoucit et elle haussa les épaules.

– À ta guise.

George quitta la pièce d'un pas furieux, descendit l'escalier, et traversa Dorset Square pour regagner le n° 8. Il fulminait. Pour qui se prenait-elle, cette Miss Ada Byron, avec ses lunettes grossissantes, ses machines, ses grands airs et ses poches pleines d'œufs durs ?

Comment osait-elle lui dire qu'il se sentait seul ? Lui, au moins, ne s'amusait pas avec des jouets en forme d'animaux toute la journée. Il avait ses Revenus, ses Dépenses et pouvait même lire *L'Histoire du Rhône* s'il s'ennuyait. Bientôt, il gagnerait peut-être assez pour garder un toit au-dessus de sa tête et de celle de Frobisher. Il pourrait lui payer autant de pastilles qu'il voudrait, des visites chez le médecin et recommencer à lui régler ses gages.

D'ailleurs, Ada l'avait conforté dans son opinion. La carte ne lui aurait apporté que des chimères, qu'un jeune homme de son âge ne devait pas poursuivre. Le sort de son père aurait dû le lui rappeler. Ces idées ridicules ne feraient que nourrir sa malchance.

Demain, il vendrait cette carte, quoi qu'il arrive, au meilleur prix possible.

C'était du moins ce qu'il avait prévu, avant que le voleur roux ne surgisse du coin de la rue pour la lui reprendre.

CHAPITRE SIX

Le voleur se hissa sur son cheval avec adresse. Son visage et son cou portaient encore les égratignures laissées par l'oiseau-automate. George aperçut sa selle rouge, avec une couverture brodée de fil d'or aux armes de la royauté avec les initiales EPK avant que l'homme ne disparaisse au galop, ses boucles s'agitant dans le vent. Il brandissait la carte comme un trophée.

George demeura cloué sur place, le souffle court et les poings serrés, le cœur battant.

– Je t'avais prévenu que l'Organisation te suivait ! dit une voix douce.

Depuis sa chambre du n° 5, Ada le considérait d'un air navré.

– Tu aurais dû accepter mon aide !

– Je m'en passe très bien, répliqua George.

– Parfait ! siffla Ada, en claquant la fenêtre.

George regretta aussitôt ses paroles. Elle avait vu juste au sujet du vol. Avait-elle aussi raison pour l'Organisation ? George n'était pas de taille à lutter contre un tel groupe criminel. Même les escargots n'avaient pas peur de lui. Mais plutôt avaler le contenu d'un flacon de brillantine que d'avouer qu'il avait besoin d'elle.

Les lettres « EPK » lui revinrent en mémoire. *EPK.* L'emblème, la redingote pourpre du voleur, ses bottes de cavalier, la brillantine hors de prix, et ces initiales pointaient vers un seul et même endroit : les Écuries du palais de Kensington.

Lorsqu'il était enfant (et avant que la malédiction ne fasse sa deuxième victime), sa gouvernante l'emmenait faire de longues promenades à Hyde Park pour regarder les canards de la rivière Serpentine. Il se rappela qu'en se dirigeant vers le sud, il trouverait le palais de Kensington, résidence de la famille royale, tout près de Hyde Park.

Il eut l'impression de marcher pendant des heures, mais finit par atteindre les grilles du parc et les jardins de Kensington, qui lui semblèrent plus splendides encore que dans son souvenir. Il contourna l'enceinte jusqu'à apercevoir les cheminées de briques rouges du palais qui s'élevaient au-dessus des cimes. L'imposant portail, orné du même blason doré que la selle du voleur, était surveillé par six gardes aux vestes écarlates, aux coiffes impressionnantes.

Évitant de se faire remarquer, il continua son chemin, à la recherche d'une autre entrée. À l'angle de la rue, il vit une porte s'ouvrir pour laisser passer plusieurs voitures. Il pressa le pas, il rattrapa les voitures et courut à leur hauteur pour franchir la grille sans être repéré.

Il croisa des chevaux et plusieurs hommes aux accents prononcés, et s'introduisit dans les écuries, où régnait une forte odeur de fourrage humide et de crottin. Les bêtes piaffaient, hennissaient dans leurs box en bois. Devant chacun d'eux, des selles identiques, rouge et or, étaient suspendues à des crochets. George n'aperçut le voleur roux nulle part.

Il eut un terrible pressentiment. Il avait mis plus d'une heure pour atteindre le palais. Et s'il arrivait trop tard ? Le voleur avait eu le temps de s'enfuir avec la carte. Et s'il n'était tout simplement pas revenu aux écuries ? George jeta un regard à l'intérieur d'un box, espérant peut-être y trouver le bandit, mais il n'y vit qu'un tas de paille mouillée.

Un murmure le fit sursauter.

– George ! *Psst*, George ! Par ici.

Il fit un bond et se retourna sur un garçon sale, devant la porte des écuries, qui lui faisait signe de le suivre. Des traces de boue maculaient ses joues, et sa chevelure brune en bataille était rassemblée sous sa casquette. Avant que George ait pu lui demander ce qu'il lui voulait, ou comment il connaissait son nom, le gamin disparut.

George le suivit à l'extérieur vers une rangée de topiaires. De l'autre côté, quelques marches menaient à un jardin encaissé, près d'un étang où des canards blancs nageaient au milieu des nénuphars. Lorsque George atteignit le point d'eau, le garçon lui avait échappé.

Il reprit son souffle pendant quelques instants. Les paroles d'Ada résonnaient dans son esprit : ces criminels se mêlaient à la foule. Un enfant des rues était bien la dernière personne qu'il aurait suspectée d'appartenir à une organisation secrète. Peut-être devait-il faire plus attention avant de suivre un étranger.

Mais il était trop tard pour faire demi-tour. Après s'être égaré dans une clairière luxuriante, mais tranquille, il se trouva soudain nez à nez avec ce garçon au regard sombre et profond, vêtu d'un costume brun élimé. George ne l'avait jamais vu. Et pourtant…

Il cligna des yeux en reconnaissant le visage sale. *Impossible !*

– Rebonjour, George. J'ai bien cru que tu n'arriverais jamais jusqu'ici.

Ada Byron sortit un œuf dur de sa poche et cassa sa coquille.

– Mon déguisement t'a trompé, pas vrai ? J'ai emprunté l'une de ses ruses à l'Organisation et décidé de me fondre dans le décor.

George la toisa, muet.

– Ferme donc la bouche, Lord Devonshire. Tu vas finir par avaler les mouches.

George s'exécuta. Avec sa malchance, il risquait de s'étouffer. Finalement, il la rouvrit, car la curiosité l'emporta.

– Tu m'as suivi ?

Ada dévora son œuf en trois énormes bouchées.

– Te suivre ? s'esclaffa-t-elle, si bien que ses boucles brunes s'échappèrent de sa casquette. J'essaie de t'aider, figure-toi. Je suis venue récupérer ta carte.

Pour la première fois, il remarqua le rouleau de papier jauni maintenu par un ruban rouge et glissé dans la poche intérieure de sa veste. Sa carte. Une étrange sensation d'incroyable soulagement l'enveloppa.

– Comment... bredouilla-t-il. Quoi... ?

– Je savais qu'un employé des écuries du palais de Kensington l'avait dérobée.

George hocha la tête : il avait reconnu le blason et les initiales brodées sur la selle. Mais comment Ada avait-elle pu les distinguer depuis sa fenêtre ?

– Son attitude, ses vêtements, mais surtout son odeur, expliqua-t-elle avec un sourire.

– Son odeur ?

– La brillantine de Delcroix. C'est toi qui me l'as dit, quand tu t'es introduit chez moi sans même te faire annoncer. C'est un produit bien trop cher pour un simple valet. Mais un membre de la puissante Organisation aurait certainement assez d'argent pour s'offrir ce genre de luxe. J'ai réussi à l'apercevoir et il correspond à la description des palefreniers du roi : grand, avec une redingote rouge et des bottes cavalières, puisqu'ils montent les chevaux.

– C'est, euh…

Stupéfiant. Incroyable. Génial.

– Complètement absurde, conclut George.

– Veux-tu savoir comment j'ai récupéré la carte ? dit-elle en l'effleurant du bout des doigts.

George s'en empara avant qu'elle ait pu essuyer ses mains sales sur le papier.

– Non, merci. À présent, je dois retourner m'occuper de Frobisher.

– J'avais déjà préparé plusieurs plans pour la reprendre, au cas où tu ne serais pas capable de la protéger. Mais je n'imaginais pas devoir les mettre à exécution aussi rapidement.

– Je maîtrisais la situation, s'emporta George.

Ada lui jeta un regard sévère et poursuivit :

– Quoi qu'il en soit, je suis arrivée aux jardins du palais quelques minutes seulement après notre voleur.

– Minutes ? Impossible ! Comment aurais-tu pu venir si vite ?

Elle semblait toujours ignorer ses questions.

– Je suis là, non ? Grâce à mon déguisement, j'ai pu interroger les palefreniers au sujet d'un homme roux. À ce propos, il se nomme Roy. Et je l'ai retrouvé tout de suite.

George croisa les bras.

– Et je suppose que tu t'es contentée de la lui réclamer et qu'il te l'a rendue gentiment ?

Elle fit signe à George de la suivre derrière une haie et poursuivit son récit.

– Bien sûr que non ! J'ai prétendu avoir un message à lui remettre. Personne ne demande jamais d'explications au coursier : seul le contenu compte. J'avais rédigé une lettre précisant que les instructions avaient changé et qu'il devait maintenant déposer la carte dans un grand vase blanc, près de l'orangerie.

– Et il l'a fait ? Il l'a laissée dans un pot de terre près d'une serre ? s'exclama George en examinant la carte.

Avec un large sourire, Ada souleva une branche pour lui ouvrir le passage vers une petite allée.

– Évidemment, c'était un jeu d'enfant !

– J'aurais pu me débrouiller... marmonna George en piquant un fard.

– Seul, je sais, répliqua Ada en levant les yeux au ciel. Et il n'y a pas de quoi.

– J'allais dire que j'aurais pu me débrouiller pour ne pas la salir, mais merci.

– Garde la carte bien cachée. Nous ne sommes pas encore en sécurité.

George hocha la tête et glissa la carte sous sa chemise. Ils s'enfoncèrent dans le parc, le long de plusieurs sentiers, plus étroits et plus tortueux. George suivait Ada, qui semblait parfaitement connaître les environs ;

il remarqua – une fois de plus – qu'elle aurait facilement pu lui voler la carte, mais ne l'avait pas fait.

Alors, pourquoi l'aidait-elle ? Il songea enfin à lui demander où ils allaient.

– Miss Byron, où mène ce...

– C'est un raccourci ! pépia-t-elle joyeusement, en avançant sans se retourner.

Après tant de temps passé entre les murs croulants du n° 8, George avait presque oublié à quel point tout, au-dehors, paraissait vert. Ses yeux ne se posaient jamais deux fois sur la même teinte : le vert scintillant des saules pleureurs, le vert émeraude des haies de buis, et le vert tendre de l'herbe. Au-dessus d'eux, une grive chantait. Sa poitrine s'emplit d'une curieuse sensation, comme si on ouvrait une boîte à musique restée trop longtemps fermée.

George effleura la carte sous sa chemise. En l'espace de quelques heures, elle ne lui avait apporté que des ennuis, songea-t-il. S'en débarrasser serait une véritable chance, peut-être la première de toute son existence. Il aurait aimé qu'Ada se dépêche de regagner Dorset Square. Le soleil commençait à décliner et les arbres allongeaient leurs ombres sur les pelouses.

Deux formes rousses surgirent des buissons et traversèrent le sentier comme des flèches ; George poussa un cri et recula d'un bond, avant d'apercevoir deux écureuils.

– Mieux vaut te tenir sur tes gardes et faire attention à ce qui t'entoure, reprit Ada. Avec l'Organisation, on n'est jamais trop prudent.

– Était-ce ton père qui t'a raconté tant de choses à leur sujet ? demanda George, embarrassé.

Il n'était pas encore certain de la croire. Pourquoi cette organisation aurait-elle cherché à obtenir cette carte ? Il n'avait pas de réponse, mais au fond, que connaissait-il, hors du n° 8, de son toit percé et de *L'Histoire du Rhône* ?

– Au sujet de l'Organisation, oui, dit-elle, les yeux brillants. Mon père savait tout d'eux. Il a même laissé des indices les concernant dans ses poèmes – codés, bien entendu. Il avait tout relaté à ma mère, qui me l'a appris à son tour. Il voulait nous protéger, vois-tu ? Voilà pourquoi elle m'a toujours dit de ne jamais parler de mes inventions. Ils les convoitent. J'en suis sûre.

Elle expliquait tout cela comme s'il était parfaitement normal d'être traqué par des criminels et de vivre barricadée dans sa propre maison.

George s'interrogeait sur ces coïncidences. Ada avait réussi à leur échapper pendant des années et c'était finalement lui qui avait attiré leur attention. Presque aussitôt, il comprit que les événements n'avaient rien d'une coïncidence : c'était, comme toujours, la conséquence de sa malchance.

À un croisement, Ada prit le sentier de gauche. Ils traversèrent un bois, puis, soudain, se retrouvèrent devant un ensemble de pavillons de verre, entourés d'une haute grille de fer. Au-dessus de l'entrée, l'arche portait l'inscription : Ménagerie royale.

George s'immobilisa.

– Une ménagerie dans les jardins du palais ? dit-il d'un air méfiant.

– La princesse Victoria adore les animaux exotiques. Plus ils sont extraordinaires, plus ils la fascinent.

George allait répliquer, mais Ada avait déjà franchi la porte. Lorsqu'elle se referma lourdement derrière elle, un rugissement terrible monta du pavillon central. S'y joignirent des cris et des hurlements qu'aucun humain n'était supposé entendre et encore moins décrire.

CHAPITRE SEPT

Plus que jamais, George aurait aimé pouvoir se téléporter jusqu'au n° 8, Dorset Square. Il n'appréciait guère les animaux de compagnie, comme les cochons d'Inde, les souris ou les lapins. Et encore moins les créatures exotiques. Il suivit Ada vers la ménagerie et entrouvrit la porte du pavillon juste assez pour y glisser la tête. À l'intérieur, il aperçut un rideau de lianes et d'immenses feuilles luisantes.

– Ada, cet endroit n'a rien d'un raccourci...

La voix d'Ada résonna derrière le mur de végétation.

– J'ai décidé de te présenter Oscar. Fais-moi confiance !

Confiance ? Une fois de plus, son attitude étrange le mettait mal à l'aise. Pourtant, elle semblait être de son côté... Du moins, de celui de la carte. Mais s'attarder à l'Extérieur, où il risquait à tout instant d'être rattrapé par ses poursuivants, lui paraissait peu raisonnable. Il poussa tout de même la porte et entra dans le pavillon. Au même moment, quelqu'un le bouscula.

– Scusez ! cria le garçon.

Il portait des vêtements troués, constellés de taches colorées, et tenait dans ses bras ce qui ressemblait à un tout petit enfant enveloppé dans un manteau de fourrure orange. L'enfant se retourna pour regarder George et lui sourit, découvrant une mâchoire énorme. George comprit alors qu'il ne s'agissait pas d'un enfant, mais d'un singe. À l'exception de son visage fripé, à la forme singulièrement humaine, tout son corps était recouvert de longs et fins poils roux.

– Bien sûr.

George suivit le garçon et l'animal à bonne distance dans le pavillon. L'édifice de verre maintenait une chaleur humide, alors même que les hautes plantes tropicales occultaient les vitres.

– Ada, j'ai besoin de toi ! cria le garçon. Ruthie a avalé mon pilon. Je crois qu'elle va mourir !

Mourir ? George se sentit soudain affreusement mal. Sa malédiction avait-elle encore frappé ? Ruthie allait-elle devenir la nouvelle victime (n° 12) de sa malchance ?

– Je suis là, Oscar, lança Ada.

Sa voix calme apaisa aussitôt George. Elle prit le singe dans ses bras et lui palpa le ventre. Il émit un petit gémissement douloureux, mais ne semblait pas en grave danger.

– George, voici Oscar… et Ruthie, qui l'accompagne partout. Oscar étudie la peinture et je l'aide dans sa formation. Ruthie est un orang-outan.

– Euh… fascinant, répondit maladroitement George. Malgré son éducation, il ne savait pas vraiment comment se comporter. Fallait-il formellement se présenter à un singe ? Et cet… Oscar, avait-il un titre, un patronyme ? Il aplatit son épi pour se donner une contenance, mais se tint à l'écart. Au même instant, une troupe de flamants roses, avec leurs hautes pattes et leur cou interminable, traversèrent cette jungle artificielle. Puis un oiseau multicolore plongea du haut d'un arbre pour se poser sur la tête d'Oscar et lisser ses plumes. Tout cela n'aidait pas George à conserver son sens des convenances.

Le petit animal roux suspendu au cou d'Ada se racla furieusement la gorge. Oscar le regarda d'un air affolé.

– Ruthie, ouvre la bouche, dit Ada.

Ruthie observa Oscar, qui tendit les bras et se mit à les agiter dans tous les sens, comme les aiguilles d'une horloge. Ruthie l'imita, puis écarta tout grand ses lèvres fripées pour tirer sa langue rose.

Oscar… communiquait avec un singe ? Impossible ! George se rapprocha.

Oscar semblait plus jeune que lui, avec un visage rond et sincère qui, comme un miroir, trahissait ses moindres émotions. Il avait les yeux, la peau et les cheveux bruns, à l'exception de ses doigts d'un vert éclatant, comme s'il les avait plongés dans une soupe de petits pois. Il tournait autour d'Ada, les yeux rivés sur Ruthie. Lorsqu'il sentit le regard de George, son expression inquiète s'éclaira aussitôt. Ses dents d'adulte n'avaient pas encore poussé et son sourire ressemblait à celui des lanternes de citrouille. Il lui adressa un signe d'une main, tandis que de l'autre, il caressait tendrement la tête de l'animal.

– Bonjour, dit-il joyeusement. Tu accompagnes Ada ? Tu es l'un de ses correspondants scientifiques ?

– Nous sommes voisins, répondit George.

– Ah. Tu es venu voir les oiseaux ? Ada les étudie pour mieux saisir le mécanisme de leurs ailes. Elle me montre leur mouvement et moi, je les dessine. D'après Ada, tous les grands artistes doivent comprendre l'anatomie et le fonctionnement des choses.

– Car Oscar est un grand artiste, expliqua Ada qui continuait d'examiner Ruthie.

– Et Ada est un génie. Elle fréquente les personnes les plus fascinantes. Tous ses amis sont les miens, renchérit Oscar, qui rayonnait.

– Miss Byron et moi ne sommes que de simples connaissances, pas des amis, répliqua George.

Le sourire d'Oscar s'évanouit aussitôt. Il plissa les yeux, comme s'il sondait l'esprit de George.

– C'est dommage pour toi. La mère d'Ada ne lui permet pas de voir beaucoup de gens. Et si sa mère pense que ta compagnie n'est pas convenable pour Ada, tu pourrais peut-être devenir son protégé, comme moi, et elle pourrait t'apprendre des choses.

– Je suis le troisième lord de Devonshire, précisa George sèchement.

C'était la mère d'Ada qui aurait dû solliciter sa compagnie, pas l'inverse !

– Mon grand-père était un héros de la marine durant la guerre.

– Un marin !

Oscar ramena ses bras en X sur sa poitrine, mais George ne comprit pas pourquoi.

– Moi aussi, j'ai du sel dans le sang ! Mon père est marin. Un pirate, pour être exact. Un fameux pirate, ajouta-t-il, comme s'il était normal d'en être fier. Un jour, je le rejoindrai et nous écumerons les mers ensemble. D'ici là, j'ai Ruthie pour me tenir compagnie. Et Ada. Et ma peinture. Je prépare mes propres pigments à base de plantes et de pierres. Veux-tu voir ma collection de minéraux ?

– Non merci, sans façon, siffla George, plus durement qu'il ne l'aurait souhaité. J'ai d'importantes choses à faire. Peut-être une autre fois.

Évitant le regard blessé d'Oscar, il fixa la carte glissée dans sa chemise. Plus il s'attardait avant de regagner le n° 8, plus il risquait de la perdre, ou pire… sa malchance pourrait faire une nouvelle victime.

– Ada et moi étions sur le point de prendre un raccourci pour rentrer à Dorset Square. N'est-ce pas, Miss Byron ?

Oscar sourit, les yeux pétillants de malice.

– Oh, j'adore voler ! C'est tellement plus rapide que la marche ! Ada m'a promis un autre tour dans sa machine, bientôt, pour aller chercher de nouvelles pierres.

– Voler ?

– J'espérais que tu réussirais à le convaincre, Oscar. Allez, montre-le-lui ! Je t'assure que Ruthie va très bien. Je la ramène dans une minute, intervint Ada.

Soulagé, Oscar fit signe à George de le suivre. Celui-ci avança avec précaution dans la végétation luxuriante qui les entourait.

– Qu'est-ce que tu comptes me mon...

Alors qu'il écartait un rideau de lianes, George s'immobilisa, bouche bée. De toutes les choses étranges qu'il avait croisées pendant la journée, celle qui se trouvait dans cette petite clairière artificielle était décidément la plus singulière.

Outre ses plantes immenses, odorantes, et ses créatures exotiques, la ménagerie abritait un gigantesque oiseau mécanique. Il ressemblait trait pour trait à l'automate qui s'était introduit chez lui, mais celui-ci était aussi haut qu'un cheval. Un espace creusé sur son dos comportait deux sièges rembourrés. Deux roues remplaçaient les serres de l'oiseau. Dans leur prolongement, des traces de pneus s'étendaient vers deux grandes portes à l'extrémité du bâtiment.

Instinctivement, George recula. C'était donc cela, son raccourci ? Il se remémora les dessins d'ailes d'oiseau dans la chambre d'Ada et l'engin noir qui s'était élevé au-dessus de Dorset Square. Il comprenait à présent comment Ada avait atteint le parc si vite… et comment elle comptait les ramener chez eux.

La crainte d'un désastre imminent le gagna. Il déglutit péniblement, s'apercevant qu'il avait commis une grave erreur en quittant le n° 8. Et une plus grave encore en suivant Ada jusque-là. Quelle tournure dramatique il avait donnée à sa vie en s'approchant de cette fille géniale, qui sillonnait le ciel dans une machine volante.

Ada le rejoignit. Elle persuada l'orang-outan pendu à son cou de la lâcher, puis le tendit à Oscar.

– On ne peut rien faire d'autre qu'attendre. Elle a effectivement mangé quelque chose de très dur, parce qu'elle a cassé ses dents de lait. Mais elle n'est pas en danger.

Oscar retrouva son sourire édenté : son inquiétude s'était évaporée.

– Qu'est-ce qui lui a pris d'avaler mon pilon ? Je m'en sers pour broyer mes pigments. C'est ma pierre la plus dure. Elle est d'un bleu extraordinairement profond.

– Elle fait peut-être un peu de géophagie, causée par une absence de minéraux.

George s'éclaircit la voix.

– Si vous voulez bien m'excuser, je dois m…

– La géophagie ? l'interrompit Oscar. Qu'est-ce que cela signifie ?

– Certains animaux et même certaines personnes ont une tendance à ingérer de la terre ou des petits cailloux pour faciliter leur digestion. Cela n'a rien d'étonnant, je pense, vu l'état dans lequel nous l'avions trouvée dans la cage de cet horrible cirque ambulant.

Ada et Oscar ne remarqueraient peut-être rien s'il s'éclipsait par la porte. À pas feutrés, George s'éloigna à reculons.

– Elle engloutit sans arrêt des pierres. Pas plus tard qu'hier, elle a mangé une partie de la glauconite dont je me sers pour préparer ma terre verte, expliqua Oscar en montrant ses doigts d'un vert petit pois.

Ruthie se blottit au creux de son épaule.

– Eh bien, voilà qui confirme le diagnostic. Elle fait bien de la géophagie. Mais elle s'est remise de bien pire, Oscar. Ce qui entre doit forcément sortir, ne t'inquiète pas.

Ada se retourna vers George, qui franchissait discrètement le rideau de lianes.

– Prêt à partir ?

George se raidit et se tourna vers elle. Il se flétrit comme les pitoyables laitues de son potager à l'abandon.

– Partir ?

– Partir, décoller, quitter cet endroit, en somme. Ma mère est en cure sur le littoral jusqu'à la fin du mois. Si nous devons y aller, c'est le moment ou jamais.

D'un mouvement gracieux, elle se hissa sur le siège de l'appareil.

– Prends ta carte. Tu devras t'occuper de la navigation pendant que je pilote.

Le mot « piloter » lui fit l'effet d'une décharge électrique.

– Tu es folle si tu t'imagines que je vais grimper dans cette... chose ! dit-il en désignant l'engin du menton.

– Je ne suis pas folle, rétorqua Ada, depuis son perchoir.

Oscar tapota l'épaule de George.

– C'est normal d'avoir peur de voler. J'étais terrifié, moi aussi au début. J'ai vu Ada assembler cette machine avec des morceaux de bois et de métal de récupération. Je ne croyais pas qu'elle y arriverait, mais elle l'a fait. Elle va te ramener chez toi. Tu peux lui faire confiance.

Comment avoir confiance, alors que le monde entier menaçait de s'écrouler autour de lui d'un moment à l'autre ?

– Lui faire confiance ? Je ne la connais même pas ! Et toi non plus, d'ailleurs, rétorqua George en s'écartant du jeune garçon. Tu es ami avec cette fille et avec un singe mangeur de cailloux !

En un instant, Ada bondit de son siège et se plaça entre les deux garçons. Elle pointa un index accusateur vers George. Ruthie imita son geste.

– Tu es un lâche, mais ça ne te donne pas le droit de nous insulter. Sans mon aide, tu n'aurais jamais réussi à récupérer ta carte.

Ses mots lui firent l'effet d'une gifle. *Tu as les épaules d'un escargot et du porridge en guise de cervelle.*

– Je ne suis pas un lâche. J'ai des responsabilités. D'ailleurs, je suis certain que ma malchance nous frapperait à l'instant même où je mettrais un pied dans ton oiseau mécanique : il s'en irait en morceaux ou prendrait feu, incendierait le palais de Kensington et causerait la chute de l'Empire britannique.

– Des responsabilités ? De la malchance ? Quelles excuses minables, rétorqua-t-elle avec un soupçon de pitié dans la voix. Si tu viens avec moi, nous retrouverons l'Étoile. C'est bien ce que tu veux, non ?

D'un mouvement sec, il ouvrit la porte de verre.

– Frobisher a besoin de moi. Contrairement à vous, Miss Byron, j'ai des obligations ici, lâcha-t-il froidement.

Ada lui jeta l'un de ses regards déconcertants, comme si elle cherchait à le jauger.

– Eh bien, puisque tu tiens à te débarrasser de cette carte, accepterais-tu de t'en séparer pour cent livres ?

– Tu connais un acquéreur ?

Son cœur se glaça. Il s'était résolu à la vendre quelques heures plus tôt, mais à présent qu'il était au pied du mur…

– Oui, répondit-elle. Moi.

CHAPITRE HUIT

Sidéré, George regarda Ada fouiller dans les nombreuses poches de sa veste, d'où elle tira finalement un papier roulé. Il reconnut aussitôt le sceau de la Banque d'Angleterre. Cent livres. Cette somme aurait résolu une partie de ses problèmes financiers. Il finit par s'apercevoir qu'il avait gardé la bouche grande ouverte.

– Alors, tu acceptes ? demanda Ada d'un air détaché.

George ne put qu'acquiescer.

– Parfait. Marché conclu. Cent livres pour la carte de l'Étoile de la Victoire. De toute façon, tu ne l'aurais jamais découverte sans moi, ajouta Ada, avec un regard furieux qui tranchait avec ses joues pâles. Il vaut sans doute mieux que je ne sois pas accompagnée d'un aventurier aussi intrépide que le troisième lord de Devonshire, dont les exploits consistent à grimper chaque jour son escalier et à traverser la rue une fois tous les deux ans.

George se recula. Le sarcasme lui avait fait l'effet d'une gifle.

– Je resterais volontiers au n° 8 pour toujours afin d'éviter de vous revoir, toi et tes maudites inventions. Tu es la personne la plus grossière, la plus arrogante, la plus prétentieuse du monde, Ada Byron. Bonjour chez toi !

Avant d'avoir pu changer d'avis, il prit l'argent qu'elle lui tendait et lui remit la carte. Puis, sans même un dernier regard, il tourna les talons, laissant derrière lui Ada, l'oiseau, les arbres qui entouraient Oscar et Ruthie et tout cet étrange, merveilleux et insupportable univers.

Pourtant, à chaque pas, une angoisse terrible montait en lui. Lorsqu'il franchit les grilles du jardin, son cœur lui semblait plus lourd qu'un sac de pierres. Son grand-père aurait été affreusement peiné de le voir vendre cette carte, renoncer à tout espoir de retrouver un jour l'Étoile de la Victoire. Mais son grand-père n'était plus là pour être déçu, se répéta-t-il. Quels que fussent ses regrets, il était temps pour lui de faire des choix sensés.

Pour une fois, ses Revenus dépasseraient ses Dépenses. Il possédait maintenant cent livres, avec lesquelles il pourrait payer les créanciers, acheter de la nourriture et de quoi soigner Frobisher. Cet argent suffirait à couvrir leurs frais pendant quelques années. Demain, il pourrait peut-être même s'offrir de nouveaux vêtements, ainsi qu'à Frobisher.

Lorsque George arriva en vue de la pelouse de Dorset Square, il se sentait un peu mieux. Il s'immobilisa juste devant le n° 8 et admira, sous l'éclat des réverbères, la grande demeure construite par son grand-père. Celui-ci s'arrêtait bien souvent sur le perron, exactement là où George se tenait, pour contempler son œuvre avec fierté. La maison s'érodait lentement, mais elle était à lui. Chaque brique, chaque fenêtre, chaque centimètre du n° 8 lui appartenait.

Oui, sa place était ici. Pas dans une expédition hasardeuse à dos d'oiseau mécanique.

Une fois à l'intérieur, il alluma la mèche d'une vieille lanterne avant de gravir l'escalier, impatient d'annoncer à Frobisher qu'il avait réglé leurs problèmes d'argent. Du moins pour quelques années. Frobisher avait depuis longtemps abandonné sa petite chambre dans les combles pour s'installer dans l'une de celles du troisième étage. Celle-ci était si sombre que la bougie de George dissipa à peine les ténèbres lorsqu'il entrebâilla la porte.

– Frobisher ? appela George en tâchant de distinguer sa silhouette.

Frobisher était assis dans son lit, dos à la fenêtre, son menton écrasé sur sa maigre poitrine. Un ronflement sonore confirma qu'il dormait.

George glissa le billet tout neuf dans la poche de chemise du valet. Ce serait une surprise extraordinaire, pensa-t-il. Mais un éclat soudain attira son regard : un bouton doré reflétait la lueur de la flamme. George s'approcha.

Le vieil uniforme d'officier de son grand-père reposait sur les genoux du domestique. George sentit son cœur se serrer, sous l'effet de l'étonnement et de l'émotion. Il n'en voulut même pas à Frobisher de lui avoir menti en prétendant l'avoir vendu. Qu'avait-il dû céder, à la place ? George priait pour qu'il ne se soit pas séparé de son précieux périscope, son unique bien au n° 8, ou la cage qu'il avait réparée pour Mme Daly.

George souleva avec précaution l'uniforme et le déplia. Il lui parut bien plus petit que dans son souvenir. Les coutures des ourlets étaient d'un bleu plus intense, et non sales et décolorées comme auparavant. Un grincement fit sursauter George. Frobisher s'éveilla. Un long fil bleu s'échappa de son poing.

– Frobisher, c'est toi qui...

Frobisher agita les mains, faisant mine de coudre quelque chose.

– Tu l'as ajusté à ma taille ?

Le vieil homme lui fit signe de l'essayer. George s'exécuta : le tissu glissa sur sa peau comme un gant. George effleura du doigt les manches bleues et rugueuses. Elles exhalaient encore une odeur de sel, de sueur et de tabac. Cet uniforme avait tenu chaud à son grand-père durant de nombreuses nuits glacées en mer. Il l'avait protégé du vent, de la pluie et de toutes sortes d'intempéries.

Frobisher connaissait George mieux que personne, peut-être même davantage que son grand-père. Il savait le temps qu'il avait passé à étudier la carte, rêvant du jour où il retrouverait l'Étoile de la Victoire et poursuivrait ainsi la tradition des Devonshire. George ravala sa honte.

Ada. La carte était entre ses mains, à présent.

George jeta un coup d'œil par la fenêtre. Au-dessus du n° 5, le ciel était si noir, si vide. Il ne put s'empêcher d'imaginer la sensation de devenir l'un de ces points lumineux dans la nuit. Celle de voler dans les airs comme un oiseau, plus près des astres que quiconque l'avait jamais été…

La peur le ramena sur terre. Le n° 8 – ses murs croulants, les bêtes grouillantes, Frobisher – avait besoin de lui. Il baissa la tête, sur le point de tout avouer. Mais le domestique l'observa, le regard humide, les lèvres entrouvertes, comme s'il essayait de lui dire quelque chose. Et, pour la première fois depuis deux ans, Frobisher parla.

« Parler » était un bien grand mot, mais George entendit l'homme fatigué lui souffler :

– Pars.

George ôta la veste de l'uniforme et la replia sous son bras.

– Ne sois pas ridicule. Cet endroit s'effondrerait sans moi.

Frobisher toussota. Il désigna la fenêtre du doigt.

– Je ne veux plus en discuter. Ma décision est prise et rien ne me fera changer d'avis. À présent, je vais prendre un bain. Et lorsque tu auras jeté un coup d'œil à ta poche, je pense que tu n'auras plus aucune envie de m'envoyer loin d'ici.

Au rez-de-chaussée, George se pencha sur l'un des seaux servant à recueillir l'eau de pluie, que Frobisher avait laissé au soleil. Il s'aspergea pour tenter de se débarrasser de toute la poussière, de la saleté et de la confusion qui lui collaient à la peau. Il commençait peu à peu à retrouver ses esprits. Refuser de voyager n'avait rien d'une lâcheté, songea-t-il en rinçant ses cheveux. Au contraire, c'était une question de bon sens. Au fond, il n'avait aucun besoin d'un long périple initiatique pour savoir qui il était ou en tirer des leçons de vie. Il était le troisième lord de Devonshire, seigneur de son château, protecteur de son domaine. Sa place était ici. Chez lui.

Les cheveux humides et la conscience soulagée, George se glissa sous ses draps. Le lendemain matin, il enverrait Frobisher chez le pharmacien pour s'y procurer de quoi se soigner. Après cela, il ferait paraître quelques annonces dans le journal pour proposer des chambres à louer dans la maison. Certes, ce n'était pas idéal, mais beaucoup plus concret qu'une chasse au trésor. Et puis, logeur n'était pas une si terrible profession. Il pourrait s'installer dans les combles, pensa-t-il, et n'en sortir que la nuit, jusqu'à ce qu'il soit trop âgé pour l'orphelinat.

George sombra dans le sommeil, la tête pleine de loyers, de taxes, et autres frais fixes.

CHAPITRE NEUF

Tôt le lendemain, dès les premières lueurs de l'aube, George fut réveillé en sursaut par un fracas de verre brisé, suivi d'un choc sourd.

– Ça ne va pas recommencer, marmonna-t-il.

Ce jour devait marquer un nouveau départ. Pas question de subir une seconde intrusion de cet oiseau mécanique. Peu lui importaient les dégâts : il ne voulait plus en entendre parler. Il préférait de loin rester au lit.

Le silence retomba sur la maison. Aucun son ne lui parvint de l'étage inférieur ni de Frobisher. Un soupçon d'inquiétude s'insinua en George. Ada avait dû s'envoler avec la carte. Or, si elle était déjà partie, ce qui venait de casser cette vitre n'augurait rien de bon. George sauta au bas de son lit et passa la tête dans le couloir.

– Frobisher ? Tu es là ?

La porte du domestique était entrouverte.

– Frobisher ?

George pénétra dans la chambre, espérant y apercevoir le visage ridé et tombant du vieil homme, mais n'y vit que son lit vide.

L'édredon usé jusqu'à la corde était jeté en boule sur le sol. Même le matelas semblait avoir été repoussé. Frobisher s'était-il levé d'un bond ?

En inspectant la pièce, George constata que le manteau, l'écharpe et les bonnets du valet avaient disparu. Sous le matelas, il trouva le billet de cent livres qu'il avait glissé dans sa poche.

Son pouls s'emballa. Il dévala l'escalier en appelant Frobisher. Dans le vestibule, les fragments de verre brisé scintillaient comme des diamants.

– Non, pas encore !

George en eut la chair de poule. La peur le saisit. Au milieu des tessons de verre, une grosse pierre grise était enveloppée d'une sorte de bande bleu et vert. George reconnut aussitôt le dessin sur le mouchoir : c'était celui de Frobisher. George s'en approcha en évitant les éclats. Alors qu'il dénouait le mouchoir, un morceau de papier s'en échappa. D'une écriture – et orthographe – à peine compréhensible y était inscrit un message pourtant clair :

Nous avon anlevé ton ome. Aporte l'étouale à Venise den 10 jour ou alor il mourera.

George se figea, incrédule. Non, c'était impossible… Mais il eut beau tendre l'oreille, les quintes de toux du vieux domestique ne résonnaient plus dans la maison. Pas plus que son pas lourd et traînant sur le parquet.

George était seul. Désespérément seul. Frobisher venait d'être kidnappé. George fit les cent pas sur le marbre du vestibule. Ses plans de la veille s'évanouissaient comme une bulle de savon sur un brin d'herbe.

Puisque le voleur – « Roy », d'après Ada – n'avait pas livré la carte à l'Organisation, celle-ci avait décidé de s'en prendre au seul être qui lui était cher, pensa-t-il. Il savait que, tôt ou tard, sa malchance ferait une nouvelle victime. Frobisher n'était pas de taille à lutter contre cette malédiction.

George n'avait pas le choix : il devait retrouver l'Étoile. À en croire les instructions à peine lisibles du message, c'était l'unique moyen de sauver Frobisher. Ce qui signifiait que…

Une seule personne pouvait lui venir en aide : Ada Byron. L'idée le surprit comme un coup de poing dans le ventre. La veille, il espérait ne jamais revoir cette insupportable prétentieuse. À présent, il n'avait d'autre possibilité que de lui demander de lui rendre sa carte. Après tout, c'était le moins qu'elle pouvait faire. Elle n'aurait pas dû reprendre la carte à Roy sans le prévenir. Si elle s'était abstenue, Roy l'aurait gardée et Frobisher serait encore dans son lit. Son intervention n'avait fait qu'empirer les choses.

Sans perdre une seconde, George s'habilla, passa la veste d'officier de marine que Frobisher avait ajustée pour lui et fourra le billet de cent livres dans sa poche. Pour se porter chance (il en avait plus besoin que quiconque), il noua le mouchoir de Frobisher à son bras. Ainsi vêtu, il traversa Dorset Square d'un pas résolu, déterminé à retrouver Ada et à récupérer le document. Il n'avait plus d'autre choix s'il voulait sauver son valet.

À sa grande surprise, le majordome du n° 5 lui ouvrit, l'informant que Miss Ada se trouvait dans sa chambre et qu'il était le bienvenu. Ce matin-là, l'atelier de la jeune fille paraissait encore plus encombré qu'à sa précédente visite. La moitié de ses robes bouffantes et ses notes étaient pliées dans des valises ou gisaient sur le sol. Lorsque George eut expliqué la situation et demandé poliment qu'elle lui rende sa carte en échange du billet de cent livres, elle le dévisagea d'un regard perçant.

– Ma réponse est non, déclara-t-elle.

– Comment cela, non ? gémit-il, d'un ton de plus en plus suppliant. Un vieux papier a plus de valeur pour toi que la vie de Frobisher ? Je t'en prie, Ada.

Elle leva un sourcil.

– Du calme, George. Je n'ai pas dit que je refusais de t'aider. Tu as bien dit que le message des ravisseurs ne réclame pas la carte : ils exigent l'Étoile de la Victoire.

– Oui, et… ?

– Comment comptes-tu t'y prendre ?

– Eh bien… répliqua-t-il, agacé.

Mais une bulle de panique monta dans sa gorge. La carte représentait le monde entier ! L'Étoile aurait pu se trouver n'importe où. Il commencerait sûrement par Londres, évidemment… Mais comment fouiller Londres en dix jours, sans parler du reste de la planète, avant de se rendre à Venise à temps ?

– Que te dit ton instinct ? trancha Ada.

– Mon… quoi ?

– Que te souffle ton intuition ? reformula-t-elle avec impatience. La mienne me dit que l'Étoile est cachée près de Genève. Ces deux lambda, que je t'ai montrés hier, sont les deux seules lettres grecques inscrites sur toute la carte. Et comme tu le sais sans doute, le triangle – leur apparence – est aussi le symbole alchimique du feu.

George la dévisagea, ahuri.

– Les étoiles… Le feu ? Tu me suis ? De plus, si tu combines ces deux symboles triangulaires, ils ressemblent à un hexagramme.

Elle sortit un carnet de sa poche et dessina deux triangles inversés l'un sur l'autre pour former un ✶.

– Tu vois ? L'hexagramme est une étoile à six branches. C'est l'unique conclusion rationnelle.

– Ton instinct est très doué pour lire les symboles.

Sa rapidité d'interprétation le stupéfiait, tout comme sa logique. Il ne pouvait la contester. Son plan semblait de toute façon meilleur que le sien, qui consistait à fouiller l'Europe entière.

– Tout ce que je sais, c'est que je dois retrouver et sauver Frobisher.

– Alors c'est entendu, dit Ada. Ensemble, nous avons une chance de retrouver l'Étoile.

– Mais...

L'idée soufflait le chaud et le froid dans l'esprit de George. Son instinct lui disait-il de rester sur ses gardes ?

– Pourquoi tiens-tu à m'aider ? L'Étoile ne représente rien, pour toi.

Ada écarta une boucle brune de son visage.

– Contrairement à toi, je m'ennuie à Dorset Square, à passer mes journées à observer les voitures dans la rue. Je ne comprends pas pourquoi tu es si méfiant. C'est bien toi qui es venu me chercher, cette fois !

George se sentait pris dans un labyrinthe de portes closes. Et Ada était sa seule clé.

– Très bien. Nous retrouverons l'Étoile ensemble.

Ada frappa ses mains l'une contre l'autre, le regard pétillant. Elle extirpa un nouveau grand carnet d'une pile de toiles et se mit à griffonner quelques calculs.

– Je vais devoir me procurer du carburant. Combien pèses-tu, Lord Devonshire ? Environ 80 livres, me semble-t-il ? Comptes-tu emporter des bagages supplémentaires ?

– Pardon, mais je n'avais pas terminé, l'interrompit George. Nous chercherons l'Étoile ensemble à une condition : pas question d'utiliser ton appareil volant.

– Condition refusée, répliqua-t-elle. Nous avons un long voyage à faire et la route la plus courte reste celle du ciel !

CHAPITRE DIX

Ada s'installa aux commandes, déterminée. Près d'elle, George regardait le sol qui s'éloignait, de plus en plus petit, jusqu'à ce que la ville ressemble à un modèle réduit.

Il ferma les paupières et tâcha, malgré la nausée, de se convaincre qu'il se trouvait assis dans sa baignoire et non dans un énorme seau volant. À chaque turbulence, il se mordait les lèvres pour ne pas implorer Ada de le ramener chez lui sur-le-champ. Il lui suffisait de songer à Frobisher pour retrouver son courage.

Cette expédition lui rappelait celles que lui racontait autrefois son grand-père, près de la grande cheminée du n° 8.

Pour Ada, c'était sans doute une escapade délicieuse. George, lui, n'avait aucune envie de vivre dans un conte de fées ou un récit d'aventures. Ceux-ci étaient fictifs pour une bonne raison, qu'il comprenait soudain bien mieux.

– Que dit notre gyroscope, George ? cria Ada pour couvrir le bruit du vent.

À regret, il rouvrit les yeux. Le bec de l'oiseau mécanique se dressa brusquement en direction du soleil. George sentit son estomac glisser vers ses jambes, comme si lui aussi était pressé de quitter l'appareil et de regagner la terre ferme.

Ils grimpaient toujours. Les cercles du gyroscope penchèrent.

– Soixante et un, non, soixante-deux degrés, annonça-t-il.

Les cheveux d'Ada s'échappaient de sa casquette. Ses mèches s'agitaient furieusement dans le vent et fouettaient le visage de George. L'air lui piquait les yeux, mais il avait catégoriquement refusé de porter les grotesques lunettes de protection qu'Ada lui proposait.

– Prends de lentes et profondes inspirations, George ! lui lança Ada.

Il ne distinguait pas vraiment les yeux de la jeune fille derrière l'anneau de buée qui s'était déposé sur ses lunettes ridicules, mais elle paraissait s'amuser comme une petite folle.

– Est-ce que tout va bien ? Tu sembles au bord de la crise de nerfs.

– Bien ? Non, rien ne va bien. Tout va atrocement mal. Avec ma déveine, nous allons nous écraser d'un moment à l'autre. Frobisher est retenu prisonnier. Et j'ai oublié de nourrir son rat avant de partir.

– Ne t'inquiète pas pour Mme Daly, George. Nous allons retrouver l'Étoile, secourir Frobisher, et nous serons de retour à temps pour prendre le thé avec elle, s'exclama joyeusement Ada.

– Vraiment ?

– Euh, non pas exactement. C'est même impossible. Tu prends toujours tout au premier degré ! Je voulais simplement dire que nous rentrerons plus tôt que tu ne le penses. Où en sommes-nous ?

– Vingt-six degrés, marmonna-t-il, lugubre.

Ada tira sur un levier et se pencha au-dessus de la carlingue.

– Nous atteignons notre altitude de croisière. Profite un peu de la vue. Cela devrait te remonter le moral.

George risqua un coup d'œil en direction du sol. Londres s'étendait tout en bas : une carte vivante, tracée d'ombres et de lumière. Des voitures à cheval grandes comme des jouets allaient et venaient au milieu de fourmis humaines qui arpentaient les rues sinueuses. La Tamise se déroulait, tel un ruban sombre au milieu des bâtiments et des artères grisâtres. Ils survolèrent le Vieux Pont de Londres, puis le Nouveau Pont, en construction juste à côté.

Le spectacle était d'une beauté à couper le souffle. George se trouvait désormais plus haut que la plus haute des montagnes et observait la cité comme l'aurait fait un oiseau. Même s'il l'avait voulu, il aurait été incapable de détourner le regard. Durant un bref instant, il songea combien son grand-père aurait été fier de lui, fier qu'il accepte enfin sa destinée. George imagina soudain la possibilité que tout se passe bien.

Au même instant, il eut une idée encore plus folle : s'il parvenait à sauver Frobisher avec l'aide d'Ada, sa malchance le quitterait peut-être pour de bon.

Puis, presque aussitôt, le brouillard enveloppa la ville scintillante. Tout disparut sous l'immense tapis gris, y compris ses espérances.

– Que se passe-t-il ? cria-t-il, priant pour que le vent et le moteur de l'appareil dissimulent la note de panique dans sa voix.

– Nous traversons un nuage, répondit Ada.

– Un nuage… Évidemment.

Il était dans un nuage ! Un gros nuage bien dodu. Mais il n'était pas aussi doux qu'il l'aurait cru. D'ailleurs, des gouttes de pluie s'accrochaient à son visage et trempaient ses vêtements. Un souvenir lui revint soudain en mémoire. Lorsqu'il n'était qu'un tout petit enfant, il avait toujours imaginé les nuages comme une substance onctueuse, au goût sucré, semblable à de la crème fouettée. Et si… ?

Discrètement, il sortit le bout de sa langue. Il fut déçu de ne sentir rien d'autre que de l'humidité.

– Naviguer dans ces stratus bas est le meilleur moyen d'échapper à la vigilance de l'Organisation, expliqua Ada. Ils utilisent des ballons à air chaud, les jours de mauvais temps, pour surveiller les allées et venues dans la ville.

L'idée semblait parfaitement saugrenue et George ouvrit la bouche pour le lui dire. Au même instant, une violente secousse agita l'oiseau. L'appareil se mit à vibrer, trembler comme un chariot lancé à pleine vitesse sur des pavés. George faillit lâcher le gyroscope qui tournait dans tous les sens et son estomac se souleva de nouveau.

– Pas de quoi s'affoler, s'exclama Ada. Quelques turbulences dans un passage instable n'ont rien d'anormal.

Comment l'air pouvait-il « secouer » quelque chose ?

– Je ne m'affolais pas, s'indigna George. Quand arriverons-nous à destination ?

Ada tapota la vitre d'une boussole intégrée au tableau de bord.

– Bientôt.

Avant que George ait pu lui demander des précisions, une gigantesque bulle d'un gris sombre surgit devant eux.

– Attention !

Ils virèrent sur la gauche. Ada évita l'objet sur leur trajectoire et le cri de George se perdit dans le vrombissement et le crachotement du moteur. George se retourna. L'aile d'argent de l'oiseau mécanique frôla la bulle à quelques centimètres : l'enveloppe d'un aérostat, dont la nacelle était dissimulée sous les nuages.

– Par tous les saints… souffla George.

Ada désigna l'apparition.

– Je te l'avais dit : des ballons de surveillance. Leur nacelle est suspendue juste sous les nuages qui cachent le reste de la montgolfière. Le parfait stratagème pour espionner. Le tout est propulsé par…

– Je sais ce que c'est qu'un aérostat, siffla George en serrant les dents.

Il avait passé des heures à observer les illustrations de son grand-père représentant des objets volants, avant de finir par les vendre, elles aussi. Mais le ballon qu'ils avaient bien failli percuter ne ressemblait en rien aux sphères de toile colorée qu'il avait vues dans les livres. Il avait davantage l'air d'un monstre sinistre et hideux. George frissonna.

– J'espère que tu n'as pas peur de quelques éclairs et coups de tonnerre ! cria Ada.

Bien sûr que si. Mais pas question de le lui avouer.

À peine avait-elle achevé sa phrase que le ciel se fit plus menaçant. Un vent glacial balaya les ailes de l'oiseau, s'insinuant sous la veste de George. L'émerveillement laissa place chez lui à la terreur. Un éclair illumina les nuages d'une lueur effrayante. Chaque secousse lui retournait l'estomac. À tout instant, il redoutait d'être éjecté de l'engin, et de finir comme une crêpe, quelques milliers de mètres plus bas. Mais il n'aurait plus été d'aucun secours à Frobisher.

Une corde se trouvait roulée derrière lui. Il s'en empara pour s'arrimer solidement à son siège. Il se remémora les récits de son grand-père : les marins faisaient de même avec les mâts de leur navire pour braver la tempête. Il termina par un nœud de Carrick, de sorte que si l'oiseau mécanique se renversait sur le dos, il ne glisserait pas.

– Ton ingéniosité me plaît, Lord Devonshire, mais il est de mon devoir de t'informer qu'en cas d'urgence, sauter sera ta meilleure chance de survie. Une fois dans les airs, il faut écarter les bras et les jambes pour minimiser l'impact.

– Je préfère rester attaché, merci bien ! cria George par-dessus les hurlements du vent.

Le bec de l'oiseau plongea brutalement. George fut plaqué contre son siège et sentit avec angoisse les liens se détendre. Son cœur bondit dans sa poitrine.

Est-ce qu'ils tombaient ?

Ils tombaient.

– Moins quinze degrés ! s'époumona George.

– Tout est sous contrôle, répondit Ada.

Ils quittèrent brusquement un nuage pour se retrouver sous une averse. La panique s'empara une nouvelle fois de George. Les gouttes de pluie l'aveuglaient. Mais il entendit, très lointaine, la voix d'Ada qui semblait provenir du fond d'un long tunnel.

– Attrape ça, George !

Une main trempée et glacée l'obligea à lâcher sa corde pour guider ses doigts vers un levier. George l'agrippa. Il se pencha en avant, à tel point que son front toucha le tableau de bord. De nouveau, le câble se desserrait sous son poids. Avant qu'il ait pu l'en empêcher, Ada se dressa sur son siège.

Affolé, il la regarda ramper lentement, mais avec détermination sur l'aile de l'oiseau. Ses boucles brunes encadraient son visage ruisselant et ses jupons se collaient à ses jambes. Elle avançait avec une ténacité farouche, coudée après coudée, malgré le vent et la pluie qui se déchaînaient. Elle se retint par le bout du pied, puis envoya le bras dans le vide pour finalement redresser un volet. Avec un terrible grincement métallique, la pièce se décoinça. George poussa un soupir. Il en croyait à peine ses yeux. Ada était sûrement invincible.

Lorsqu'elle glissa et perdit l'équilibre, il était certain qu'elle se rattraperait. Et c'est ce qu'elle fit. Quand ses jupes s'enroulèrent autour de sa jambe, il savait qu'elle se libérerait. Et elle le fit. Et lorsqu'elle dérapa une fois de plus, il aurait parié qu'elle trouverait de quoi se rétablir.

Mais pas cette fois. Ses bottes en cuir n'accrochaient pas la surface lisse et mouillée du métal. Elle se cramponna à l'extrémité de l'aile, les jambes pendant dans le vide. Si elle lâchait prise, elle tomberait. En admettant que l'oiseau mécanique, sans pilote, ne s'écrase pas avant.

– Lord Devonshire ! cria-t-elle. Un coup de main ?

George lâcha le levier et entreprit de défaire son nœud de Carrick. Mais la corde refusait de céder. Quelle folie d'avoir exposé Ada à sa malédiction ! Il n'aurait jamais dû monter dans son appareil volant.

– Lord Devonshire ! N'abandonne pas !

La voix claire d'Ada résonna aux oreilles de George et l'apaisa quelque peu.

– Je... J'arrive, balbutia-t-il en claquant des dents.

Le nœud résistait mais, galvanisé par la voix d'Ada, George tira d'un coup sec et se débarrassa enfin du câble détrempé. Il bondit de son siège, se pencha au-dessus de l'aile et saisit la main de la jeune fille. Ses doigts se glissèrent dans les siens et il l'agrippa tandis qu'elle se hissait jusqu'à lui. Sans réfléchir, il la souleva et ils basculèrent tous les deux sur le siège, qui émit un couinement humide.

Sans lui laisser un instant de répit, l'hélice se figea. Ada ne parut pas le remarquer.

– Merci, George, c'était fort héroïque de ta part, dit-elle en lui donnant une tape sur le dos avant de reprendre les commandes. Ç'aurait pu être le moment rêvé pour tester mon nouveau parachute. J'ai adapté le modèle dessiné par Léonard de Vinci, mais avec quelques modifications de la structure, qui était bien trop rigide et encombrante, et...

– Miss Byron ! Il semble que ton engin ait cessé de voler !

– Oh, oui ! Nous allons nous écraser, à présent. Nous sommes à court de carburant.

Comme pour le confirmer, un choc sonore résonna dans le compartiment derrière George. Puis tout devint noir.

CHAPITRE ONZE

– Lord Devonshire. Lord Devonshire. *George.*

La voix d'Ada résonnait au-dessus de lui. Une main gantée ôta les doigts qu'il plaquait sur son visage. Apparemment, pour cacher ses yeux.

– Nous avons atterri ? gémit-il.

Il n'arrivait pas à le croire. Ils avaient retrouvé la terre ferme. Ils avaient survécu. Ils avaient survécu ! Sa malchance était encore présente, mais pas fatale ! Il palpa frénétiquement sa tête, ses jambes et ses cheveux, puis lâcha un cri de joie en constatant que rien ne s'était envolé. Soulagé de n'avoir perdu aucune partie vitale de son corps, il saisit Ada par les épaules et la secoua avec entrain.

– Nous sommes vivants ! Tu te rends compte ?

Ada le dévisagea avec un sourire moqueur.

– Vérifie donc la carte pour t'assurer qu'elle est intacte !

La carte ! George plongea la main dans la poche de

sa veste et poussa un profond soupir lorsque ses doigts rencontrèrent la surface lisse et familière du papier. Sans elle, tout espoir de sauver Frobisher aurait été réduit à néant.

En retrouvant ses esprits, George jeta un regard autour de lui. De l'eau ruisselait tout près d'eux. Ils se trouvaient à l'orée d'une forêt broussailleuse, délimitée par des rangées de bouleaux grêles. Derrière eux, quelques arbrisseaux ratatinés formaient une bande de la taille de l'oiseau mécanique.

– J'ai vraiment bien fait d'installer une aile auxiliaire la semaine dernière. Nous avons pu planer jusqu'au sol. Je crois que tu t'es évanoui de peur avant de toucher terre, expliqua Ada.

Il rougit, mais elle ne sembla pas vouloir le taquiner.

– J'avais raison. Nous aurions dû prendre un mode de transport plus sûr ! Ton moteur s'est enrayé.

Elle se laissa retomber en arrière sur le sol, et étala sa longue jupe autour d'elle comme un paon faisant la roue.

– Non. Mon invention n'est pas en cause. C'est très curieux. Nous nous sommes retrouvés à court de carburant. J'avais pourtant calculé l'exacte quantité nécessaire au voyage, à la goutte près.

– Apparemment mal, répliqua George.

– Non, George, siffla-t-elle. Ce que tu peux être têtu ! Il faut toujours chercher toutes les explications possibles. Il y a forcément une autre raison. Comme…

Un bref choc suivi d'une exclamation étouffée retentirent dans le compartiment situé au fond de l'appareil. Quelqu'un se trouvait à l'intérieur...

– Je crois que nous avons un passager clandestin, murmura Ada, qui désigna la petite trappe à l'arrière de l'oiseau mécanique.

George descendit de l'engin, à l'affût d'ombres suspectes ou de mèches rousses.

– C'est sans doute un agent de l'Organisation. On ne peut pas le laisser s'échapper. Il sait peut-être où est retenu Frobisher. Tiens-toi de ce côté pour que nous puissions l'attraper.

– Quel plan ingénieux, Lord Devonshire, ironisa Ada.

Mais elle s'exécuta.

Les jambes flageolantes, George saisit doucement la poignée en cuivre ouvrant la trappe du compartiment. Il la tourna. La trappe bascula d'un coup et...

Un singe et un jeune garçon aux doigts verts en jaillirent.

– Bonjour, George, lui dit Oscar, l'air épuisé, mais d'une voix toujours aussi joyeuse.

– Voilà l'explication ! Nous étions plus lourds que prévu ! s'exclama Ada.

Peu émue par l'apparition soudaine du garçon et de son orang-outan, elle contourna l'oiseau mécanique pour mieux examiner le compartiment.

– Tu caches encore quelqu'un, là-dedans ?

– Bonjour, Ada, répondit Oscar. Non, il n'y avait que Ruthie et moi... et mon sac de pierres, je crois. J'espère que tu ne m'en veux pas. Lorsque tu t'es glissée dans la ménagerie pour charger l'avion, j'ai compris que tu avais oublié ta promesse de m'emmener pour ton prochain voyage. Je ne compléterai jamais ma collection de minéraux en restant toute ma vie au même endroit ! Je sais, tu m'as dit d'être patient, mais...

Il haussa les épaules.

– Mais tu as préféré monter à bord et nous mettre tous en danger, acheva George, partagé entre colère et incrédulité.

– Je ne cherchais pas à vous causer d'ennuis. J'essayais simplement de me rendre utile, dit Oscar en se tournant vers Ada. Tu m'avais fait une promesse, rappelle-toi ! Tu ne cesses de me répéter que la vraie valeur d'une personne, c'est sa parole, alors je suis venu pour m'assurer que tu tiendrais la tienne. Je ne voudrais pas qu'elle perde de sa noblesse !

Son visage s'éclaira.

– J'ai retiré certains de tes parchemins pour me faire une petite place... J'espère que tu n'en avais pas besoin.

Ada ouvrit la bouche, puis la referma aussitôt, comme si elle changeait soudain d'avis pour lui répondre.

– Combien de minéraux compte ta collection ?

– Qu'est-ce que cela peut bien faire ? marmonna George, que personne n'écoutait.

– Soixante-cinq, pour l'instant. Sans oublier la glauconite et le mortier dans l'estomac de Ruthie. Donc soixante-sept.

– Voilà qui explique l'excédent de poids, songea Ada. Tu ferais mieux de sortir de ce compartiment. Sans carburant, nous devrons passer la nuit ici.

– Mais… Et Frobisher…

– Rappelle-toi ce que disait le message, George. Dix jours ! Nous avons tout le temps. Cesse de t'inquiéter… c'est un ordre ! Ma mère répète toujours que l'angoisse et les émotions bloquent nos capacités de raisonnement.

Malgré sa frustration grandissante, George n'ajouta rien. Sans Ada, Frobisher n'aurait peut-être jamais été enlevé. À présent, elle était son seul espoir de le retrouver. Certes, son oiseau mécanique avait bien failli s'écraser, mais il les avait tout de même menés jusque-là. George n'appréciait guère l'idée de mettre sa vie entre ses mains, mais la perspcctive d'abandonner Frobisher à son sort n'était pas envisageable.

En outre, bien qu'il ne l'eût jamais avoué à Ada, George ne pouvait se défaire de l'impression qu'elle influait sur les effets de sa malédiction. Même s'il n'était pas encore capable de dire si elle les atténuait ou les aggravait…

Au pied d'un grand arbre, près d'une crique qui débouchait sur une rivière boueuse et peu profonde, George, Ada et Oscar installèrent leur campement. Plus exactement, Oscar passa une bonne partie de la soirée à broyer des baies en une pâte rouge sombre, George se plaignit d'avoir trop mal au dos pour soulever des objets lourds et Ada se chargea du plus gros du travail. Avant le coucher du soleil, deux petites tentes, un foyer et un piège extrêmement ingénieux, au cas où des agents de l'Organisation les auraient suivis, se dressaient dans la crique déserte.

George déplia avec précaution sa carte sur le sol afin qu'Ada et lui puissent déterminer leur position. Ruthie sortit une large feuille de bananier de son sac de toile, qui contenait un assortiment de fruits, et la déposa près d'eux, en marmonnant pour elle-même. Elle apprenait en imitant, expliqua Oscar.

Ada désigna un emplacement au nord de la France, non loin d'un méandre bleu représentant la Vesle.

– Nous sommes proches d'un arsenal, à Reims. Nous pourrons certainement y trouver du carburant. Mais il sera bien gardé, pour dissuader les pillards. Nous allons devoir ruser.

Oscar leva son doigt taché de rouge, sans doute pour évoquer son père pirate, ou émettre quelque autre remarque absurde, mais George ne lui en laissa pas le temps.

– Et ensuite, Miss Byron ?

– Nous nous rendrons au lac Léman.

George vérifia la position des deux « V » inversés sur la Suisse. ΛΛ : deux tentes, deux sommets ou deux lambda grecs, pour « LL ». Une sorte d'hexagramme, comme l'avait dit Ada. Le puzzle de son grand-père pouvait-il vraiment être aussi simple ?

– Tu es certaine que l'Étoile de la Victoire se trouve près du lac Léman ? Mon grand-père m'a expliqué qu'il avait caché l'Étoile alors que des pirates le pourchassaient. Comment pourrait-elle être si loin de la mer ?

– Un pays enclavé me semble au contraire l'endroit idéal pour mettre un objet à l'abri des pirates, intervint Oscar. Ils ne sont pas très à l'aise sur la terre ferme.

Ada éclata de rire.

– Eh bien, George, cela n'est pas aussi simple. Le lac Léman est une région très vaste à fouiller. Nous devrons découvrir un deuxième indice.

– Un deuxième indice ?

– Bien sûr ! Il y aura sans doute plusieurs clés à cette énigme. Tu ne pensais tout de même pas que ton grand-père se contenterait de coder cela avec deux lambda ?

George ne répondit rien et Ada accrocha une mèche rebelle de ses cheveux derrière son oreille.

– J'ai besoin de ton aide pour déchiffrer la carte. La réponse est cachée quelque part en toi.

À l'idée que lui, troisième lord de Devonshire, soit l'unique personne capable de résoudre le mystère, George éprouva une nouvelle forme de panique, bien différente de celle qu'il avait ressentie en vol. Il s'agita nerveusement, avec la folle envie de regagner Dorset Square en courant.

Il avait passé des années à essayer de décrypter la carte. Sans jamais y parvenir.

– Mais tu sais où trouver l'Étoile ? demanda-t-il.

– Évidemment que je le sais. C'est moi qui t'ai montré les deux lambda qui forment l'hexagramme, non ? Mais je ne sais pas *exactement* où.

– C'est la même chose que de ne pas savoir du tout, me semble-t-il, s'agaça George.

– Eh bien, tout est une question d'échelle. Si quelqu'un me demandait où trouver un navet, par exemple, je lui suggérerais de se rendre chez le maraîcher de Wimpole Street. Bien entendu, pour trouver un navet, il faut entrer dans la boutique et savoir où le marchand range ses navets. Et comme je te l'ai dit, mon marchand, c'est toi.

George passa par toute une gamme d'angoisses. Il s'imaginait tel un élève qui doit résoudre une équation complexe, debout devant toute la classe. George n'était jamais allé à l'école, mais s'il avait pu aller au pensionnat, comme tous les jeunes garçons de sa qualité, c'est sans doute ainsi que les choses se seraient déroulées.

– Le lac Léman n'est pas un maraîcher et l'Étoile de la Victoire n'est pas un navet.

– Tu prétendais que ton grand-père devait te transmettre le moyen de retrouver l'Étoile, continua-t-elle avec un soupir. Il a dessiné cette carte pour toi et toi seul. J'en suis certaine.

Loin d'être rassuré, George se sentit de plus en plus mal à l'aise. Si Ada avait vu juste, tout reposait sur ses épaules.

Oscar esquissa son sourire à trous et, de sa main tachée, tapota le dos de George. Ce geste lui rappelait Frobisher et la tristesse l'envahit de nouveau. Il prit une longue inspiration et avoua finalement la vérité.

– Je ne peux pas lire cette carte. Je n'ai jamais réussi à la comprendre.

– Oh, je le sais bien, répondit Ada. Ce que je voulais dire, c'est que je dois pouvoir comprendre ton grand-père pour décoder sa carte. Or tu le connaissais mieux que quiconque, n'est-ce pas ?

George tritura l'un des boutons de sa veste et hocha la tête. À bien des égards, George était tout l'inverse de son grand-père. Ce dernier était un homme bruyant, gai et sociable en toutes circonstances. Si George s'en trouvait parfois embarrassé, il aurait donné n'importe quoi pour revivre une seule journée à ses côtés.

– Que te racontait-il au sujet de l'Étoile ? demanda Ada.

Elle saisit son carnet de notes et attendit, la pointe de son crayon posée sur la page. Autrefois, l'un des passe-temps préférés de George était d'écouter son grand-père lui relater son existence, à travers ses anecdotes et ses récits.

– Eh bien, il me racontait certaines de ses aventures. Il pratiquait les arts oratoires et j'étais son seul public. Je peux te faire son récit concernant l'Étoile.

– Oui, une histoire ! s'exclama Oscar. Ruthie adore cela. Et la musique plus encore. Elle est fascinée par l'opéra. Nous nous glissons en cachette dans les coulisses à chaque représentation du *Barbier de Séville*. Tu n'aimerais pas plutôt chanter pour nous ? demanda-t-il, avant de se lancer lui-même dans une improvisation sur l'air de « Figaro, Figaro, Figaro ».

– Non, non, et non, répliqua George. Je n'ai aucune intention de chanter, de danser ou de me transformer en phénomène de foire. Mon histoire est importante. Ce n'est pas *une* histoire, mais un morceau d'histoire. Je veux bien la raconter, mais vous devez me promettre de ne pas rire, ni pouffer, ni glousser.

– Juré, assura Ada.

Oscar acquiesça, puis agita les bras en direction de Ruthie qui grogna à son tour.

– Elle dit qu'elle accepte, traduisit Oscar.

Il saisit son pinceau, retourna le manche et le tint droit au-dessus de la terre devant lui. Ruthie s'empara d'une brindille et fit de même avec sa feuille de bananier.

George se racla la gorge, exactement comme son grand-père lorsqu'il s'apprêtait à lui conter quelque chose.

Et son récit commença…

CHAPITRE DOUZE

LA LONGUE ET VÉRIDIQUE HISTOIRE DE L'ÉTOILE DE LA VICTOIRE, RACONTÉE PAR LE PREMIER LORD DE DEVONSHIRE À SON PETIT-FILS, TROISIÈME DU NOM, QUI LA RELATE TELLE QU'IL S'EN SOUVIENT.

Autrefois, il y a fort longtemps.

– Combien de temps, exactement ? coupa Oscar.

Autrefois, il y a cinq cents ans, Sir John Devonshire fut chargé d'une mission secrète pour le roi Édouard III d'Angleterre. Sir John était un loyal et vaillant chevalier qui aurait rejoint les confins du monde pour son roi. Et telle était justement la mission confiée par Édouard. Ce dernier était fort jeune et…

– Jeune comment ? demanda Oscar. Je dois savoir combien de rides il faut dessiner sur son visage…

Le roi était âgé de dix-huit ans. Peut-être vingt. Il en avait assez qu'on lui dicte sans cesse sa conduite et qu'on l'interrompe lorsqu'il essayait de raconter des choses importantes. Or, en tant que roi, il pouvait bannir qui bon lui semblait.

La personne qui l'agaçait le plus était le roi de France. L'idée de s'incliner devant ce monarque ne lui plaisait guère. Les Français le faisaient enrager. Alors, il décida de leur donner une bonne leçon. Il deviendrait à la fois roi d'Angleterre et de France.

Mais la perspective d'envahir la France n'enthousiasmait guère ses sujets. Édouard savait qu'il lui faudrait un argument extraordinaire pour les convaincre de le soutenir dans sa guerre. Une chose qui les persuaderait qu'il vaincrait les Français.

– Mmmh, était-ce, par hasard, l'Étoile de la Victoire ?

Allez-vous me laisser terminer ? Sir John prit le large par un beau jour d'été. Il voyagea sur terre et sur mer, à la recherche d'indices et en affrontant de redoutables ennemis. Il brava d'incroyables dangers et découvrit de fabuleuses merveilles. Il…

– Quel genre de merveilles ? demanda Oscar. Des arcs-en-ciel ?

Il tenta d'en esquisser un sur le sol, du bout de son pinceau.

Mieux que cela ! Des hommes avec des yeux sur les épaules. Une femme qui se métamorphosait en dragon ! Une tribu qui subsistait uniquement grâce au parfum des pommes.

– Cela paraît peu vraisemblable, fit observer Ada.

Enfin, il trouva l'objet de sa quête : une pierre bleue magique qui renfermait une étoile d'argent scintillante. Elle assurait la victoire à quiconque la possédait. Sir John rapporta l'Étoile à Édouard. Le roi partit en guerre et tout se passa bien…

– Aussi bien que ces campagnes inutiles et meurtrières peuvent se passer, marmonna Ada.

Ce fut un triomphe ! Les Anglais affrontèrent les Français avec courage. Ils s'apprêtaient à entrer dans Paris et à s'emparer du palais royal lorsque l'Étoile se volatilisa soudain.

– Et si tu nous parlais de cette femme qui se changeait en dragon ?

Trêve d'interruptions, je vous prie, car c'est le moment important de l'histoire. L'Étoile avait disparu. Quelqu'un l'avait dérobée. Des éclairs déchirèrent le ciel, la grêle s'abattit sur le bivouac, faisant un millier de victimes parmi les soldats anglais surpris dans leur sommeil. Le roi parvint finalement à reprendre l'Étoile, mais à partir de ce jour, il résolut de tout faire pour ne plus jamais la perdre. Sir John reçut la mission de la protéger et de la retrouver si quelqu'un la volait un jour. Il la cacha dans un endroit sûr et traça une carte pour permettre à ses descendants de la récupérer le cas échéant.

George poussa un soupir et s'assit. Les arts oratoires… c'était épuisant.

– Et… ? demanda Ada.

– Ma famille veille sur l'Étoile depuis cette époque, acheva George.

Son regard se posa sur le sol, devant lui. Oscar avait illustré toute l'épopée par des dessins dans la terre, dont un portrait saisissant de vérité du premier lord de Devonshire. Le tout avec le manche d'un pinceau. Il était vraiment doué.

– C'est un beau récit, George. Malheureusement… je doute qu'il nous aide beaucoup.

Ada avait gardé son carnet de notes sur ses genoux, mais sans y écrire une ligne. Elle surprit son regard et referma brusquement le cahier.

– Tu es sûr de n'avoir omis aucun détail ?

– Je m'en souviens parfaitement ! C'était l'histoire préférée de mon grand-père, s'agaça-t-il.

Mais il n'en voulait pas vraiment à Ada. Il était furieux contre lui-même. Deux années s'étaient écoulées depuis la mort de son grand-père et plus encore depuis l'époque où il lui racontait ses souvenirs au coin du feu. Et si George avait confondu certains éléments ?

– Et ton grand-père ? reprit calmement Ada. Quel rôle a-t-il joué dans tout cela ?

George s'éclaircit la voix, heureux de pouvoir parler d'une chose dont il était certain.

– Quand ce fut son tour de retrouver l'Étoile, il suivit la carte que son propre père avait dessinée pour lui. L'Étoile était cachée dans un fjord isolé en Norvège. Ce zéro, indiqué ici, dit-il en désignant un « 0 » un peu effacé sur la pointe nord de la Norvège, montre l'endroit où il l'a découverte. Mais alors qu'il voguait vers l'Atlantique, son vaisseau fut attaqué par le redoutable pirate Bartholomé Bibble et il dut une fois de plus la mettre en sûreté.

– Bibble le Bestial, le Bourreau britannique ! s'exclama Oscar avec un léger chuintement, causé par l'absence de ses dents d'adulte.

– Précisément. Mon grand-père fut contraint de dissimuler l'Étoile et de laisser le prochain Devonshire la trouver. Il avait dessiné une carte pour mon père, mais… mon père… avait d'autres passions.

– Collectionner les pierres rares ? demanda Oscar.

George secoua la tête.

– L'observation des oiseaux ?

De nouveau, il eut un signe négatif.

– La pêche à la mouche ?

– Tu sais, Oscar, tout le monde n'a pas ton goût des grands espaces, répliqua George un peu durement.

Il se rassit près du feu et laissa Ruthie déposer sa feuille de bananier sur son genou, comme une couverture. Il fut soulagé lorsque Oscar se tut enfin. Il préférait encore le silence à la vérité.

Car la passion du père de George… c'était George. Lorsque sa mère mourut en lui donnant naissance, tout sembla s'arrêter dans sa vie. Avec un nouveau-né sur les bras, les désirs d'aventure du père de George s'étaient transformés en un désir de jeux d'argent… un désir irrépressible.

– Et… quelle est ton histoire à toi, George ? demanda

Oscar d'une voix plus douce. La réponse s'y trouve peut-être.

– Je n'ai pas d'histoire. Juste une sévère dose de malchance.

– C'est faux. Tout le monde a une histoire.

George baissa les yeux. Ruthie s'était assoupie sur le sol près de lui, la tête contre son genou. Pendant quelques instants, avoir fait revivre la mémoire de son grand-père à travers le récit de l'Étoile de la Victoire lui avait procuré une agréable sensation de chaleur. Cette bulle venait d'éclater, ne laissant qu'une impression froide, glacée. Son grand-père était mort et ne reviendrait pas.

Une phalène noir et blanc aux allures fantomatiques voleta près d'eux avant de s'aventurer dans la forêt. Ada la désigna du menton.

– Oscar, peux-tu attraper cette phalène ? Je ne pense pas connaître cette espèce.

Oscar s'enfonça dans les ténèbres et Ada se tourna vers George.

– Tu ne crois pas vraiment à tous ces mythes que t'a racontés ton grand-père, avec ces histoires de magie et de destinée…

Le reflet des flammes du feu de camp dansait dans ses yeux sombres.

George ravala la boule qui montait dans sa gorge. Il aurait souhaité se retrouver chez lui, à Dorset Square, poser la tête sur l'oreiller, se mettre sous les draps, usés jusqu'à la corde, mais tellement plus agréables que ce sol dur et froid.

– Disons que c'est un défaut de plus.

– Je ne voulais pas… George, le monde est assez merveilleux comme ça : pas besoin de magie pour…

Mais George lui avait déjà tourné le dos. Il était si déterminé à ignorer Ada qu'il sursauta à peine lorsque Ruthie – qui rêvait sans doute – enroula son long bras velu autour de sa cheville.

Sa fourrure, au moins, était douce et chaude. Et très vite, George s'endormit.

CHAPITRE TREIZE

George rêva que son grand-père était une volaille. Pas une poule ordinaire, mais un magnifique coq de Hambourg tacheté, avec une crête écarlate au sommet de la tête. George ignorait comment il savait que ce superbe gallinacé était son grand-père, mais il était heureux de le revoir.

– Grand-père, je pars à la recherche de l'Étoile ! lui dit-il.

Le coq acquiesça et lissa les longues plumes de sa queue.

Ada surgit alors et le souleva dans ses bras. Les plumes de l'oiseau se mirent à tomber les unes après les autres.

– Non ! Pas ça ! cria George. Arrête ça !

– Je suis navrée, George, mais tu dois te lever !

George ouvrit les yeux et se redressa en sursaut. Ada se penchait au-dessus de lui. Ses cheveux étaient parfaitement coiffés et ses boucles lissées encadraient son visage pâle. Heureusement, elle ne tenait pas de coq. Derrière elle, le ciel était d'un bleu éclatant.

– Je me suis occupée du carburant et Oscar m'a aidée à faire démarrer le moteur à l'aide d'un silex de sa collection. Fais attention, s'il te plaît, Oscar, appela-t-elle en se retournant. Pose cette pique en bois ! Tu ne peux pas faire griller des fruits sur ce feu-là. Ce n'est pas un feu de camp. L'essence est hautement inflammable.

Tandis qu'Ada et Oscar évoquaient les différents types de combustibles et chargeaient leur matériel à bord de l'oiseau mécanique, George ramassa ses affaires (ce qui prit fort peu de temps, puisqu'il ne possédait presque rien). Il épousseta quelques poils orange de sa veste bleue et resserra le mouchoir de Frobisher autour de son bras. Où pouvait bien se trouver son fidèle valet à présent ? Avait-il eu le temps d'emporter ses dernières pastilles à la cerise avant d'être enlevé par ces bandits ? Heureusement, il avait son manteau, son écharpe et ses bonnets. Mais même chaudement vêtu, survivrait-il asscz longtemps pour permettre à George de retrouver l'Étoile de la Victoire, ou arriverait-il trop tard ?

– Dépêchez-vous !

George entassa la collection de minéraux d'Oscar dans un sac de toile, taillé dans l'un de ses vieux pantalons. Elle s'était encore agrandie pendant la nuit, avec un fragment d'argile orangée et une feuille scintillante de mica.

– Allons, allons, nous n'avons pas de temps à perdre !

À sa grande surprise, Ada et Oscar se pressèrent. Même Ruthie se mit à bavarder toute seule en faisant des moulinets avec les bras. Très vite, ils grimpèrent à bord de l'oiseau mécanique, qui vrombissait sur les berges de la rivière.

Quelques heures plus tard, alors que le soleil atteignait son zénith, Ada exécuta un atterrissage sans heurts, plutôt réussi, dans un champ plat aux couleurs brunes. Au loin, des montagnes aux cimes immaculées se dressaient comme un mur de pieux recouverts de crème fouettée. Ada, Oscar et George poussèrent la machine volante à l'abri d'un bosquet d'arbres, non loin d'une ferme. Ada leur expliqua que des gouvernements étrangers cherchaient à s'emparer de ses inventions afin de les utiliser à leurs propres fins. Ruthie se hissa dans un poirier sauvage et grignota quelques feuilles et fruits.

Ils avaient réussi. Malgré la malchance de George, ils avaient rejoint la Suisse.

– Quelle distance nous sépare du lac ? demanda George.

Il espérait secrètement qu'Ada aurait une nouvelle idée géniale pour déchiffrer sa carte. Cette histoire de lambda ne l'avait guère avancé.

– Environ un kilomètre, répondit-elle. Nous sommes près de sa pointe sud, à côté de Genève. Je pensais que ce serait le bon endroit pour commencer, en attendant que tu découvres l'indice.

George sentit ses paumes soudain très moites. Il réprima une brusque envie de fondre en larmes. Frobisher ne survivrait probablement pas à l'ultimatum des ravisseurs.

– Tu finiras par trouver, George, lui lança Oscar joyeusement. Voilà de quoi chercher l'inspiration. Hier soir, pendant que je pourchassais cette phalène, je me suis souvenu du premier livre qu'Ada m'avait laissé lui emprunter : *Entomologie américaine*. Il contenait de superbes illustrations de phalènes et de papillons. Je copiais ces planches pendant des heures. C'est pourquoi, dès que je réussirai à mettre la main sur une toile, je compte peindre cette phalène tigrée.

Un sourire radieux se dessina sur son visage lorsqu'il prit une grande bouffée d'air frais, comme s'il venait de résoudre le problème de George.

– Je ne vois pas en quoi des insectes pourraient m'aider, Oscar, marmonna George.

– Au contraire ! dit Ada. Oscar a raison. Les promenades sont les meilleurs stimulateurs du cerveau qui soient. Ton grand-père t'a probablement raconté quelque chose qui, à l'époque, ne t'a pas paru important. Essaie de te souvenir de ce qu'il a pu dire au sujet de Genève, même du détail le plus insignifiant. La moindre chose compte.

George sonda les recoins de sa mémoire. Il ne se

rappelait pas que son grand-père lui ait parlé de la Suisse. Les récits préférés de George étaient ceux de ses exploits sur les océans, ou dans des contrées lointaines, remplies de jungles. Rien ne semblait exotique en Suisse…

Et pourtant…

Le livre favori de son grand-père, l'un des deux seuls encore présents dans la bibliothèque du n° 8, était *L'Histoire du Rhône*. Chaque été, il répétait à George qu'il n'avait jamais rien vu de plus beau que les champs de lavande en fleur au mois de juin, sur les bords du Rhône. Or ce fleuve prenait sa source en Suisse, traversait le Léman, puis continuait sa course à travers la France, jusqu'en Méditerranée.

– Mon grand-père possédait un ouvrage intitulé *L'Histoire du Rhône*, expliqua-t-il enfin.

George récita les quelques informations qu'il avait retenues de ses nombreuses lectures.

– Genève est divisé par le fleuve en trois parties inégales.

– Bien sûr, répondit Ada.

– La ville compte quatre ponts et six églises.

– Naturellement.

– Elle fut conquise par les Romains à l'époque de César et…

– Oui, oui, coupa-t-elle en l'interrompant d'un geste. Tout cela est bien beau, mais connaître l'histoire de la cité, sa densité ou sa géographie ne nous avance pas beaucoup. Ce qu'il nous faut savoir n'est pas le genre de choses qu'on trouve dans les livres. Pourquoi ton grand-père se serait-il rendu à Genève ? Qu'était-il venu y faire ?

– Il m'a parlé des champs de lavande qu'il apercevait en France, sur la route de Genève. Il ne m'a jamais dit pourquoi il était là. Mais…

George s'arrêta brusquement, si bien que Ruthie se cogna contre ses jambes et atterrit sur une grosse touffe d'herbe. Tel un moustique agaçant, un souvenir déplaisant voletait dans sa mémoire.

– Mais quoi ? insista Ada.

– Eh bien, mon père m'a un jour raconté qu'on avait jeté mon grand-père en prison. En Suisse.

Lorsqu'il ingurgitait trop de brandy, le père de George avait la désagréable habitude de se répandre en détails peu amènes au sujet du premier lord de Devonshire. George avait bien tenté de se débarrasser de ce genre de souvenirs, mais ils revenaient le hanter de temps à autre.

– Emprisonné à tort, bien entendu. J'en suis persuadé. Mon grand-père était un homme intègre, pas un criminel.

– Les criminels ne sont pas tous mauvais, intervint Oscar d'un ton guilleret.

– Bien sûr que si ! répondit George. Ils commettent des crimes : seules les personnes malfaisantes font cela.

– « Bon » et « mauvais » ne sont que des nuances, tout

comme « lavande » et « aubergine » sont des nuances de violet. Les gens ne sont pas tout l'un ou tout l'autre, expliqua Oscar en ouvrant les mains. Mon père est un pirate. S'il était pris un jour, il irait en prison. Cela ne veut pas dire que c'est quelqu'un de mauvais.

– Un pirate est quelqu'un d'épouvantable. Ils n'ont aucune considération pour les lois ou pour la vie d'autrui. Ils n'hésitent pas à trancher la gorge de leurs victimes. Mon grand-père n'a jamais enfreint la loi une seule fois dans son existence. C'était un pilier de la société.

– Mon père aussi, affirma Oscar. C'est un pilier de la société des pirates. J'en suis certain.

George saisit une poignée de ses cheveux et l'aplatit d'un geste agacé.

– Tu ne comprends pas ce que j'essaie de dire, Oscar. Si c'était le cas, tu serais d'accord avec moi.

– Je t'ai parfaitement compris. Je ne suis tout simplement pas de ton avis, répliqua Oscar, qui plissa les yeux. C'est différent. Mon père n'est pas quelqu'un de mauvais. Lorsqu'il se rappellera qu'il doit venir me chercher, tu verras.

George le regarda, outré.

– Ton père t'a abandonné ? Il aurait dû aller en prison rien que pour cela !

– C'était un accident, expliqua Oscar d'un ton léger. Cela peut arriver à n'importe qui.

George fut saisi d'un sentiment de pitié. Oscar savait

sûrement, bien au fond de lui, que son père – qui qu'il fût – n'était ni un pirate ni un saint.

– Mon grand-père n'aurait jamais abandonné son fils. Pas même un paresseux, bon à rien, menteur, trompeur, voleur, une cervelle de moineau ou un raté comme…

Comme moi, acheva-t-il pour lui-même. De nouveau, une boule se forma dans sa gorge.

– … comme peuvent l'être certains fils. Mon grand-père se rendait à l'église tous les dimanches, il faisait des dons à des orphelinats ou à des maisons de veuves. Il était toujours impeccablement vêtu et rasé de frais. Et il n'aurait jamais, jamais rien fait d'illégal.

– Eurêka ! Voilà la solution ! s'exclama Ada.

Elle dévisagea George d'un regard sombre et étincelant à la fois.

– Quelle solution ? bredouilla-t-il.

Ada se mit à quatre pattes pour examiner la carte.

– Si tu dis vrai au sujet de ton grand-père…

Elle s'interrompit pour mieux l'étudier. Une sensation inhabituelle s'empara alors de George. Peut-être… oui, peut-être parviendrait-il à résoudre l'énigme et à sauver Frobisher. Peut-être avait-il vu juste au sujet d'Ada et réussirait-elle à mettre fin à la malédiction. Elle l'observait, avec un petit sourire en coin.

– Mon grand-père était réellement quelqu'un de bien, assura-t-il.

– Exactement comme mon père, ajouta à la hâte Oscar.

George poussa un grognement. Le charme sembla se rompre.

– Non, pas comme ton père !

– S'il vous plaît, les garçons. Cessez de vous chamailler. Je dois me concentrer. Quel était ce livre dont tu parlais ? *L'Atlas complet des canaux européens* ?

– *L'Histoire du Rhône*, rectifia George, qui s'agenouilla à son tour pour examiner la carte.

Ruthie s'installa près d'eux, déplia sa feuille de bananier et pencha la tête, imitant parfaitement Ada.

Celle-ci suivit du doigt l'épaisse ligne bleue qui représentait le Rhône. Elle s'arrêta à l'intersection du fleuve et du lac Léman. Sous le lac se trouvait une suite de lettres soulignées. Elle les observa quelques instants, puis étouffa un cri, avant de se mettre à fouiller sa sacoche en cuir.

George fixa le document. Les caractères indiquaient : *XXIV°*. En chiffres romains, vingt-quatre degrés.

Mais ce nombre ne lui évoquait rien de particulier. Il avait si souvent étudié cette carte… Ada plaça un objet en cuivre en forme de demi-cercle sur le papier, à l'emplacement où le Rhône coulait à l'ouest du lac, et l'aligna avec le trait sous les chiffres romains.

– À quoi sert cet instrument ? demanda Oscar, en passant la tête par-dessus l'épaule de George.

– C'est un rapporteur, répondit George. Il permet de mesurer les angles.

– Oui. Regarde ! Je pensais tout d'abord que les inscriptions indiquaient une latitude, mais je me trompais, poursuivit Ada. Ils correspondent à un angle.

Elle sortit alors une règle et, avec un crayon, tira une droite coupant le trait sous les chiffres à un angle de vingt-quatre degrés. La ligne s'étirait sous le lac, puis traversait de nouveau la terre sur son côté est, à la pointe du croissant que formait le lac.

– J'avais vu juste, déclara Ada, en tapotant l'emplacement avec la mine de son crayon. C'est le château de Chillon, une ancienne prison. Si tu as dit vrai à propos de ton grand-père et qu'il n'était pas un criminel, peut-être est-il allé en prison volontairement. Pour... quoi, au juste ? demanda-t-elle en se tournant vers George.

– Pour... pour...

Une fois de plus, il ressentit cette même sensation, qui s'insinuait en lui comme l'eau à travers le plancher du n° 8. Il plongea son regard dans celui d'Ada, mais n'y trouva ni réponse ni indice pour l'aider.

Puis, en un instant, tout devint clair et il comprit. Évidemment !

– Pour y cacher l'Étoile !

George était si heureux qu'il n'en voulut presque pas à Ada d'avoir raturé sa précieuse carte.

– Exact ! s'exclama-t-elle. Il est temps pour nous d'aller en prison !

CHAPITRE QUATORZE

Une fois leur matériel rangé à bord de l'oiseau mécanique, ils quittèrent la forêt et se dirigèrent d'un pas résolu vers Genève… et l'Étoile de la Victoire. Autour d'eux, la rosée perlait sur l'herbe sous un soleil matinal. Ruthie, qui semblait s'attacher à George, voulut absolument grimper sur son dos pour traverser les champs boueux. Oscar expliqua que l'animal sentait la tristesse des gens. Selon lui, Ruthie le serrait très fort pour tenter d'extraire la peine de son corps.

George et Ada s'engouffrèrent dans la brume tout en échangeant des informations concernant le château de Chillon. George savait ce que le livre de son grand-père en disait. La forteresse avait été construite au XIIe siècle pour garder le lac. Transformée en prison et en bastion, elle était devenue une attraction pour touristes.

Ada, en revanche, connaissait une tout autre histoire.

La pitoyable mais poétique histoire de François Bonivard, aussi appelé « le prisonnier de Chillon ».

Un redoutable soldat, nommé Bonivard, fut un jour arrêté et jeté dans les cachots de Chillon.

– Pourquoi ? Qu'avait-il fait ? demanda George.

Son seul crime était de ne pas suivre la même religion que ses ennemis. Il n'y eut ni procès, ni juge, ni jurés. Certains considéreraient cela comme parfaitement justifié, puisque toutes les lois doivent être appliquées et que tous les criminels sont abjects.

– Des personnes comme toi, George, fit observer Oscar à voix basse.

Les deux frères de Bonivard furent enfermés à leur tour. Ils furent enchaînés par les chevilles à un pilier qui ne leur permettait pas de faire plus de cinq pas dans chaque direction. Ils attendirent, encore et encore, leur libération, mais personne ne se porta jamais à leur secours.

Ruthie resserra son étreinte autour du cou de George, mais malgré la chaleur qu'elle dégageait, il ne put réprimer un frisson.

Le cadet fut le premier à renoncer. Il cessa de boire et de s'alimenter. Lorsqu'il périt, le benjamin perdit la raison. Il cria, hurla, avant de finir par s'allonger sur le sol pour ne plus jamais se relever. Les âmes des frères Bonivard avaient quitté cette terre, mais leurs corps demeurèrent dans la geôle, entravés même dans la mort.

Jour après jour, l'aîné allait et venait, inlassablement,

dans sa cellule. Il fit les cent pas pendant des semaines, des mois, des années. Il se traînait dans un sens, puis dans l'autre, charriant ses chaînes derrière lui, si bien qu'il creusa un sillon dans les dalles de pierre. Et aujourd'hui encore, le bruit des chaînes résonne dans les cachots de Chillon.

– Ce n'est pas toi, hier, qui me faisais la morale au sujet des superstitions et des mythes ? s'amusa George.

Il s'éclaircit la voix, tâchant de ne pas laisser paraître l'effroi que lui inspirait ce récit.

– Bon, assez avec les arts oratoires. Tu les massacres ! Et franchement, je ne vois pas en quoi cette vieille histoire de fantôme nous aiderait à retrouver l'Étoile. Ce n'est pas comme si elle était gardée par un spectre.

– En es-tu bien certain ? demanda Ada en haussant les sourcils.

Oscar se gratta le menton, perdu dans ses pensées.

– D'après vous, les fantômes sont-ils transparents ou solides ? Doivent-ils obéir à des règles ? Est-ce qu'ils doivent frapper avant d'entrer dans une pièce, ou bien peuvent-ils passer à travers les portes ?

– Pourrait-on se concentrer sur un plan pour récupérer l'Étoile, s'il vous plaît ? La vie de Frobisher en dépend.

Devant eux, les arbres se raréfiaient et laissaient percevoir des signes d'activité humaine au travers du brouillard. George devinait la ville de Genève qui, pour l'instant, se limitait à quelques traces gâchant la pureté du paysage.

– Les plans parfaits envisagent toutes les éventualités, y compris l'existence de fantômes, fit remarquer Ada.

– Essaierais-tu de me dire que tu crois aux fantômes ?

De toutes les idées absurdes qu'Ada avait pu formuler depuis leur rencontre, celle-ci était décidément la plus grotesque.

– Absolument pas, répliqua Oscar. Elle te dit simplement de faire preuve d'ouverture d'esprit.

– D'ouverture d'esprit à quel propos ?

– Je ne peux pas encore te l'expliquer, rétorqua Ada. Mon plan serait ruiné.

– Quel plan ?

– Cela aussi, c'est un secret.

Agacé, George se passa la main dans les cheveux.

– Alors, comment savoir pourquoi je dois me montrer ouvert d'esprit ? Ruthie, arrête !

Perchée sur ses épaules, la créature imitait son geste, si bien qu'une pluie de poussière, de poils et d'insectes s'abattait sur la tête de George.

– Tu comprendras le moment venu, répondit Ada d'un air mystérieux. Qu'en dis-tu, Oscar ?

Ce dernier lui servit son sourire édenté.

– Absolument. Tu le sauras quand tu le verras.

Comme ce jour, à Covent Garden, où cet acteur avait saisi le crâne, mais nous y avions glissé ton crabe géant alors que…

Il n'acheva pas sa phrase et pouffa de plus belle.

– Et tout le public lui criait : « Non, Hamlet, ce n'est pas un crâne, c'est un *crabe…* »

Ada s'esclaffa, de plus en plus fort, incapable de s'arrêter. Ada et Oscar, hilares, étaient pliés en deux, et pleuraient presque de rire, à bout de souffle.

George poursuivit sa route, les bras croisés et la mine boudeuse.

– Frobisher serait ravi de savoir que vous vous amusez autant. Lui ne doit pas rire beaucoup à l'heure qu'il est.

D'un bond gracieux, Ruthie sauta à ses pieds, croisa les bras et leva le menton bien haut d'un air furieux, ce qui ne fit que redoubler l'hilarité d'Oscar et d'Ada.

Heureusement, vers deux heures de l'après-midi, remis de leur fou rire, ils aperçurent les pierres lisses et grises des remparts de Genève. Ruthie prit la tête de l'expédition pour les mener vers l'une des portes de la cité, constituées de deux imposants battants de bois aux énormes gonds.

George retint son souffle. Enfin : l'entrée de la ville !

La muraille franchie, Ada demanda à ses compagnons de l'attendre en haut d'une large rue qui replongeait ensuite droit vers le lac. Pendant ce temps, elle interrogea un marchand sur la possibilité de se rendre en bateau jusqu'au château de Chillon. Fasciné par l'animation du centre, Oscar ne savait plus où donner de la tête. Il remarqua alors les eaux bleues du lac et étouffa une exclamation.

– Ce bleu… je n'en ai jamais vu de pareil ! murmura-t-il en agrippant le bras de George de ses doigts fins, mais puissants à force de broyer ses pigments.

Près d'eux, Ruthie agitait les mains.

– George, comment le décrirais-tu ? D'après Ruthie, c'est un bleu roi, mais il me paraît azur… Comment le trouves-tu ?

– Bleu, lâcha George.

– Tu as raison, il est tous ces bleus à la fois ! continua Oscar, les yeux soudain ronds et pensifs. Je regrette que Ruthie ait avalé mon pilon : j'aurais aimé pouvoir recréer cette couleur. T'ai-je dit que c'est mon père qui m'a laissé ce pilon ?

– Mmmh.

Le silence retomba jusqu'à ce qu'Oscar, qui semblait mal le supporter, reprenne d'un ton surpris :

– Tu as l'air triste… Le but de ce voyage était justement de te remonter le moral.

– Oscar, siffla George, agacé. Le but du voyage est de. *Sauver. Frobisher* !

Oscar ne parut pas l'entendre.

– Je pensais que cette aventure en avion te dériderait un peu. Mais cela n'a pas eu l'air de marcher. Veux-tu voir cet extraordinaire caillou que je viens de trouver ?

George poussa un soupir et fit de son mieux pour feindre l'intérêt. Il ajouta même quelques « oooh » et « aaah » avant de lui demander :

– Quel genre de choses t'a enseigné Miss Byron ?

Oscar réfléchit.

– Elle m'a expliqué des tas de phénomènes : comment volent les oiseaux et pourquoi un arc-en-ciel forme un demi-cercle.

– Si tu comptes devenir quelqu'un, s'esclaffa George, tu auras besoin de davantage d'éducation. Un véritable artiste doit apprendre l'histoire, la comptabilité et la chimie pour avoir des échanges stimulants avec ses commanditaires.

– Sans doute, répondit Oscar.

– Ce voyage sera l'occasion rêvée pour toi d'acquérir des notions de géographie et d'histoire sociale, économique et politique. Commençons par Genève, où nous nous trouvons. Comprendre le contexte des lieux te serait nécessaire pour peindre un paysage des environs, reprit George d'un ton sentencieux.

Le regard habituellement pétillant d'Oscar semblait soudain terni par l'ennui et George sauta la leçon qu'il voulait lui donner sur le Grand Conseil de Genève et la maison de Savoie.

– L'activité principale de la ville est la joaillerie. Mon grand-père m'avait offert sa montre de gousset suisse, fabriquée ici même, dans l'atelier Jaquet-Droz.

George l'aurait sortie de sa poche pour plus d'effet, mais Frobisher l'avait vendue quelques mois plus tôt.

– La joaillerie ! s'exclama Oscar qui retrouva son enthousiasme. Je trouverai peut-être un lapis-lazuli pour compléter ma collection de pierres. Sais-tu que c'est un pigment indispensable pour obtenir du bleu outremer ?

George soupira. Toujours ses cailloux !

– Ada, pourra-t-on chercher des minéraux ? demanda Oscar.

Pris par ses explications, George en avait presque oublié la lourde tâche qui les attendait.

– Dès que nous aurons récupéré l'Étoile, évidemment, dit-il. Une vie en dépend.

– Pour ma part, j'aimerais voir la machine hydraulique qui alimente les fontaines de la ville, mais George a raison : nous avons une mission importante, ajouta Ada. Dépêchons-nous. Le bateau à vapeur pour Chillon part à quinze heures trente.

Elle avait parlé d'une voix plus dure qu'à l'ordinaire et George jeta un regard navré à Oscar. Il n'avait pas voulu lui attirer des ennuis.

– Mais… dit-il en observant la position du soleil – son seul talent de navigation hérité de son grand-père. Il n'est pas tout à fait quinze heures. Les quais sont encore loin ?

– Il est exactement quinze heures et, non, nous ne

sommes pas loin des quais. Mais nous avons besoin d'un peu de matériel. Pour notre plan.

Ils suivirent Ada sur la longue et raide avenue Rousseau. Le tic-tac des montres qui s'échappait des ateliers d'horlogerie résonnait dans la ville. Un délicieux parfum de pâtisserie flottait dans l'air, accompagné par les petits nuages de poussière des échoppes balayés par les marchands, lorsqu'ils ne proposaient pas de goûter à leur produit. George sentit son estomac gargouiller en passant devant une boulangerie, mais ils n'avaient pas de temps à perdre. Au bas de l'avenue, ils rejoignirent le lac et aperçurent les dizaines de bateaux amarrés le long de ses quais.

Ada leur fit signe de s'approcher.

– Mieux vaut nous séparer pour nous procurer ce matériel, dit-elle à voix basse. Retrouvons-nous ici avant le départ du ferry, dans une demi-heure. Oscar, va chez le fabricant de savon et achète autant de lessive que tu pourras. Moi, je me charge d'aller chercher du caoutchouc chez le cordonnier. Ruthie, ouvre l'œil au cas où des membres de l'Organisation seraient à nos trousses. Pousse un grand cri si tu remarques quelqu'un de suspect.

Oscar agita les bras pour traduire tout cela à Ruthie.

– Et moi ? demanda George.

– Ah... oui. George euh... surveille l'heure. D'accord ?

– Est-ce qu'il n'y a pas quelque chose de plus important…

Mais avant qu'il ait pu achever sa phrase, Ada et Oscar avaient filé dans les rues adjacentes, le laissant seul, tenant la main de Ruthie.

CHAPITRE QUINZE

Un petit attroupement s'était formé devant l'embarcadère de la *Poulette*, le ferry à vapeur qui ralliait la rive opposée du lac. Les uns après les autres, les passagers qui attendaient d'embarquer se retournaient et dévisageaient le jeune lord anglais qui tenait un orang-outan par la main.

George déglutit péniblement. Les badauds échangeaient des messes basses en français, langue qui lui était peu familière, puisqu'il avait renvoyé tous ses précepteurs après la mort de son grand-père et le début de ses problèmes financiers. *Au moins*, pensa George, *ce pauvre M. Camembert est encore en vie*, contrairement au professeur de mathématiques, fauché par une balle de cricket en plein match avec son nouvel élève (Preuve n° 12).

De longues minutes s'écoulèrent et les murmures continuaient. George se sentait parfaitement et complètement ridicule. Pour de mauvais prétextes, ils l'avaient laissé seul. Sans doute pour rire ou tenter l'un de leurs canulars qui les amusaient tant.

Plus probablement parce qu'Ada n'avait pas confiance en lui, se dit-il. Il avait pourtant compris la référence au château. Du moins, au début.

Au même moment, Ruthie pointa son doigt vers une femme qui tenait une ombrelle. Elle découvrit les dents et une rumeur inquiète parcourut l'attroupement autour d'eux. George piqua un fard. Il souleva Ruthie dans ses bras, tourna les talons et longea la rue pavée au bord de l'eau, déterminé à faire *quelque chose*, n'importe quoi.

Il se retrouva par hasard devant l'atelier Jaquet-Droz. Puisqu'on lui demandait de surveiller l'heure, pensa-t-il rageusement, autant consulter les meilleurs chronomètres du monde. Il posa Ruthie, la prit par la main et l'entraîna à l'intérieur.

La boutique était encore plus splendide qu'il ne l'avait imaginé. Les étagères en bois étaient chargées d'horloges de toutes tailles et toutes formes. Certaines comportaient de petits animaux mécaniques qui n'avaient rien à envier à la minutie et à l'ingéniosité de ceux d'Ada. George se promena parmi les vitrines et admira les montres de gousset en or, semblables à celle de son grand-père. Il se laissait absorber par la complexité des mécanismes, la finesse des ressorts et des rouages accrochés le long des murs, telle une dentelle de métaux. Une soudaine tristesse le surprit. Son grand-père avait peut-être parcouru la même boutique. Et Frobisher aurait aimé voir cela.

Mais l'aurait-il vraiment voulu ? George s'aperçut, non sans culpabilité, qu'il s'était trop préoccupé des dettes de son père au cours des deux dernières années pour songer à s'intéresser aux goûts de Frobisher. À sa connaissance, les intérêts de Frobisher se limitaient à George, à Mme Daly et à son petit périscope en argent et cuivre. Et George n'aurait peut-être jamais l'occasion d'en découvrir d'autres.

Il lâchait la main de Ruthie pour essuyer une larme lorsque son regard se posa sur quelque chose d'extraordinaire : au fond du magasin, un papillon d'argent aux ailes recourbées ressemblait de façon saisissante au dessin exécuté par son grand-père sur la carte. George en resta bouche bée.

Tout sembla s'évanouir autour de lui, à l'exception du papillon. Ses pieds traversèrent d'eux-mêmes la pièce, jusqu'à ce qu'il comprenne que l'objet n'était pas suspendu au mur, comme les autres marchandises, mais au cou d'une jeune femme pâle, assise à un orgue, qui jouait un air enlevé.

– Excusez-moi, mademoiselle, dit-il en levant les yeux vers elle, les joues cramoisies.

Avec un mouvement saccadé, le visage de la jeune femme bascula vers lui dans un cliquètement. Ses paupières blanches se fermèrent avec un nouveau bruit métallique. Soudain, elle cessa de jouer, de respirer.

George s'aperçut, sidéré, qu'elle n'était pas faite de chair et d'os. C'était un automate, une machine, exactement comme l'oiseau d'Ada. Il demeura stupéfait. Comment une personne pouvait-elle être une machine ?

George chercha la main de Ruthie, l'animal avait disparu. La panique le gagna.

– Ruthie ? Ruthie !

Oubliant le papillon, il se retourna, éperdu, cherchant à tout prix à la récupérer pour quitter cet endroit. Dans sa hâte, il bouscula un client.

– Pardonnez-moi, bredouilla-t-il avant de se figer.

L'homme immense avait un visage peinturluré comme celui d'un clown. Encore un être mécanique !

George quitta précipitamment la boutique, le cœur battant. Il aperçut alors une touffe de poils rousse au coin de la rue : Ruthie.

– Ruthie ! Reviens ici, stupide guenon ! cria-t-il en se maudissant d'avoir quitté les quais.

Ils allaient sans doute rater leur ferry. Ils ne retrouveraient peut-être jamais l'Étoile. Et ne sauveraient pas Frobisher. Ada avait peut-être raison de ne rien lui confier.

– Ruthie ! Nous allons manquer le bateau ! s'égosilla-t-il, avant de remarquer que les passants l'évitaient largement, en le toisant d'un air curieux.

À son grand soulagement, l'orang-outan réapparut. Il sautait d'un pied sur l'autre et remuait frénétiquement les bras dans tous les sens.

– Wouuuh ! hurlait Ruthie.

– Cesse cette mascarade ! Je ne comprends rien à ce que tu racontes. Allons-y.

Il saisit sa main, mais elle refusait de le suivre. Elle résistait et continuait d'agiter ses pattes. Son étrange petite danse devint de plus en plus fiévreuse.

– Ouuuuhouuu ! gémit-elle de plus belle.

Elle avança, recula, puis pointa son doigt derrière elle.

– Ruthie, s'il te plaît vient ici, implora George d'un ton plus doux.

Il tendit les bras, espérant pour la première fois qu'elle s'y blottirait. Mais elle s'écartait dès qu'il faisait un pas vers elle. George sentit quelqu'un agripper son coude. Il poussa un cri de surprise et se retourna.

Ce n'était qu'Oscar. Ses épais cheveux noirs étaient humides et collés sur son front. Il avait dû courir pour les rejoindre. Il glissa son paquet brun sous un bras et fit signe au singe de l'autre.

– J'ai entendu ses cris depuis les quais. Ruthie, que t'arrive-t-il ?

Le danger devint alors évident.

Dans la ruelle que désignait l'animal, un homme avançait en titubant. Même à cette distance, George remarqua son regard fixe, vide. L'individu tendit les bras pour se rattraper au mur. Hésitant, il fit un pas mal assuré sur les pavés, comme si le sol bougeait sous ses pieds : exactement la démarche que Ruthie avait tenté d'imiter. Mais ce personnage paraissait nettement plus effrayant qu'un petit orang-outan. George se figea.

– Encore un de ces automates ! s'exclama-t-il. Ils sont à nos trousses !

– Il ressemble plutôt à un homme ordinaire, mais son attitude est étrange, fit observer Oscar, surpris. Il a peut-être une jambe cassée et a besoin de notre aide.

L'inconnu avançait en vacillant. Il ouvrit la bouche et révéla une mâchoire d'or et d'argent. Il souffla et s'approcha suffisamment pour agripper la chemise d'Oscar. Ruthie poussa un nouveau cri.

George plongea pour la prendre dans ses bras et l'éloigner de la créature monstrueuse.

– Oscar, qu'est-ce que tu attends ? hurla-t-il. Sauve-toi !

CHAPITRE SEIZE

Ada les attendait à bord de la *Poulette*. Une épaisse vapeur blanche s'élevait de la haute cheminée du bateau. La jeune fille ouvrit de grands yeux en voyant George, Oscar et Ruthie surgir en courant et bondir comme un seul homme du quai pour atterrir sur le pont, dégoulinants de sueur, alors que le navire appareillait.

– Que s'est-il passé ? C'était l'Organisation ? Ils nous poursuivaient ?

Le ferry s'était éloigné de la rive quand George retrouva enfin assez de souffle pour expliquer ce qu'il avait aperçu. Elle l'écouta avec attention et, lorsqu'il eut achevé son récit, poussa un long soupir emphatique.

– Du calme, George. Respire. Lorsque tu auras repris tes esprits, tu y verras plus clair. Pierre Jaquet-Droz avait également une boutique à Londres. Il y a toujours fabriqué des automates pour amuser ses riches clients. C'est l'hypothèse la plus logique.

– Comment peux-tu en être sûre ? demanda George. Si l'Organisation est aussi rusée que tu le prétends, ils auraient très bien pu envoyer une armée d'hommes mécaniques à nos trousses.

– Ces automates, étaient-ils armés ? l'interrogea Ada.

– Pas celui que j'ai vu, répondit Oscar. Sa peau avait une teinte ocre et il avait le visage ridé comme du vieux cuir. Ce n'était pas une machine. J'ai eu l'impression qu'il connaissait Ruthie. Si tu ne nous avais pas obligés à fuir, il aurait peut-être pu s'expliquer !

– Il s'apprêtait à nous tuer ! Demande à Ruthie : elle te le dira.

George se sentit aussitôt ridicule. Même si Oscar essayait de se convaincre du contraire, Ruthie n'était qu'un singe et était donc incapable de s'exprimer.

Oscar fronça les sourcils.

– Ruthie ne connaît que quarante-deux mots de vocabulaire et la plupart désignent des aliments ou des couleurs. Moi aussi, je l'ai vu et je pense qu'il s'agissait d'un marin, sans doute d'un pirate.

– Peut-être les deux, ajouta Ada. Un pirate mécanique ? Il sert peut-être à éloigner les voleurs des boutiques. Les automates peuvent exécuter une suite de mouvements. S'ils peuvent jouer d'un instrument et marcher, pourquoi pas repousser des intrus ? dit-elle en tapotant sa joue des doigts. Je pourrais peut-être en poster un à l'entrée de ma chambre pour dissuader les espions.

Tandis qu'Ada et Oscar évoquaient les possibles usages pour ces automates, George baissa la tête. Il n'appréciait guère ces personnages artificiels et l'idée que l'un d'eux s'installe à Dorset Square avec Ada ne l'enthousiasmait pas davantage.

La traversée du Léman permit de dissiper toute pensée des hommes mécaniques. La proue du ferry fendait les eaux d'un bleu irréel, si différentes de celles de la Tamise, sombres et boueuses. Des bateaux à voiles glissaient autour d'eux et les Alpes, aux sommets enneigés, encerclaient le lac comme une enceinte d'amphithéâtre. Le grand-père de George lui avait souvent parlé des beautés des mers profondes, en particulier des flots turquoise des îles tropicales. Mais il lui était difficile d'imaginer un paysage plus splendide que celui-ci.

Enfin ils arrivèrent sur la rive opposée, plongée dans l'ombre des pics montagneux. Les berges arborées ressemblaient à d'immenses vagues prêtes à se briser sur la mince grève. La *Poulette* longea le château de Chillon qui surplombait le Léman, où se reflétait sa silhouette fantomatique. Ses murailles de pierres blanches s'élevaient au-dessus des eaux comme si elles y flottaient. Au sommet de chaque tour ronde, des oriflammes rouges claquaient au vent. De prime abord, la vision semblait celle, féerique, d'un château de princesse – ou de prince, ou même de lord. Mais George n'oubliait pas qu'il avait autrefois abrité une prison.

Il observa avec appréhension l'énorme bâtisse de

plan ovale, vieille de six siècles. En admettant qu'ils parviennent à s'y introduire, combien de temps leur faudrait-il pour retrouver l'Étoile ? Et s'ils avaient commis une erreur et qu'elle ne s'y trouvait pas ? Pire encore, si on les surprenait à l'intérieur, qu'on les enchaînait et qu'il ne réussissait pas à sauver Frobisher ? Et s'ils mouraient dans cette forteresse, leurs fantômes à jamais enfermés dans ses murs, exactement comme Bonivard dans le récit d'Ada ?

Lorsque le bateau accosta sous l'ombre immense des remparts, George suivit Oscar et Ruthie d'un pas traînant, le cœur lourd de craintes et de doutes. Devant lui, le singe sortit du sac d'Oscar pour bondir à son cou. Ruthie lui tapota la poitrine en gémissant. Si George avait été plus crédule, il aurait juré qu'elle essayait de le réconforter. Sans doute le pilon d'Oscar lui donnait-il des crampes d'estomac.

Il se retourna vers Ada. Comme toujours, rien ne semblait pouvoir la troubler.

– Et maintenant ? demanda-t-il. Allons-nous simplement entrer dans la prison et réclamer l'Étoile ?

– Ne sois pas ridicule. Bien sûr que non ! Et ce n'est plus une prison ! Nous allons visiter le château, comme n'importe quel curieux. Mais d'abord, nous avons besoin de Bonivard.

– Bonivard ? Le soldat dont les frères sont morts au cachot et qui passa le reste de ses jours à faire les cent pas ? Ce Bonivard ?

Ada acquiesça, un sourire diabolique aux lèvres.

– Suis-moi et tout sera très vite terminé.

George en doutait fortement.

Ils s'engagèrent sur un chemin le long du lac, jusqu'à un pont couvert qui formait l'unique accès à l'édifice. Un garde en uniforme rouge à manches jaunes surveillait l'entrée.

– Bonjour, dit Ada qui arbora son air enjôleur. Parlez-vous anglais ?

– En effet, répondit l'homme.

– Parfait, s'exclama-t-elle en frappant dans ses mains. Mes amis et moi aimerions visiter le château.

Il jeta un coup d'œil suspicieux au sentier derrière eux, arquant un sourcil.

– Où sont vos parents ?

– Ma mère prend les eaux non loin d'ici, expliqua Ada en se tapotant les joues, comme pour mimer l'idée de s'apprêter. Mais elle serait navrée que moi et mes amis manquions le château le plus hanté d'Europe. Oh, j'adore les fantômes !

Le garde se mit à rire. Des ridules marquaient son regard bienveillant.

– Vous serez sûrement déçue, mademoiselle. Je travaille ici depuis de nombreuses années et je l'ai souvent fait visiter, mais je n'ai jamais croisé le moindre spectre.

– Évidemment, affirma Ada. C'est parce que vous commentez vos visites. Le fantôme que je veux voir, Bonivard…

George frissonna en se remémorant son récit.

– … Bonivard n'apparaît que lorsque le silence règne sur le bâtiment. Quand il était prisonnier, il vivait dans la solitude. Son fantôme se montre donc uniquement lorsqu'il se croit seul. Notre visite devra s'effectuer sans un bruit. Ainsi, nous pourrons le surprendre. D'abord, nous entendrons ses pas, puis ses chaînes racleront le sol et, enfin, il se montrera.

Le gardien lâcha un nouvel éclat de rire, long et sonore.

– J'accepte de vous guider dans le château, mademoiselle. Et je resterai muet. Mais vous devez laisser votre animal de compagnie dehors.

– Notre *animal* ? s'indigna Ada. Ruthie n'est pas notre animal. Et elle ne mord presque jamais.

– Alors, j'insiste pour que vous laissiez votre *amie* à l'extérieur.

Oscar lança un regard noir au garde, mais se mit à faire de grands moulinets avec les bras devant Ruthie. Celle-ci grimpa aussitôt dans un arbre près du pont. Ada souriait d'un air entendu.

L'homme leur fit donc visiter la bâtisse, des combles jusqu'aux caves. Leurs pas résonnèrent dans les longs couloirs de pierre, mais aucun d'eux ne prononça un mot. Ils montèrent d'abord au sommet d'une haute tour qui surplombait le lac bleu.

– Notre objectif se trouve probablement dans les cachots, souffla Ada à George.

– L'Étoile, murmura George, qui se tut en voyant l'air soupçonneux du gardien.

Ada hocha la tête.

– Et le fantôme, bien sûr.

Après être redescendus, ils traversèrent une petite chapelle aux fresques en partie effacées. C'est alors que George l'entendit.

Boum. Boum.

Aucun d'eux ne bougeait, mais des chocs sourds, étouffés, montaient dans la chapelle. Le garde lâcha un ricanement nerveux et Ada lui fit aussitôt signe de se taire.

Ils franchirent ensuite un nouveau corridor sombre. À l'autre extrémité, alors que l'homme ouvrait une porte en fer, des pas lourds foulaient le sol derrière eux. Tous, même Ada, échangèrent des regards inquiets.

Le cœur de George s'emballa. Sans doute parce qu'ils approchaient de l'Étoile, se dit-il, non parce qu'il redoutait le fantôme de Bonivard. Il rassembla son courage, tâchant de se rappeler que tout cela faisait partie du plan d'Ada. C'était certain. Mais il avait beau essayer de s'en convaincre, il sursautait au moindre son, à mesure qu'ils s'enfonçaient dans les souterrains du château. Le gardien, de plus en plus blême, semblait soulagé d'atteindre leur dernière étape : les cachots.

La porte qui menait aux geôles paraissait avoir été taillée dans un roc. Derrière, un corridor ouvrait sur les ténèbres dont George ne voyait pas le bout. L'un après l'autre, ils s'y engouffrèrent.

Un courant d'air glacé s'invita derrière eux.

Instinctivement, George chercha la main de Ruthie, mais ne trouva que du vide. Quel idiot ! Il n'avait pas besoin d'un singe pour se rassurer ! Il s'accrocha au bras d'Oscar, qui fit de même tandis qu'ils suivaient le garde dans les boyaux du souterrain. Des caisses et des tonneaux de poudre, marqués de symboles semblables à des ananas dorés, s'empilaient autour d'eux. Mais si cet endroit servait aujourd'hui de dépôt, son ancienne fonction restait évidente. Partout, des chaînes rouillées étaient encore fixées aux murs. George en frémit.

Clac. Il aurait pu croire que l'une d'elles venait de tomber sur le sol.

Criiic. Une lourde porte grinça sur ses gonds.

George se retourna. Il était difficile de distinguer quelque chose dans l'obscurité, mais il crut voir une ombre se faufiler derrière un pilier, plus furtive qu'un humain. Il poussa un cri.

Le garde balaya la pièce du regard, ses yeux aguerris sondant chaque recoin sombre.

– Où est passée la jeune fille ? demanda-t-il.

– Je suis là, souffla Ada en surgissant d'un autre pilier.

De nouveau, des chaînes cliquetèrent sur les dalles. Mais cette fois, le bruit perdura.

– Nous… nous arrivons à l… la fin de la visite, bredouilla le gardien, figé au milieu de la geôle. Veuillez regagner la sortie. Allez, allez, par ici. Ne perdons pas de temps.

Un couinement singulier, traînant, se substitua au raclement métallique, et s'amplifia dans le cachot.

Alors que les yeux de George s'habituaient à l'obscurité, il distingua peu à peu une forme ronde, enveloppée de vieux draps, qui émergeait de l'ombre. Le bruissement du tissu dans le courant d'air emplissait la pièce et l'apparition s'avançait vers eux.

– Le fantôme de Bonivard ! cria-t-il. Le voilà !

CHAPITRE DIX-SEPT

Le gardien prit ses jambes à son cou et quitta le cachot.

– Un fantôme ! hurlait-il.

Avant que George ait pu lui emboîter le pas, Ada le rattrapa par le col de la chemise.

– Vraiment, George, tu es plus impressionnable qu'un chiot. Calme-toi !

– Mais... le... le fantôme ! balbutia-t-il en essayant d'échapper à l'apparition.

De sa main libre, Ada souleva les draps qui recouvraient le prétendu spectre, révélant une sphère d'un jaune très pâle, suspendue dans les airs comme par magie.

– Un ballon en caoutchouc ! expliqua-t-elle.

– Ah, oui... bien sûr.

George n'en avait jamais vu d'aussi petit. Pour bien montrer qu'il n'avait pas peur, il s'approcha en pointant l'index vers l'objet.

– Attention !

Ada se précipita pour écarter le ballon et le glisser avec précaution sous son bras.

– Il est rempli d'hydrogène. C'est hautement inflammable.

– Mais… et ses chaînes ? Et ces bruits de pas ? demanda George. Je les ai bel et bien entendus. Comment as-tu réussi à faire entrer un ballon ici ?

– Oublie cela. Ruthie ! Tu peux sortir maintenant, appela Ada en redressant la tête.

L'orang-outan surgit, dissimulée derrière plusieurs tonneaux. Elle portait une grosse paire de bottes et tenait une chaîne. Elle affichait un large sourire.

– Ruthie nous suivait depuis le début ?

Ada tapota son front.

– Et ton imagination a fait le reste ! Je ne t'avais pas averti, bien sûr, car je comptais sur ta réaction pour convaincre le gardien.

– Heureux d'avoir pu être utile, siffla-t-il, piqué.

Ada leva les yeux au ciel.

– Oh, ne te vexe pas ! Nous n'avons pas le temps. L'homme ne tardera pas à revenir. Lorsqu'il aura retrouvé un peu de dignité, il essaiera de nous rattraper. Nous devons récupérer l'Étoile avant son retour. Cherche des creux, comme cela.

Ada se laissa tomber à quatre pattes et se mit à frapper les dalles avec son poing fermé, à quelques centimètres d'intervalle.

Parfait, se dit George avec un sursaut d'enthousiasme. Personne n'était plus doué que lui pour dénicher les creux dans les murs et les sols. Il avait passé deux ans à réparer le n° 8, Dorset Square, qui comportait plus de trous qu'un gruyère. Méthodiquement, il cogna du poing et tapota contre les entrailles du château glacial. Avec chaque mouvement, son excitation grandissait.

Toc. Les plans absurdes d'Ada les avaient conduits jusqu'ici.

Toc. Là où l'Étoile de la Victoire était sûrement cachée.

Toc. Ils allaient sauver Frobisher.

Toc. Son grand-père aurait été fier de lui.

Toc. Sa malédiction serait peut-être enfin levée.

George avait l'impression que, tout autour de lui, une muraille tombait en gros fragments et libérait pour la première fois la lumière du soleil.

Très vite, malgré le froid qui régnait dans le donjon, il fut en nage. Tout en sondant les pierres, Oscar et lui déplaçaient chaque caisse, chaque boîte, chaque tonneau de poudre de la pièce, mais ils ne découvrirent aucun signe qui aurait pu les mener au joyau.

George était sur le point de renoncer, quand un *boum* retentissant fit trembler le sol.

Oscar dégringola du haut d'un pilier et heurta George, qui s'écroula sur le ventre. Ruthie hurla, avant de se jeter sur eux à son tour, achevant de lui couper le souffle. Le temps que les deux garçons et l'orang-outan parviennent à se relever, un nuage de fumée noire s'avançait dans leur direction.

– Ada ? appela Oscar, mais la jeune fille ne répondit pas.

– Miss Byron ? Ada ! cria George.

Les émanations lui piquaient les yeux et lui brûlaient la gorge. Il se mit à tousser. Qu'était-il arrivé à Ada ? La malchance de George avait-elle fait une nouvelle victime ? Il tituba avant de s'écrouler sur un tonneau, projeté contre la paroi.

Enfin il l'entendit.

– Par ici !

Il traversa l'épaisse fumée en chancelant et trouva Ada agenouillée près d'un énorme trou dans le sol. Elle avait les cheveux en bataille, le visage couvert de suie et la robe tachée, mais elle semblait indemne. Des fragments de pierre, de caoutchouc et de terre bordaient le cratère.

– C'était un piège, expliqua Ada d'une voix rauque. Quelqu'un a dû passer ici avant nous et placer une bombe sous cette dalle.

Non.

Si George voyait le trou de ses propres yeux, il refusait d'y croire. Sans l'Étoile, Frobisher était perdu. Pour ne rien arranger, la porte du cachot s'ouvrit et des cris retentirent.

– Dispersez-vous ! Fouillez les geôles !

Des gardes.

– Ils sont à notre recherche, murmura Ada. Nous n'avons pas le temps de répondre à leurs questions, aussi, nous devons à tout prix éviter de nous faire prendre. J'ai trouvé une sortie, mais comment l'atteindre sans être repérés ?

– Je m'en charge, dit Oscar.

Il s'élança vers l'entrée du souterrain, plaqua son dos contre la roche sombre pour se dissimuler derrière la colonne de fumée. Il agrippa les barriques marquées du curieux signe de l'ananas doré et, les uns après les autres, les jeta aux pieds des gardes.

– La poudre noire ! crièrent-ils, effrayés.

Trop occupés à rattraper les tonneaux d'explosifs, ils ne remarquèrent pas les enfants qui se faufilaient entre les nuages de fumée.

Ada courut droit vers un mur de courtine et soudain, se volatilisa. Oscar, qui portait Ruthie, la suivit. George prit une grande inspiration et se précipita vers l'endroit où ils avaient disparu, où il découvrit une issue, visible seulement si l'on se penchait pour repérer la petite démarcation entre le sol et l'enceinte. Il sauta et plongea dans les eaux peu profondes du lac.

Il marchait et pataugeait à la fois pour rejoindre la rive, où Ada et Oscar s'étaient hissés, haletants, sur un rocher. Ruthie, perchée dans un arbre, croisait les bras et frissonnait.

– J'ai échoué, déclara George d'une voix monocorde. Je ne mérite pas le titre de Lord Devonshire. Frobisher avait besoin de moi et j'ai été incapable de le sauver.

– George… murmura Ada, avec compassion.

– Non, n'essaie pas de me remonter le moral, poursuivit-il.

Il s'assit et leva les yeux vers le château. Une fumée âcre s'échappait des meurtrières des cachots. Combien de temps passerait-il en prison pour avoir endommagé un bien public ? Soixante-dix ans ? Quatre-vingts ? Peu importait. L'Étoile avait disparu, de toute façon. Les ravisseurs de Frobisher accepteraient-ils autre chose en guise de rançon ? Peut-être que…

– George ! s'impatienta Ada, en agitant une boîte en bois sous son nez.

Il se redressa.

– Est-ce que c'est… ?

Ada lui planta le coffret entre les mains.

– C'est ce que j'essayais de te dire, si tu voulais bien cesser de gémir !

Son cœur bondit dans sa poitrine. Le bois gravé d'un décor d'arabesques semblait juste assez grand pour contenir le joyau. Le fermoir était cassé, sans doute endommagé par la bombe soigneusement préparée par l'Organisation. Pourvu que la pierre soit toujours à l'intérieur et intacte !

George souleva le couvercle d'une main tremblante.

Le coffret était garni d'un velours bleu roi. Quelques creux indiquaient l'emplacement où un objet reposait.

Mais il était vide.

Comme George le redoutait, l'Étoile avait disparu.

CHAPITRE DIX-HUIT

Sur l'insistance de George, Ada fouilla minutieusement la boîte. Ils étaient restés tapis entre les rochers, jusqu'à ce que la voie soit enfin libre. La jeune fille y découvrit un minuscule rouleau de parchemin jauni par le temps. En l'ouvrant, George sentit son cœur se serrer, car il reconnut l'écriture ronde de son grand-père. Le message indiquait :

Ce n'est qu'un commencement.

Mais leur aventure ressemblait plutôt à une fin, puisque l'Étoile avait déjà disparu.

Il avait touché au but et à présent, les mots de son aïeul semblaient le railler. C'était le plus cruel des jeux du sort.

Étouffant un gémissement, George froissa ce mystérieux, cet insupportable message et le jeta rageusement dans le lac. En le voyant s'enfoncer dans les flots, il regretta son geste. Il perdait un autre souvenir de son grand-père.

– La personne qui a dérobé l'Étoile et piégé cette dalle savait forcément que nous étions à sa recherche, déclara Ada.

– Mais qui cela peut-il être ? souffla George. Qui aurait pu faire une telle chose ?

Son esprit s'emballait. Après avoir passé deux ans à résister à la malédiction qui frappait l'entourage de George, Frobisher allait finalement y succomber de la plus terrible des manières. George ne se le pardonnerait jamais.

– C'était sûrement l'Organisation ! suggéra Oscar. Ils ont dû prendre l'Étoile seulement quelques heures avant notre arrivée. Nous sommes probablement sur leurs talons.

– Cela n'a aucun sens, Oscar. Ce sont eux qui ont enlevé Frobisher ! Il s'agissait plus certainement de quelqu'un d'autre. Quelqu'un qui connaissait son existence...

– Oscar a peut-être raison, George, coupa Ada. L'Organisation essaie peut-être de te soumettre à une sorte... d'épreuve. Ou peut-être qu'ils se sont emparés de l'Étoile parce qu'ils craignaient que tu la gardes, malgré leur ultimatum.

– Comment pourraient-ils imaginer une telle chose ? dit George.

– Ce sont des individus cruels. Et peut-être...

Ada pencha la tête, songeuse.

– Peut-être qu'ils attendent autre chose de toi. En plus de l'Étoile.

George eut un mouvement de désespoir.

– Que pourraient-ils exiger de plus ? Ma maison est vide ! Je suis seul au monde !

– Ce n'est pas vrai, George. Tu n'es pas seul, fit observer Oscar.

Ruthie acquiesça vigoureusement et Oscar lui fit signe de les rejoindre.

– Nous sommes là, à présent. Nous pourrons t'apporter des plantes de la ménagerie pour meubler ta maison. Ruthie et moi, nous pourrions aussi nous installer chez toi.

George esquissa un maigre sourire. Il aurait voulu expliquer à Oscar que remplir sa vieille demeure croulante avec des plantes ne suffirait pas à combler l'absence de Frobisher. Mais le regard d'Oscar semblait si plein de pitié qu'il n'osa rien répondre. Au lieu de cela, il jeta le coffret vide dans le lac en criant :

– Cette Organisation est une plaie de l'humanité !

– Il y a encore deux jours, tu ne croyais pas à leur existence, intervint Ada.

– Comment ne pas y croire, à présent ? Ils ont pris tout ce qui comptait à mes yeux.

Comment l'Organisation avait-elle pu savoir où se trouvait l'Étoile ? Oscar, Ada et lui les avaient-ils menés tout droit sur la piste du précieux objet ?

L'Organisation avait-elle véritablement une longueur d'avance ? Avaient-ils manqué l'Étoile à quelques minutes près ? L'Organisation épiait-elle leur conversation en ce moment même ?

– Je viens d'avoir une idée. Imaginons qu'il existe une faction rebelle au sein de l'Organisation, dit Ada.

Oscar parut surpris.

– Une fraction ? La moitié ? Le tiers ?

– Non, Oscar, par une fraction, une *faction*. Un petit groupe de renégats aux intentions différentes de celles de la branche principale. Maintenant que j'y songe, Roy en faisait peut-être partie. Il aurait pu nous suivre et dérober l'Étoile pour son propre compte, exactement comme il avait tenté de le faire avec la carte.

– Mais tu disais…

– Silence, George, je réfléchis. En admettant qu'il ait réussi à se procurer une des plaques héliographiques de Niepce et à la reproduire par ce moyen… mais il ne me semblait pas assez malin pour cela…

– Une quoi ? De qui ?

– L'un de mes amis, Nicéphore Niepce, a conçu un appareil permettant de fixer des vues du réel grâce à la lumière du soleil et à quelques solutions chimiques. C'est assez spectaculaire.

George enfouit son visage entre ses mains. Tout était perdu. Il ne parviendrait jamais à surpasser l'Organisation. Il ne pouvait même pas surpasser Roy.

Mais Ada, elle, le pouvait.

– Nous devons le retrouver, dit-il à voix basse, en la regardant.

– Comment ?

– Nous devons rattraper Roy, ou la personne qui a dérobé l'Étoile, et la lui reprendre. C'est le seul moyen de sauver Frobisher.

Ada fit la grimace.

– Depuis le début, ils essaient de nous retarder. Les explosifs du cachot devaient faire en sorte que nous ne quittions pas cet endroit vivants. Je crois maintenant que l'automate à la mâchoire métallique faisait bel et bien partie de leur plan. C'est trop dangereux. Nous avons de la chance d'être toujours en vie !

George se dressa sur son rocher, la tête haute et les épaules droites.

– Je refuse d'abandonner. Je continuerai à chercher l'Étoile pendant le temps qu'il me reste, jusqu'à ce qu'il n'y ait plus aucun espoir. Comme l'a dit Oscar, nous talonnons certainement le voleur. Nous pouvons encore y arriver !

Oscar poussa une exclamation et son sourire édenté illumina son visage.

– Non, c'est beaucoup trop risqué, répliqua Ada.

Elle saisit son jupon trempé pour l'essorer, humidifiant le rocher gris qui prit une teinte noirâtre. Elle affichait une expression déterminée.

– Je vais m'en charger seule. Il y a une gare à Montreux, tout près d'ici. Je vais vous acheter deux billets de retour. Quant à moi, je vais reprendre le ferry jusqu'à l'oiseau mécanique pour vous épargner d'autres ennuis.

Elle est sans doute ravie de se débarrasser de moi, se dit George en rougissant. Elle pensait sûrement qu'il ralentirait son plan.

– Il n'en est pas question, rétorqua-t-il. Ce n'est pas le moment d'abandonner ! Frobisher a été enlevé par ma faute. Étoile ou pas Étoile, je ne rentrerai pas à Londres sans lui. Tu disais tout à l'heure que je refusais de croire à l'existence de l'Organisation et tu avais raison. Mais j'ai changé d'avis. Je ne peux plus nier l'évidence. L'Extérieur n'est pas tel que je l'imaginais, mais s'enfuir et se cacher ne sert à rien. Ma malchance pourrait me rattraper n'importe où. Mais jusque-là, je dois continuer. Hier, je volais dans les nuages. Aujourd'hui, j'ai croisé des automates à l'apparence humaine. J'ai investi un château fort. Qui sait si demain, nous ne retrouverons pas Frobisher ?

Les mots lui avaient échappé. Sa propre voix lui paraissait lointaine, comme si quelqu'un d'autre prononçait ces paroles. Mais George avait besoin d'y croire. Une fin heureuse était possible. Son regard se posa sur Ada, qui le scrutait comme un mécanisme cassé qu'elle aurait cherché à réparer.

– Je ne peux pas rentrer chez moi. Pas maintenant. C'est hors de question.

Ada le toisa encore quelques instants, puis elle sourit.

– Ça marche ! J'arrive à peine à le croire !

– Croire quoi ? Qu'est-ce qui marche ? demanda George.

Elle frappa dans ses mains.

– En avant, les garçons. Cap sur Venise !

– Ensemble ? Mais tu disais que c'était dangereux ?

– C'était un test ! Je voulais voir si tu étais vraiment, vraiment prêt.

George la dévisagea, ahuri.

– Venise ? répéta-t-il.

Le message de l'Organisation exigeant la rançon parlait bien de Venise, mais seulement pour y remettre l'Étoile.

– Précisément. En admettant que Roy ait bel et bien dérobé l'Étoile, c'est sans doute sa destination. La ville abrite un marché noir où se négocient toutes sortes de marchandises illégales ou volées. C'est un rendez-vous pour les criminels de tout poil. C'est à l'évidence pour cette raison que l'Organisation te demandait de l'amener à Venise : c'est l'endroit idéal pour la vendre au plus offrant. Notre Roy est sans doute un homme cupide qui convoite une petite fortune. Voilà pourquoi nous retrouverons sûrement notre adversaire à Venise. Et d'ailleurs…

Ada releva ses jupes et s'avança dans l'eau pour récupérer le coffret qui flottait encore à la surface du lac – le lancer de George n'avait rien de très impressionnant. Elle ouvrit la boîte et se pencha pour l'examiner, avant de saisir quelque chose entre le pouce et l'index.

En se redressant, elle leva la main et montra un cheveu roux qui luisait dans le soleil.

– Regarde George. Un miracle ! J'ai dû le manquer la première fois.

George désirait tellement croire au miracle qu'il ne demanda pas à le voir de plus près. Pour lui, il n'était plus question de mettre la parole d'Ada en doute. Elle avait eu raison sur tout, depuis le début. Et tant qu'il continuerait à croire en elle, il obtiendrait son heureux dénouement.

– Il semble que toutes les routes mènent à Venise, dit George. Dans combien de temps pourrons-nous y être ?

CHAPITRE DIX-NEUF

Après un bon repas – un ragoût préparé à base de champignons et de noisettes qu'Ada avait ramassés avec l'aide de Ruthie, George s'assit devant le feu de camp. Oscar l'avait allumé grâce à un silex de sa collection.

Incapable de trouver le sommeil, George demeurait éveillé, absorbé par la carte de son grand-père, bien après que ses compagnons eurent regagné leurs tentes de fortune. Puisqu'elle leur était désormais inutile pour retrouver l'Étoile, George l'avait reprise.

Alors que le foyer se réduisait à quelques braises, il redressa la tête pour observer le ciel d'encre, oppressé par la tristesse. Il effleura le mouchoir de Frobisher, toujours fermement noué à son bras, et suivit ses motifs du bout du doigt. Frobisher avait-il assez chaud, là où il était prisonnier ? Ses ravisseurs le retenaient-ils à Venise ?

Deux jours s'étaient écoulés depuis son enlèvement.

Il ne leur en restait donc que huit pour le secourir. Ada ne cessait de répéter qu'ils avaient le temps et que tout se passerait bien. Mais alors que le feu mourait, les craintes de George grandirent avec les ténèbres. Dès qu'il fermait les yeux, le doute s'insinuait dans son esprit et la peur le hantait, reprenant les railleries de son père.

Et si Oscar n'était pas monté clandestinement dans l'oiseau mécanique et que nous avions atteint le château plus tôt ? Et si tu ne retrouvais jamais l'Étoile et que Frobisher périssait par ta faute, en maudissant le jour où il a croisé la route du troisième lord de Devonshire ?

Un froissement de feuilles le fit se dresser d'un bond. Une seconde plus tard, le silence retomba, à l'exception des derniers crépitements des braises.

Mais… avait-il aperçu des cheveux roux entre les arbres ? George frémit et ramena ses bras contre sa poitrine.

– Ruthie ? Oscar ?

Sans un bruit, George se leva et jeta un regard dans la tente du jeune garçon. Elle était vide. Le craquement d'une branche retentit, cette fois près de la tente d'Ada. George retint un cri.

Oscar avait-il été enlevé ? Roy, le voleur, allait-il apparaître tel un ogre pour tenter de lui reprendre la carte ? Kidnapperait-il Ada, pour suivre son plan machiavélique ?

La peur s'empara de George. Pas question de laisser

la malédiction lui arracher un autre être cher. Il serra les dents et contourna le feu sur la pointe des pieds, vers la tente d'Ada. Leur campement ne semblait pas avoir été fouillé et les pièges posés par Ada ne s'étaient pas déclenchés. Mais de nouveau, un bruissement de feuilles se fit entendre. George se mordit les lèvres pour ne pas hurler.

Une main monstrueuse venait d'écarter le tissu. Sans réfléchir, George fit un bond en arrière et brandit le plat de ragoût à moitié vide. Une silhouette émergea de la tente d'Ada, et George lui lança le contenu de son pot à la tête. Mais il manqua sa cible.

– George, que fais-tu encore debout ? s'exclama Oscar à la suite de la mystérieuse apparition, qui n'était autre que Ruthie, affublée de la veste de pilote d'Ada.

George s'empressa de reposer son plat.

– Je... euh, jetais le reste du dîner. Mieux vaut ne pas attirer les animaux sauvages. Et euh, que faisais-tu dans la tente de Miss Byron ? ajouta-t-il en s'éclaircissant la voix.

L'air penaud, Oscar montra le carnet de notes qu'il cachait derrière son dos. C'était celui qu'Ada conservait toujours dans son sac.

Il le prit et parcourut les pages remplies de son écriture penchée. Elle espaçait les mots, comme pour laisser suffisamment de place aux non-dits.

– Que fabriques-tu avec cela ?

Oscar baissa la tête.

– J'avais besoin d'un peu de papier. Je n'ai pas emporté mes carnets de dessins.

Horrifié, George s'aperçut qu'une larme roulait sur sa joue.

– Ce n'est que du papier, Oscar. Lorsque nous aurons retrouvé Frobisher, ou l'Étoile, nous tâcherons de t'en procurer.

– Non, ce n'est pas cela. C'est que… Tu vas me trouver ridicule.

– Mais non, assura George, déterminé à se montrer gentil, quoi qu'Oscar puisse raconter.

– Eh bien, depuis que j'ai l'âge de tenir un crayon, je dessine et j'envoie mes croquis à mon père. Maintenant qu'Ada m'a appris à lire les journaux et à écrire quelques mots, je lui écris aussi des lettres.

– Le pirate ? Mais je croyais qu'il t'avait aban… Enfin, que vous aviez été séparés.

– Ne te fatigue pas, George. Je t'ai dit que c'était un accident, reprit Oscar. Je lui explique où je vais et ce que je fais. S'il doit un jour venir me chercher, il saura où me trouver. Je glisse mes lettres dans des bouteilles que je lance dans la Tamise, en espérant qu'elles lui parviennent. C'est un pirate, il voyage donc beaucoup. Mais tous les fleuves se jettent dans la mer, n'est-ce pas ? C'est en tout cas ce qu'Ada m'a appris.

George cessa aussitôt de sourire en comprenant qu'Oscar était sérieux.

– Ada prétend que les courants ne sont pas des timbres-poste et que les chances sont *infinies et décimales*. Euh, quelque chose comme cela…

– Infinitésimales ? proposa George.

– Oui. Bref, très faibles. Mais faibles, c'est toujours mieux que nulles.

George effectua un rapide calcul mental. Les probabilités qu'une des lettres d'Oscar parvienne à quelqu'un, encore plus à son père, pirate ou non, approchaient de zéro. Mais avait-il davantage de chances de réussir dans sa quête d'une pierre précieuse légendaire à l'aide d'une carte codée, à bord d'une machine volante ?

En d'autres termes, presque zéro valait toujours mieux que zéro.

Peut-être, pour une fois, pourrait-il faire plaisir à Oscar. Sans leurs disputes, le voyage se déroulerait certainement mieux. George ouvrit les dernières pages du carnet, en arracha une blanche et la tendit à Oscar.

– Eh bien, vas-y.

Ravi, Oscar plongea la main dans sa poche pour en ressortir un crayon – qui semblait avoir été mâchonné par des dents d'orang-outan – et se pencha sur la feuille. Alors qu'il se mettait à dessiner, Ruthie s'installa entre les jambes de George qui, sans y penser, lui caressa la tête. Elle se roula en boule et, quelques instants plus tard, s'endormit.

Sous les yeux étonnés de George, une image des quatre compagnons sur l'oiseau mécanique parut jaillir sur le papier du bout de son crayon. Des nuages plus duveteux encore que ceux qu'il avait aperçus à bord de la machine volante prirent forme en quelques coups de mine de plomb. Une fois de plus, Ada avait raison : Oscar était un artiste talentueux.

Mais alors qu'il commençait sa lettre au bas de la page, son assurance le quitta en un instant. Après deux minutes d'efforts, il n'était parvenu qu'à tracer : « Chair Papa, cet Oscar » d'une écriture en pattes de mouche.

En le voyant s'acharner péniblement, George voulut se rendre utile.

– Oscar, pourquoi ne pas me dire ce que tu aimerais lui raconter ? Je rédigerai pour toi.

Soulagé, Oscar lui tendit papier et crayon.

– Je ne serais pas mécontent de faire une pause. Écrire, c'est compliqué.

George lécha l'extrémité de la mine et prit la dictée :

Cher Père,

C'est Oscar. J'espère que cette lettre te trouvera en bonne santé. Si tu me cherches, je ne suis plus à Londres. Ada et moi sommes partis en voyage à bord de son oiseau. Ruthie a avalé mon pilon, ma pierre préférée, celle que tu m'avais offerte lorsque j'étais tout petit. Mais Ada m'assure qu'elle ne craint rien dans l'estomac de Ruthie et qu'elle finira par en ressortir. Aujourd'hui nous sommes en Suisse, près de Genève. Nous avons même visité un château. Je me suis fait un nouvel ami : George, troisième lord de Devonshire, un gentleman très courageux.

Si tu es en Suisse, viens me retrouver. Si tu es à Londres, attends-moi s'il te plaît. Tu me manques.

Ton fils qui t'aime,

Oscar

– Veux-tu que je fasse ton portrait ? proposa Oscar lorsqu'il eut glissé la missive dans une bouteille. En guise de paiement, pour m'avoir aidé à écrire la lettre ?

George fut si surpris par l'offre d'Oscar qu'il ne put que répondre « Oh... ».

Autrefois, il possédait de beaux portraits de tous ses aïeuls, jusqu'à sa mère. Désormais, les toiles se trouvaient ailleurs. Frobisher les avait vendues un an plus tôt. George se demandait parfois qui pouvait bien acheter des portraits d'inconnus, même s'il préférait ne pas imaginer sa famille trônant au-dessus de cheminées d'étrangers.

– Enfin, comme tu veux, ajouta aussitôt Oscar. Je pensais que cela te plairait. Et j'ai justement un ocre jaune de la couleur exacte de tes cheveux.

George choisit soigneusement ses mots, craignant que la boule au fond de sa gorge ne l'empêche de parler.

– Merci, Oscar. C'est seulement que... j'aimerais mieux avoir un souvenir de quelqu'un d'autre, comme de mon grand-père ou de ma mère. Mais je ne me rappelle plus très bien leur visage.

– Je sais à quoi ressemble Frobisher ! s'exclama Oscar.

– Vraiment ?

Frobisher paraissait avoir une vie sociale très active en dehors du n° 8. Après deux années passées avec lui, George pensait tout savoir du vieux valet.

Oscar posa la pointe de son crayon sur une nouvelle page du carnet.

– C'est lui qui m'a appris les signes que j'utilise pour communiquer avec Ruthie. C'est l'alphabet sémaphore. Je peux essayer de le dessiner de mémoire et tu m'aideras pour les détails.

Sous la lueur du feu ravivé, George vit Frobisher prendre vie sur la feuille en nuances de gris.

– J'aurais aimé être un artiste tel que toi, se surprit-il à affirmer tout haut.

– Pourquoi ? demanda Oscar.

Bon sang, pourquoi avait-il dit une chose pareille ?

– Eh bien, ainsi, j'aurais pu dessiner toute ma famille. J'aurais pu les revoir chaque jour et ne jamais oublier leur visage. Ce doit être agréable.

– Je dessine sans arrêt ma mère, expliqua Oscar. Du moins, telle que je l'imagine. Mon père l'a connue lors d'une escale à Tahiti. Quand il viendra me chercher, j'espère qu'il m'y emmènera pour que je puisse la revoir et rencontrer sa famille. Là-bas, les plages sont noires comme du charbon et les forêts sont remplies de fleurs. C'est Ada qui me l'a dit.

Un silence paisible s'installa. Oscar ombrait son

œuvre du coin du pouce et George s'étonnait des nuances qu'il parvenait à tirer de sa simple mine de plomb. Enfin, sous les conseils de George, Oscar ajouta quelques rides aux joues tombantes du vieil homme.

– Voilà. Qu'en penses-tu ?

– C'est parfait. Je ne trouve pas d'autre mot.

Revoir le visage familier, fripé, de Frobisher le réconfortait.

Oscar referma le carnet d'Ada et le glissa sous son bras. Il jeta un regard à Ruthie, qui respirait profondément, assoupie entre les jambes de George.

– Je sais. Parfois, les paroles ne sont pas le meilleur moyen d'exprimer ce que l'on ressent.

Craignant de ne plus pouvoir retenir ses larmes, George plia le portrait de Frobisher et le rangea dans sa poche, tout contre la carte.

– Si j'étais un artiste comme toi, j'aurais peut-être pu vendre des portraits dans Kensington Park et rembourser les dettes de mon père. Je pourrais garder notre demeure et ainsi, Frobisher pourrait vivre là aussi longtemps qu'il le voudrait.

Oscar le dévisagea sans un mot. Ruthie s'agita dans son sommeil et se pelotonna contre la cheville de George.

– George, crois-tu vraiment que Frobisher t'abandonnerait si tu n'avais plus de maison ?

George cligna des yeux.

– Eh bien, il n'aurait aucune raison de rester, sans un toit au-dessus de sa tête.

Ne sachant qu'ajouter, il lissa ses cheveux.

– Pourquoi ? T'a-t-il dit le contraire ? s'enquit-il.

Oscar éclata de rire et secoua la tête.

– Nous retrouverons l'Étoile très vite, ne t'inquiète pas. Frobisher sera sain et sauf et tu pourras le lui demander toi-même. J'en suis certain.

– Comment peux-tu être toujours aussi optimiste ?

Oscar fronça légèrement les sourcils, comme si la question le prenait de court.

– Je l'ignore. L'espoir ne coûte rien, alors mieux vaut en avoir autant qu'on peut !

Il sourit et, dans la lueur des flammes, son visage s'illumina plus que d'ordinaire.

– Bonne nuit, George.

– Bonne nuit, Oscar.

L'espace d'un instant, George songea à rejoindre sa tente. Mais il craignait de réveiller Ruthie, encore étendue entre ses jambes. Au lieu de cela, il se pencha autour de lui et ramassa tout ce qu'il put trouver : des feuilles, sa veste, une bâche qu'Ada avait déposée près du feu, et les empila pour en faire un matelas de fortune sous son dos.

Confortablement allongé, il scruta une fois de plus le ciel noir. Des étoiles scintillaient, semblant lui adresser des clins d'œil depuis les nuées sombres. Était-ce son imagination, ou brillaient-elles un rien plus fort qu'à Dorset Square ? Peut-être ne les avait-il jamais véritablement regardées, pensa-t-il, avant de glisser dans un sommeil sans rêves.

CHAPITRE VINGT

Ils quittèrent la Suisse le lendemain matin, en s'élevant dans un azur clair et parsemé de nuages. George ne put s'empêcher de remarquer que le ciel avait la même couleur saphir que l'Étoile de la Victoire qu'ils espéraient trouver. Peut-être était-ce un signe.

– Allons, allons, ma fidèle monture. Filons tels des météores dans le ciel ! déclama Ada, avant de laisser le silence retomber.

George fut frappé de ce mutisme inhabituel, mais n'y prêta pas davantage attention. Sans doute son esprit fantasque et mystérieux était-il préoccupé par son fameux plan. Pour George, le chemin à suivre semblait moins évident, mais ils avaient au moins deux indices : l'Étoile dérobée peu de temps avant leur arrivée et le cheveu roux retrouvé dans le coffret. Une fois à Venise, Ada mettrait sûrement son projet à exécution, afin d'enrayer toute l'opération de l'Organisation. Ils sauveraient Frobisher et récupéreraient l'Étoile en prime, songea-t-il. Aujourd'hui serait un jour meilleur. Il le fallait.

Le vol se fit plus agité aux abords des sommets enneigés des Alpes. Mais George ne s'inquiétait pas. Ils avaient essuyé une tempête bien plus brutale sur la route de Genève. Quand les vagues invisibles du vent soulevèrent l'appareil, Ada éclata de rire et George l'imita – même si son rire paraissait nettement plus nerveux.

Alors qu'ils survolaient un autre pic, les nuages s'écartèrent et George vit le soleil glisser sur les flancs des montagnes. Ses rayons scintillaient comme des rivières de diamants, sinuant le long des pentes avant de se croiser dans les vallées pour former des torrents de lumière. Qui sait, pensa-t-il, la bouteille d'Oscar atteindrait peut-être la mer, après tout.

L'ombre de l'oiseau mécanique filait sur les reliefs. Mais quelque chose d'étrange semblait l'avoir pris en chasse. Une deuxième ombre.

George abrita ses yeux avec ses mains et, en se retournant, aperçut un oiseau au-dessus d'eux. Il lui parut immense.

– Quel genre d'oiseau est-ce là, Miss Byron ? demanda-t-il en le désignant du doigt.

Au même instant, les nuages s'épaissirent, si bien que lorsqu'ils levèrent la tête, la silhouette avait disparu.

– Tu as sans doute des visions, Lord Devonshire, répliqua Ada. Les oiseaux ne s'approchent pas des machines volantes. Selon moi, ils les prennent pour des prédateurs.

George ne répondit rien, mais continua de scruter les cieux jusqu'à ce que les nuages s'écartent de nouveau.

– Le revoilà ! Regarde !

Une forme sombre se détacha nettement dans le bleu durant quelques secondes. George la prit pour un grand rapace… jusqu'à ce qu'elle scintille au soleil.

Ruthie gémit, et se réfugia dans les bras de George en s'agrippant à son cou.

– Il ressemble beaucoup au nôtre, fit observer Oscar en plissant les yeux. Il est de la même couleur que celui que tu avais assemblé l'an dernier, avant de t'écraser à Trafalgar Sq…

Sans lui laisser le temps de finir sa phrase, l'oiseau fondit brutalement droit sur eux. Oscar lâcha un cri, mais George en fut incapable : son estomac sembla remonter dans sa gorge.

Lorsqu'il retrouva le courage d'ouvrir les paupières, il comprit qu'Ada avait poussé le manche à balai aussi vite que possible. Elle tirait de nouveau sur le levier pour redresser leur appareil et presque aussitôt, le moteur se mit à crachoter de manière inquiétante.

George risqua un regard vers le bas. Ils avaient fait un plongeon vertigineux en direction des montagnes, si proches qu'il entendait le murmure des torrents. Il leva la tête, cherchant l'autre engin métallique, mais celui-ci avait disparu.

– C’est bel et bien l’Organisation. Ils sont encore à notre poursuite ! cria-t-il pour couvrir le rugissement du vent, qui devenait chaotique.

Ses cheveux s’emmêlèrent devant ses yeux.

– Il s’agissait sans doute d’un mirage ou d’une réfraction atmosphérique qui renvoyait notre propre image ! Pas de quoi s’affoler, lui répondit Ada.

Une bourrasque souleva leur appareil et le secoua brutalement. George sentit les doigts de Ruthie s’enfoncer dans ses épaules.

– Il projetait une ombre. Les mirages peuvent-ils faire cela ?

– Eh bien… euh… non, concéda Ada.

George était trop paniqué pour savourer le fait d’avoir eu raison.

– Qu’allons-nous faire ?

– Nous pourrions tourner en rond pour tenter de les perturber, proposa Oscar d’une voix tremblante.

Ada tira une fois de plus sur le manche et le moteur ronronna de nouveau.

– Nous devons poursuivre notre route, sans quoi nous risquerions de retomber en panne de carburant. De toute façon, nous allons tous vers la même destination.

Elle sembla soudain retrouver le sourire quelque peu diabolique que George lui connaissait.

– Si l’Organisation s’imagine que nous allons renoncer maintenant, ils en seront quittes pour une grosse surprise !

George se remémora alors leur discussion à Dorset Square et il lui demanda :

– Ada, crois-tu que l'Organisation t'ait volé tes inventions ?

– Lord Devonshire, crois-tu vraiment que je les aurais laissés faire ?

George s'enfonça dans son siège, à l'affût de l'autre machine volante. Il ne comprit que plus tard, alors qu'ils frôlaient une masse de stratus filandreux, qu'elle n'avait pas véritablement répondu à sa question.

Lorsqu'ils quittèrent enfin les nuages, George remarqua un chapelet d'îles parmi les flots : Venise. Un sentiment de victoire monta en lui. La cité semblait flotter sur l'eau, brisant l'étendue d'un gris ardoise à l'embouchure d'un fleuve. Tandis qu'ils amorçaient leur descente, George s'aperçut que la moindre surface de terre était occupée par de petits bâtiments couleur brique et des campaniles, pointant vers le ciel telles des lances prêtes à les empaler.

Aucun terrain plat, ou dégagé, n'était en vue.

– Accroche-toi, George, murmura Oscar à son oreille. C'était la même chose lorsque Ada et moi nous sommes écrasés à Trafalgar Square. Au cas où tu ne l'aurais pas remarqué, elle est douée pour le pilotage, moins pour les atterrissages.

Avant que George ait pu répondre, Ada poussa d'un coup sec le levier, faisant plonger l'appareil droit vers la ville menaçante. Elle se dirigea vers une place assez vaste, plane, mais trop courte pour s'y poser. D'un côté se trouvait une haute tour de briques, couverte d'un toit pentu vert. Perchée sur son sommet, la statue d'un ange dorée ouvrait ses ailes en signe d'accueil et levait ses bras dans un geste de bénédiction.

– Ada, nous allons nous écraser ! hurla George, en faisant de grands signes vers la tour, qui se rapprochait de plus en plus vite, avant d'agripper l'épaule de la jeune fille.

– J'essaie de tourner, cria Ada, mais je n'y arrive pas ! Ne t'en fais pas. Tout ira bien !

Elle parut si convaincante que pendant quelques instants, il crut sincèrement que tout se passerait bien. Il le crut jusqu'au dernier moment, lorsqu'ils percutèrent l'ange.

Le choc se produisit au ralenti. Un froissement de tôle se fit entendre lorsque l'aile frappa la statue. Ada actionnait les commandes dans une tentative désespérée pour virer de bord, mais l'une des roulettes en caoutchouc de l'appareil vint heurter la tunique de l'ange qui se plia comme du papier. George se tourna juste à temps pour voir l'ange basculer lentement, lentement, lentement… avant d'amorcer une chute vertigineuse vers les pavés, une centaine de mètres plus bas.

L'aéronef dégringolait, lui aussi. Épouvanté, George ne remarqua pas vraiment qu'Ada guidait l'engin en vol plané vers le toit de l'édifice tout proche. Un flou de couleurs défila autour d'eux, comme s'ils traversaient un tableau : marbre blanc, brique rouge, cuivre vert. De gigantesques piliers les dissimulaient et permirent à l'oiseau endommagé de finir sa course à l'abri des regards, près d'un énorme dôme doré coiffant le long toit plat de la basilique.

George s'extirpa de son siège dès qu'il le put. Près de lui, Ada, Oscar et Ruthie se libérèrent de la carlingue et se laissèrent glisser ensemble sur le toit. Avec un gémissement, Ruthie serra contre elle sa feuille de bananier qu'elle berçait comme un enfant.

George poussa un soupir de soulagement : à l'exception de quelques bleus et égratignures, ils étaient tous indemnes.

Ils ne pouvaient en dire autant de l'oiseau mécanique. L'une de ses ailes était presque sectionnée. Une terrible balafre lacérait le côté gauche de la machine, au niveau des rivets qui fixaient la tête, presque détachée du corps. Une main plaquée sur la bouche, Ada étouffait un cri plaintif tout en inspectant les dégâts.

– Ada… dit George en esquissant un geste pour la réconforter.

Elle se détourna vivement, les yeux ronds, encore sous le choc, et répliqua froidement :

– Pas maintenant.

George s'écarta et lutta pour retenir ses larmes. Pourquoi l'échec le suivait-il partout où il allait ? Cette malédiction ne s'arrêterait donc jamais ! Pour l'heure, les victimes n'étaient que l'oiseau mécanique et la statue du campanile. Mais une prochaine fois, Oscar, Ada ou Ruthie pourraient être blessés, voire pire ! Quel imbécile d'avoir cru pouvoir lui échapper ! Plus vite il retrouverait l'Étoile, plus vite il rentrerait chez lui avec Frobisher, mieux cela vaudrait pour tout le monde.

Une kyrielle de grognements enthousiastes interrompit ses pensées. Ruthie se penchait par-dessus le parapet, et pointait frénétiquement la place.

– Qu'y a-t-il, Ruthie ? s'exclama Oscar.

George et lui suivirent le geste du singe et aperçurent l'ange qui gisait au milieu d'un attroupement, aplati et fracassé, telle une crêpe d'or étalée sur les pavés.

– La police ! souffla Oscar.

Un murmure parcourut la foule lorsque des officiers impeccablement vêtus approchèrent à dos de cheval. George sentit qu'un frisson le gagnait. Ils ne devaient surtout pas se faire prendre. Ils seraient arrêtés, conduits en prison. Une prison italienne, où les cris de désespoir de George ne seraient même pas compris.

– Ada...

La jeune fille s'était effondrée contre la carlingue, le visage enfoui au creux de son coude. Ses épaules étaient secouées de sanglots.

L'idée qu'Ada puisse pleurer le perturbait plus que tout, plus encore que celle d'être jeté en prison, mais il s'efforça de rester calme.

– Je suis désolé, Ada. Mais nous ne devons pas nous attarder ici.

Elle devait avoir le cœur lourd. L'oiseau mécanique était son bien le plus précieux. Elle l'avait inventé de toutes pièces, l'avait construit de ses propres mains, l'avait entretenu, réparé… aimé. C'était sa Mme Daly. Sa collection de minéraux. Peut-être même son Étoile de la Victoire. Et George ne savait absolument pas quoi lui dire pour la réconforter. Car à l'exception des mots prononcés par Oscar, la veille, jamais rien ni personne n'avait réussi à réconforter George.

– Ada… reprit-il.

Elle redressa brusquement la tête. Elle s'éclaircit la voix, puis se frotta le visage.

– Nous devons le sauver. Donnez-moi un coup de main, s'il vous plaît. Vite !

Elle leur fit signe de l'aider.

Elle s'arrêta parfois pour essuyer ses yeux ou son nez d'un revers de manche, mais elle s'employa à dévisser, décrocher et démembrer l'oiseau métallique, qu'ils démontèrent en sept parties. D'une voix sèche, elle leur demanda de les dissimuler à l'ombre d'une imposante coupole. Une fois leur besogne terminée, Ruthie explora le toit. Dans un coin, elle découvrit une échelle qui descendait vers une ruelle sombre. Celle-ci menait à la vaste place où la police tournait en rond comme des aigles à la recherche d'une proie.

– Faites comme si de rien n'était. Mêlez-vous aux badauds, conseilla Ada qui ramena ses boucles brunes sur son visage maculé de cambouis et de larmes.

Une charrette chargée d'oranges passa près d'eux. Ruthie, perchée sur le dos d'Oscar, bondit et atterrit pesamment sur le tas de fruits mûrs.

– Ruthie !

George s'écarta d'Oscar et d'Ada pour récupérer l'animal avant qu'elle ne se fasse remarquer. La propriétaire de la charrette, une vieille femme enveloppée dans un châle aux couleurs chatoyantes, invectiva George en italien. Celui-ci attrapa l'orang-outan sous un bras et entreprit de filer. Mais la foule s'était resserrée autour d'eux. Les boucles brunes d'Ada et les doigts tachés d'Oscar avaient disparu. George et Ruthie furent pris dans une mer d'inconnus, bousculés de toutes parts par des marchands ambulants, des voyageurs perdus et des enfants aux vêtements rapiécés. Enfin, ils se retrouvèrent devant les sabots des chevaux des policiers, près de la statue écrasée. Ruthie gémit.

L'un des policiers – juché sur la plus fière et la plus blanche des montures – descendit de sa selle rutilante. Il portait un uniforme noir et une cape de soie assortie. Son bicorne noir était orné d'une plume écarlate. Sa moustache, elle aussi noire, semblait frémir d'un côté, puis de l'autre, tandis qu'il scrutait la foule. Elle avait la même forme que le couvre-chef.

– Il Naso, murmura quelqu'un d'une voix craintive.

Le policier rejeta la tête en arrière et huma l'air. Comme si l'atmosphère lui transmettait un message olfactif codé – que George ne pouvait comprendre –, l'attroupement de Vénitiens et de touristes se dispersa. Il ne resta que le policier et de rares badauds. Ada et Oscar étaient introuvables.

George vit l'homme surnommé « Il Naso » s'agenouiller devant la statue de l'ange. L'officier approcha son visage si près que les poils de sa moustache effleurèrent l'or. Il esquissa un sourire sinistre, jubilant, qui évoquait à George celui d'un chat tenant une souris sous sa patte.

Avec l'index et le majeur, il parvint à extraire de l'épave de la statue un fragment de métal argenté. Puis il braqua son regard vers George, qui se mit à cligner furieusement des yeux. Ceux d'Il Naso, en revanche, demeuraient fixes. Il souleva sa cape, se redressa et traversa la place en fondant droit sur George et Ruthie.

Lord Devonshire tourna le dos à l'ange et s'enfuit.

CHAPITRE VINGT ET UN

George avança sans cesser de se retourner, craignant de voir Il Naso surgir derrière lui. Il rejoignit enfin Ada et Oscar près d'un étal de pains tout chauds dans un coin de la place. Plus exactement, ils retrouvèrent George, qui ne les aurait jamais reconnus sous leurs accoutrements absurdes, qu'Ada avait pu se procurer pendant la vingtaine de minutes qui s'était écoulée depuis leur séparation. Elle arborait un masque de porcelaine blanche qui dissimulait le haut de son visage et avait noué ses cheveux en plusieurs tresses élaborées. Oscar, lui, portait un grand chapeau qui semblait éclater en son sommet pour en faire jaillir des plumes de perroquet.

– C'est un chapeau de pirate, expliqua-t-il, ravi.

– Je croyais que le but de vos déguisements était de ne pas attirer l'attention.

Pour toute réponse, Ada enveloppa Ruthie d'un châle et Oscar la prit dans ses bras comme un nouveau-né.

Le tablier qu'ils avaient dérobé – « emprunté », insistait Ada – au boulanger était bien trop large pour George, mais Ada l'obligea tout de même à le passer.

Elle leur fit traverser un dédale de ruelles, des ponts de pierres jaunes et grises pour enfin atteindre un canal aux teintes de ciel orageux. Là, une armée de barques longues et fines comme des cosses de pois encombraient les eaux agitées. Pour la plus grande joie d'Oscar – et d'après ses cris, le plus grand déplaisir de Ruthie, Ada les fit monter sur une de ces « gondoles ». Elle murmura leur destination au batelier qui dirigeait son embarcation à l'aide d'une haute rame.

George leur raconta son effrayante rencontre avec Il Naso et Oscar observa les passants aux alentours avec de grands yeux.

– C'est exactement le genre d'endroit qu'un pirate choisirait pour vivre, non ? Tout est construit sur l'eau. Je pourrais peut-être y croiser quelqu'un qui connaît mon père…

– L'Adriatique était autrefois un repaire de pirates. Mais je crois qu'ils ont tous été décapités, expliqua George d'un air laconique.

Une fois de plus, Oscar ne semblait pas conscient du danger qu'ils couraient. L'oiseau d'Ada était en morceaux. Malgré ce qu'elle ne cessait d'affirmer, Frobisher était loin d'être sauvé. Ils avaient perdu l'Étoile. Et à présent, la police vénitienne connaissait le visage de

George. Les nerfs du jeune lord étaient aussi malmenés par les événements que les poils sur le crâne de Ruthie.

– Ada, où allons-nous ? demanda-t-il. Tu connais Venise ? Allons-nous réussir à retrouver Roy, s'il s'y cache ?

– Non, George. Ma mère a toujours refusé que je vienne ici, répondit-elle à la hâte. Mais j'ai une piste.

– Une piste ? répéta-t-il, le cœur battant. C'est-à-dire ? Un message codé ? Un symbole ? Un indice ?

– Eh bien, non. Disons qu'il s'agit d'une intuition. Puisque l'Organisation me poursuit, j'en déduis qu'ils surveillent d'autres brillants scientifiques. Je soupçonne même certains d'entre eux de travailler pour l'Organisation. Et il se trouve qu'un jeune savant séjourne en ce moment à Venise. Nous pourrions essayer de le localiser et de chercher à obtenir des informations. Mais nous devrons rester prudents devant lui et ne pas trop en dire.

Ada plissa les yeux.

– J'ignore encore quel camp il a choisi. Et soyez vigilants, au cas où Roy se montrerait. Il se sera probablement grimé.

– Bien, murmura George, qui avait du mal à suivre le fil de ses pensées.

Le mystère de l'Organisation continuait de s'épaissir.

– Arrêtez-nous là, dit Ada au gondolier, en désignant une maison aux murs d'un rose fané, avec une porte verte.

Tandis qu'ils accostaient, Ada prit Ruthie des bras d'Oscar, la posa sur le sol, fit mine de frapper à la porte puis pointa une fenêtre du dernier étage. Ruthie escalada les quatre niveaux de la façade, bondissant de rebords en balcons jusqu'à la gouttière. Puis elle tapota les persiennes d'une fenêtre des combles.

Un instant plus tard, les volets s'ouvrirent avec un grincement. Un jeune homme à l'air rêveur, avec un front large et des favoris bruns, se pencha vers la rue. En apercevant Ruthie, il inclina la tête, surpris, mais ne poussa aucun cri et ne s'enfuit pas à toutes jambes comme George l'aurait sûrement fait s'il avait trouvé un orang-outan derrière ses volets. Il tendit même la main vers elle.

– Bonjour, toi ! s'exclama-t-il d'une voix grave et profonde, à l'accent anglais familier. Quel beau spécimen de *Pongo pygmaeus* tu fais !

– Monsieur Darwin ? Bonjour ! appela Ada, qui ôta son masque. Charles ?

Le jeune homme baissa le regard vers elle, abritant ses yeux du soleil pour mieux la voir.

– Ça alors ! Ada Byron ? Ah, voici donc Ruthie !

L'animal sourit et découvrit les dents.

– Oui, monsieur Darwin. Je vous présente Oscar et George.

– Lord Devonshire, rectifia George d'un air vexé.

– Mes amis et moi espérions pouvoir vous déranger quelques instants.

– Ça, pour une coïncidence... Vous êtes en voyage, vous aussi ? s'esclaffa-t-il. Vous n'êtes pas venu épier ma collection de mollusques, au moins ? Je vais bientôt vous rattraper, vous savez.

– Ha ! Tu as entendu ça ? Il cherche à en apprendre davantage : c'est une ruse, s'exclama George, avant de se tourner vers le jeune homme. Nous ne sommes pas des esp...

Ada lui donna un grand coup de coude pour le faire taire.

– Nous ne sommes pas des euh... experts en mollusques des grottes, vraiment. Nous étudions seulement ceux de plein air !

Mais Darwin n'écouta pas les explications pathétiques d'Ada et ne prêta aucune attention aux soupçons de George. Il était trop absorbé par Ruthie, qu'il examinait des pieds à la tête.

– La porte est ouverte, finit-il par lancer, avant de disparaître en refermant les volets.

– Comment connais-tu cet individu ? demanda George à voix basse, tandis qu'ils gravissaient l'escalier de l'immeuble. C'est peut-être réellement un espion de l'Organisation ?

– À vrai dire, j'en doute fort, dit Ada. Mais je préférais t'avertir du risque pour que tu te tiennes sur tes gardes. Nous correspondons quotidiennement depuis plusieurs mois. Il travaille pour devenir naturaliste. Enfin, il le serait déjà si son père n'essayait pas de l'obliger à suivre une carrière de médecin. En tout cas, ses réponses à mes questions concernant les ailes de scarabée m'ont été très utiles.

George fronça les sourcils. Un homme expert en ailes de scarabée pouvait-il vraiment intéresser l'Organisation ?

– George, je connais cet air dubitatif. *Oui*, je suis sûre que nous sommes sur la bonne piste. Mais tu as peut-être une brillante suggestion à nous soumettre ?

– Eh bien, euh... non, dit George en regardant ses pieds, à court d'idées.

– Alors guette plutôt le moindre détail qui pourrait nous conduire à l'Organisation. Et à l'endroit où se trouve Frobisher, reprit Ada d'une voix plus douce. Ah, et Oscar, surveille Ruthie afin qu'elle n'avale rien. Comme toi, Charles possède une superbe collection de minéraux.

Une fois à l'intérieur, Ada et M. Darwin se lancèrent aussitôt dans une conversation scientifique. George saisit quelques bribes de l'échange : *osselets*, *vestigial*, *réticulé*... Des mots qu'il avait vaguement croisés au cours de ses études, mais dont il était incapable de se remémorer le sens. Tandis qu'Ada questionnait Darwin, George décida de se rendre utile en cherchant quelques indices.

Cette soupente louée par M. Darwin lui rappelait la chambre d'Ada. Des pages jaunes arrachées à des livres étaient punaisées aux murs et représentaient différentes espèces d'animaux. Des notes griffonnées çà et là, comme de petits nuages sombres, entouraient les illustrations. En passant de l'une à l'autre, George remarqua un papillon aux ailes immenses, un scarabée noir avec des antennes pareilles à des bois de cerf, et plusieurs planches d'un colibri multicolore.

Mais si la chambre d'Ada débordait d'inventions dont le tic-tac résonnait en permanence, celle-ci était pleine de créatures vivantes. Sur la table, une boîte remuait. Des plantes et des fleurs fraîches étaient éparpillées sur toutes les surfaces. Deux gigantesques tarentules rayées agitaient leurs pattes velues à l'intérieur d'un bocal en verre. De minuscules points noirs s'activaient dans un tube à essai rempli de terre – ce que George trouvait particulièrement suspect, mais il n'y vit aucun indice probant.

Une page représentant un insecte jouant avec une balle glissa sur le sol, près de la fenêtre ouverte. George la ramassa et l'approcha de ses yeux.

– Ah, voilà le bousier ! s'exclama Darwin en lui donnant une tape sur l'épaule.

George piqua un fard.

– Excusez-moi, monsieur, mais ce langage est fort inconvenant en présence d'une dame.

Ada éclata de rire et George vira au cramoisi.

– Non, George ! Il parlait de l'illustration. Ce sont des bousiers : ils roulent les excréments des animaux en boules pour s'en nourrir.

– Plus exactement, ajouta Darwin, ils appartiennent à l'embranchement des arthropodes, du sous-ordre polyphage dans la superfamille des scarabéidés.

– Évidemment, je connais leur subsuper généalogie, bredouilla George.

Il reposa la page près du tube à essai rempli de terre où grouillaient les petits points brunâtres. Ce Darwin cachait certainement quelque chose.

– Et qu'est-ce que c'est que cela ? siffla George d'un ton accusateur en pointant l'index vers le récipient.

– C'est une espèce jusque-là inconnue de fourmis rouges piqueuses, du genre *Solenopsis*. Fais très attention. Elles piquent !

– Parfaitement normal, Lord Devonshire !

Ada prit un air détaché, mais lui fit les gros yeux, avant de se replonger dans une discussion animée avec Darwin.

L'humeur de George s'assombrissait de minute en minute. Roy avait peut-être déjà remis l'Étoile de la Victoire à l'Organisation pour l'aider à dominer le monde, et Ada ne trouvait rien de mieux à faire que de bavarder à propos de…

– … genou dévié en varus…

De quoi parlaient-ils, bon sang ? Il passa ses mains dans ses cheveux emmêlés et s'exclama, furieux :

– Miss Byron !

Ses compagnons – y compris Ruthie – le regardèrent, surpris. Il avait élevé la voix plus qu'il ne le voulait.

– Pourrions-nous nous occuper de notre affaire urgente ?

Ada ouvrit de grands yeux.

– Charles, vous pourriez peut-être conduire Oscar jusqu'à la lagune et lui montrer ces formations rocheuses que vous évoquiez dans vos lettres ? Il pourrait les dessiner pour vous. C'est un excellent artiste et un apprenti géologue.

– Ce serait un honneur, répondit Darwin avec un clin d'œil.

Dès que la porte se fut refermée sur Oscar, Ruthie et Darwin, George pressa Ada de questions :

– Quel est ton plan pour localiser Roy ? Est-ce que tu parles l'italien ? Est-ce que nous réussirons vraiment à les retrouver d'ici à sept jours ?

Ada fronça les sourcils.

– Pas de précipitation.

– Comment peux-tu dire une chose pareille ? s'agaça George, scandalisé. Évidemment qu'il faut agir vite. Frobisher compte sur nous !

Ada se tint soudain plus droite.

– L'Organisation est dangereuse et ses agents ne sont pas idiots. Si nous nous contentons de les suivre, ils garderont toujours une longueur d'avance. Rappelle-toi : nous avons l'avantage de la surprise. À présent, je dois m'absenter.

– Alors, tu as bel et bien un plan ? demanda George lentement.

– Bien sûr que j'ai un plan, s'étrangla-t-elle. Un plan génial. Encore meilleur que le précédent.

– Et… ?

– Et, répondit Ada, si l'Organisation te capturait, mieux vaut que tu en saches le moins possible. Nous allons devoir nous séparer.

Inquiet, George passa les doigts dans ses cheveux.

Se séparer signifiait se retrouver seul, dans une ville inconnue où un policier aux étranges pouvoirs olfactifs était peut-être déjà sur ses traces.

– Si tu penses que c'est nécessaire…

– Impératif, assura Ada.

– Et pour Il Naso ?

– George, s'indigna-t-elle en arquant un sourcil. Essaies-tu d'insinuer qu'un policier pourrait réellement te pister grâce à son odorat, en reniflant un fragment de métal de l'oiseau mécanique ?

George se mordit les lèvres. Cela paraissait effectivement idiot.

– C'est toi qui m'as dit de suivre mon instinct.

– Dans ce cas, tu devrais faire attention, Lord Devonshire.

Elle prit alors une poignée de terre dans l'un des innombrables pots de Darwin et entreprit de l'étaler sur le visage et le cou de George.

– Ada ! Qu'est-ce que tu fabriques, nom d'un chien !? s'écria-t-il en la repoussant.

Une petite motte de terre glissa de ses cheveux et s'écrasa sur le sol.

– Cette terre masquera ton odeur. D'après ma théorie…

George se frotta énergiquement les joues pour s'en débarrasser.

– Je préfère m'abstenir. Que suis-je censé faire ?

Ada griffonna quelques mots sur un morceau de papier. Le grattement résolu de son crayon sur la page emplit George d'un sentiment de courage et de détermination. Ada releva la tête, lui tendit une bourse pleine de pièces qu'elle avait emportée, un sac vide et le papier qui indiquait :

1. *Rends-toi au marché le plus proche*
2. *Trouve une livre de chaque, dans cet ordre :*
   Sel
   Sucre
   Farine
   Beurre
   Œufs
   Rhubarbe
3. *Achète le tout au meilleur prix*
4. *Reviens*

George n'avait jamais fait de courses de sa vie. C'était le rôle de Frobisher.

– En quoi cela nous aidera-t-il à retrouver l'Organisation ?

Ada plaqua un doigt sur sa bouche pour le faire taire.

– Rappelle-toi : moins tu en sauras, mieux cela vaudra.

CHAPITRE VINGT-DEUX

George se faufila au milieu d'un groupe de femmes aux robes multicolores et de grappes d'enfants qui jouaient aux billes ou aux *bocce*, quitta la rue de Darwin, franchit un pont vers l'autre rive du canal où il se perdit dans une artère animée, exactement comme Ada le lui avait conseillé.

Il se voyait désormais comme un véritable explorateur. Si Marco Polo avait pu partir de Venise jusqu'en Chine et revenir, le troisième lord de Devonshire pouvait sans mal s'aventurer seul au marché. Galvanisé par le souvenir des illustres navigateurs qui avaient pris Venise pour point de départ de leur odyssée, George s'enfonça dans les venelles tortueuses de la cité, la tête haute.

Il comprit rapidement qu'elle était cependant plus adaptée aux créatures marines qu'aux humains. Impossible d'échapper à l'eau, omniprésente. Partout régnait une odeur pestilentielle de poisson et la moindre surface semblait luire, comme couverte d'une couche d'écume. Entre les canaux qui cadenassaient la ville et les pâles immeubles qui s'élevaient au-dessus de l'eau, aucune voiture à chevaux ou charrette n'aurait pu passer. Les ruelles permettaient tout juste d'y marcher.

Malgré les difficultés pour se repérer dans ce dédale de passages encaissés entre les canaux, George poursuivit ses recherches et découvrit un marché à ciel ouvert dans une cour.

Dénicher les ingrédients de la liste se révéla plus compliqué. Le sucre et le sel, apprit-il, avaient exactement la même texture et apparemment, il n'était pas convenable de les goûter pour les différencier. Ses mains étaient encore rouges de la tape du marchand d'épices. Qui aurait cru qu'il existait tant de variétés de farine ? Farine de blé, d'orge, de seigle, d'amande, de châtaigne… Il y avait aussi la semoule… George les acheta toutes, au cas où… et le moins cher possible, bien entendu.

George cochait les ingrédients sur sa liste à l'aide d'un crayon emprunté à Oscar, lorsqu'il eut la nette impression d'être observé. Son instinct semblait lui crier que, toute proche, une menace le guettait. Le moindre bruit le faisait sursauter.

Les policiers auraient pu surgir à n'importe quel moment…

L'Organisation rôdait peut-être tout près…

Roy, sous un quelconque déguisement, aurait pu se

glisser parmi ces badauds : les hommes, les femmes, les enfants, les bébés... Tous auraient pu être des agents.

Sans Ruthie, Ada et Oscar, chaque pas le terrorisait, mais il ne pouvait se résoudre à rentrer sans avoir accompli sa mission. Après plusieurs impasses et détours, il trouva finalement un étal de fruits et légumes. Il demanda à la vieille marchande flétrie une botte de rhubarbe et s'entendit répondre : « *Non capisco.* »

– Non, merci. Pas de cappuccino. Rhubarbe ! Avez-vous de la rhûûû-barbe ? articula-t-il de façon exagérée.

La vieille dame fit la moue.

– *Vai, vai, stupido bambino !*

– Quelle grossièreté ! J'irai me servir ailleurs. Et *stupido* vous-même ! s'indigna George en tournant les talons.

Au moins, maintenant, il connaissait un mot d'italien qui pourrait lui être utile.

Puis, telle une brise, le silence retomba parmi les passants. De nouveau, George sentit son estomac sursauter, comme si son corps l'avertissait d'un danger. Malheureusement, il ne pouvait en détecter l'origine... Jusqu'à ce qu'il perçoive le bruissement d'une cape, puis un reniflement familier. Avant même de l'avoir vu, George le reconnut.

– *Il Naso*, murmura la vieille femme.

Comme les badauds de la place Saint-Marc, ceux du marché s'écartèrent. Remuant sa moustache, Il Naso s'avança rapidement vers George, cloué au sol, malgré sa soudaine envie de fuir. Les bottes luisantes du policier grinçaient à chaque pas.

Près de George, il saisit une botte de feuilles vertes aux tiges rouges qu'il lui tendit.

– Voilà ce que vous cherchiez, je crois. *Rabarbaro.*

George parvint à esquisser un signe de tête et fourra la rhubarbe dans son sac.

– Merci, monsieur l'agent.

L'homme attendit que George paie la vieille marchande et lui demanda :

– Qu'y a-t-il au menu, ce soir ?

Il parlait d'un ton aimable, mais son regard était glacial et il affichait un sourire aussi doucereux que sournois. George humecta ses lèvres sèches.

– De... la nourriture, marmonna-t-il piteusement.

– Mais on dirait que tu cuisines pour plusieurs personnes, remarqua Il Naso en jetant un coup d'œil à ses achats. Peut-être pour d'autres, qui ont passé leur journée à semer le trouble dans notre cité.

– Je... je ne suis pas sûr de vous comprendre, répondit George en reculant lentement.

Son cœur battait à tout rompre. Il regretta amèrement la terre proposée par Ada et aurait donné n'importe quoi pour s'en barbouiller la figure.

Le policier saisit une tomate et inhala profondément son parfum.

– Une mère peut reconnaître son enfant rien qu'à

son odeur. C'est vrai. Le nez est un organe puissant. Et mon nez peut percevoir les états d'âme à plus de cinquante pas. Sais-tu ce que je sens, sur toi ?

George secoua la tête, en se glissant entre les oignons et les navets.

L'homme se pencha vers lui. George tressaillit, certain qu'il allait l'empoigner et l'entraîner jusqu'à la cellule la plus proche.

– Je flaire la culpabilité avec un soupçon de duplicité. Ce n'est pas une odeur inhabituelle pour un complice de crime. Ce qui est plus étonnant, c'est que j'ai justement perçu cet effluve ce matin, sur la place, après la chute de la statue de l'archange Gabriel au pied du campanile.

George crut que son cœur cessait de battre.

– Je... ne vois pas de quoi vous parlez.

– Ce n'est pas toi, petit lièvre, qui m'intéresse, souffla Il Naso en avançant. Je cherche la fille Byron. Où est ton maître ?

– Mon maître ? s'exclama George. Je peux vous assurer que je n'en ai pas. Comment osez-vous ? Je descends d'une longue lignée de nobles anglais qui ont employé de nombreuses personnes à leur service. Frobisher, mon valet, vous le confirmerait.

L'émotion l'étrangla. Les yeux plongés dans ceux d'Il Naso, il prit soudain conscience de l'homme à qui il s'adressait.

– Vous disiez... une fille ? Quelle fille ?

– La fille du poète anglais.

Comment cet homme pouvait-il connaître Ada ? Elle prétendait n'être jamais venue à Venise.

– J'ai bien peur de ne pas comprendre de qui vous parlez, balbutia George. Tous les Anglais ne se fréquentent pas forcément, vous savez.

Il Naso agita la tomate sous le nez de George.

– Je suis certain que tu mens. Toi et ton amie avez beaucoup de choses en commun.

Un frisson parcourut George et il sentit les poils de sa nuque se dresser. Le policier confondait-il Ada avec quelqu'un d'autre ? Avait-elle une sœur cachée, dont elle ne lui aurait jamais parlé ?

Le policier scruta le visage de George, puis lâcha un rire cruel.

– Ainsi, tu ignores donc tout ! Mais tu le découvriras bien assez tôt, j'en suis sûr, ajouta-t-il en secouant la tête. Tu as eu de la chance, aujourd'hui. Je ne peux pas t'envoyer dans un hospice pour un mensonge. Mais ton amie, c'est une autre histoire. Elle est pire que les plus vils voleurs de San Marco !

Une vague de terreur submergea George. Il Naso menaçait-il vraiment d'emprisonner Ada dans un hospice de pauvres ? George l'avait entraînée dans toute cette histoire. Il avait déjà échoué à sauver Frobisher. Serait-il incapable de protéger Ada ?

Il Naso serra la tomate, juste assez fort pour y laisser l'empreinte de ses doigts.

– Alors, as-tu changé d'avis ? Me la livreras-tu ?

L'instinct de George lui criait de s'enfuir, aussi loin et vite que possible, mais il n'aurait jamais réussi à semer le policier. Il lui fallait donc une diversion. Si Ada avait été là, elle aurait transformé un navet en missile ou un sac de farine en...

Un sac de farine...

George se remémora la « bombe » artisanale qui avait manqué de le piéger chez Ada, à peine quelques jours auparavant. Il saisit le sac de farine d'amande dans son sac, le brandit au-dessus de sa tête et, rassemblant le peu de courage qu'il lui restait, le jeta de toutes ses forces à ses pieds.

Le sac explosa en un épais nuage blanc, qui tourbillonna entre Il Naso et lui comme une tempête de neige. La vieille femme vociféra derrière son étal en voyant ses beaux légumes colorés se couvrir de cette poussière blanche. Le policier se mit à tousser furieusement en essuyant ses yeux.

Un sentiment de triomphe envahit George. Il réussit enfin à arracher ses pieds du sol. Le policier était immobilisé pour quelques instants... Il en profita pour filer sans se retourner.

– Ne t'approche pas de la fille du poète ! lui cria Il Naso entre deux quintes de toux. Elle a une dette à payer. Et si je te retrouve avec elle, tu paieras toi aussi !

CHAPITRE VINGT-TROIS

Quand George retrouva enfin la maison rose et gravit quatre à quatre les marches des trois étages, ses bras endoloris menaçaient de céder sous le poids de ses achats, qu'il n'avait pas osé abandonner. Pour ne rien arranger, une soudaine averse l'avait trempé de la tête aux pieds. À Venise, même la pluie sentait le poisson.

Dans la soupente, il trouva Ada assise à la table, devant une pile de courrier. Ses cheveux étaient humides et ses bottes, tachées de boue, gouttaient près de l'entrée, où elle s'était déchaussée. Elle l'avait à peine devancé. George claqua la porte derrière lui et les lettres s'éparpillèrent sur le sol.

– J'ai suivi tes instructions, lâcha-t-il, essoufflé.

Il entreprit de sortir les articles de son sac pour les déposer sur la table. Or, seuls deux des œufs étaient intacts : le fond du sac était couvert d'une épaisse pâte jaunâtre. Les paquets de farine éventrés, mêlés à la pluie, rendaient de gros grumeaux. Quant à la rhubarbe, elle paraissait avoir été piétinée par un géant.

Un terrible sentiment de honte s'empara de George. Il n'avait même pas été capable de faire pour elle une simple course. Le plan d'Ada était sans doute réduit à néant...

– Je suis navré, Miss Byron.

Ada jeta un rapide regard à la nourriture écrasée et détrempée, puis elle alluma la cuisinière à bois. Elle fouilla dans les placards et dénicha un moule rond, puis noua un tablier trop large autour de sa taille avant de verser le contenu du dernier sac de farine encore sec dans un saladier.

– Cette ville n'est qu'un infâme... cloaque puant... de vase pourrie, marmonna George, qui s'enhardit en voyant qu'Ada ne semblait pas lui en vouloir.

À bien y réfléchir, il avait vécu une vraie petite aventure. Elle lui rappelait presque les histoires palpitantes de son grand-père.

– La moindre surface de cet endroit est empoissée de moisissure et d'algues. Même leurs policiers sont recrutés parmi les pires rufians.

– Qu'est-ce qui te fait dire cela ?

– Je vais te l'expliquer.

UN RÉCIT, FACTUEL ET VÉRIDIQUE, DE L'APRÈS-MIDI DE GEORGE À VENISE.

J'étais seul, ne demandais rien à personne, et j'aidais une vieille dame à améliorer son anglais lorsqu'une escouade de policiers a surgi et s'est jetée sur moi. Ils étaient, évidemment, menés par Il Naso, ce dangereux individu.

Il me lance : « Dis-moi où se trouve la fille. Parle, stupido bambino ! *Si tu refuses, je te menotte et t'envoie à l'hospice. »*

– Est-ce que tout va bien, Miss Byron ?

Ada avait cessé d'incorporer vigoureusement des cubes de beurre dans la farine. De petits morceaux jaunes tombèrent de ses doigts et elle fixait George avec de grands yeux horrifiés.

– Oui, tout va très bien. J'étais simplement captivée par tes talents de conteur. Continue, ajouta-t-elle à la hâte.

Voici la meilleure partie de l'histoire. Je réussis à me libérer des policiers comme ceci. Hop ! Une droite, un coup de pied… je me dégage et hurle : « Jamais je ne trahirai Ada Byron ! »

Il Naso charge tel un taureau. J'esquive et l'homme percute une pyramide de navets. Il se retrouve à terre, inconscient. Son bataillon prend la fuite. Tout le marché pousse des cris de joie. J'appuie ma botte sur sa poitrine et m'exclame : « Cela vous apprendra à menacer un lord anglais et ses amis ! » Et ensuite…

George s'interrompit. Ada avait étalé la pâte à l'aide d'un rouleau et la plaçait à présent dans le moule. Tout cela ne ressemblait absolument pas à une expérience scientifique. Cela ressemblait davantage à… une tarte ?

– Miss Byron ? Que fais-tu ?

Ada leva les yeux vers lui, le regard cette fois surpris et plein d'innocence.

– Je prépare quelque chose.

– Tu veux dire que j'ai risqué ma vie pour une tarte ? Une tarte à la rhubarbe ?

Il saisit le paquet de farine et l'agita farouchement.

– Cela ne va pas nous aider à retrouver l'Organisation !

– Impossible de nous lancer dans cette mission le ventre vide ! dit-elle d'une petite voix.

– Mais tu disais avoir un plan ! Qu'il fallait nous séparer, car si l'un d'entre nous était…

George s'interrompit et se remémora la manière dont ils s'étaient déjà séparés à Genève. Ada l'avait exclu de son plan. Insignifiant ou crucial, insensé ou génial, Ada avait toujours un plan, même lorsqu'elle ne daignait pas lui en parler. Était-ce le même genre que celui du château de Chillon ? George avait joué l'innocent figurant dans la machination orchestrée par Ada et Oscar. Si l'Organisation était la souris du piège d'Ada, quel rôle tenait George dans toute cette histoire ? N'était-il que le morceau de pain rassis servant d'appât, du moins jusqu'à ce qu'elle trouve du fromage plus appétissant ?

– Tu as un plan, mais tu ne me crois pas capable d'y prendre part, lâcha-t-il piteusement.

Pour une fois, peut-être la seule depuis leur rencontre, il aurait aimé qu'elle le contredise. Mais l'expression d'Ada trahit ce qu'il suspectait déjà. Il se laissa tomber sur une chaise, tremblant de honte.

– Tu m'as envoyé faire une course complètement inutile parce que tu me prends pour un froussard et un raté. Laissons donc George se charger des commissions... Cela, au moins, c'est à sa portée. C'est bien ce que tu pensais, n'est-ce pas ?

Il jeta un regard à la pile de lettres éparpillées sur le sol, dont une portait le dessin complexe d'une étoile.

– Tu m'as écarté pour mieux préparer ton plan, sans doute.

– George...

– Je suis un lâche. C'est bien ce que tu m'as dit, non ? Lorsque nous étions dans la ménagerie.

– George, je...

Une terrible douleur s'empara de sa poitrine, comme si elle s'ouvrait en deux.

– Eh bien, tu avais raison. Je ne suis pas celui que je prétends être.

– Arrête, je t'en prie, soupira Ada. Tu dramatises.

Mais George ne pouvait plus s'arrêter. Ses émotions remontaient comme un torrent incontrôlable.

– Mon père me répétait que j'avais autant d'épaules qu'un escargot et du porridge en guise de cervelle. Il savait que je ne valais rien. Et tu le penses aussi, depuis le début.

– Ton père racontait n'importe quoi. Les escargots sont des invertébrés : ils n'ont pas d'épaules.

Elle essuya ses mains couvertes de pâte sur son tablier rose et s'assit près de George.

– Ne dis pas que tu ne vaux rien, c'est faux.

– Tu te trompes.

– Me tromper ? Moi ?

Ada lui tapota le bras, y laissant une traînée de farine. George esquissa un faible sourire.

– La valeur, c'est très subjectif, George. Elle ne s'évalue qu'à travers le regard de l'autre. Tu as vécu des temps difficiles, mais ce n'est pas ta situation qui définit qui tu es, c'est ta façon de l'affronter. Tu es têtu comme une mule. Tu as défendu la carte et Frobisher lorsque quelqu'un a tenté de s'introduire chez toi. Ce n'est pas de la lâcheté. Au contraire, c'était très courageux.

George redressa quelque peu la tête.

– Courageux ? Tu veux seulement me remonter le moral.

– Absolument pas. À Londres, je t'ai traité de lâche et je le pensais vraiment. Mais tu as changé à l'instant où tu es venu me voir pour secourir Frobisher. Tu es passé d'un état à l'autre, comme la matière. De solide à liquide, de liquide à... bref, peu importe. Tu as protégé Ruthie de l'homme mécanique à Genève. Et tu n'as pas hésité à braver le marché et même tout un bataillon de policiers.

– Je n'essayais pas de me montrer courageux. C'est toi qui me rends courageux.

Les mots lui avaient échappé, mais il s'aperçut qu'ils étaient sincères.

Jusque-là, sa terrible malédiction n'avait pas véritablement frappé. Le flot d'émotions négatives parut quitter sa poitrine, remplacé par une sensation douce, pleine de gratitude envers Ada.

– Sans toi, je n'aurais même pas pu tenter de sauver Frobisher.

Elle sourit.

– Maintenant que tu t'es assez apitoyé sur ton sort, j'aimerais que tu…

C'est alors que plusieurs chocs brutaux retentirent contre la porte de la maison, quatre étages plus bas.

– C'est sans doute Ruthie, dit George en voyant l'expression interdite d'Ada.

Elle fixait quelque chose derrière lui, blême. Il se retourna.

Des traces de pas blancs maculaient la pièce. Au rez-de-chaussée, les coups s'amplifièrent, si violents que les persiennes tremblaient contre les fenêtres.

George sentit son estomac se nouer. La farine qu'il avait jetée au marché pour se débarrasser du policier s'était insinuée partout, y compris sur ses chaussures. Ce qui voulait dire…

– Il Naso. Il m'a suivi ! cria-t-il. Cache-toi !

CHAPITRE VINGT-QUATRE

Ada se retourna, à la recherche d'une cachette dans la petite soupente. Mais impossible de se réfugier sous le lit dépourvu de cache-sommier. Ada était relativement menue et parvint à se glisser derrière le divan, mais George ne put en faire autant derrière le portemanteau.

Déjà, les marches grinçaient sous le poids d'Il Naso.

– Ada, que faisons-nous ?

Bien sûr, il s'attendait à ce qu'elle trouve une solution, ingénieuse, qui leur permettrait de sauter par la fenêtre et qui leur ferait pousser des ailes-parachutes. Mais Ada demeura muette. Pourquoi ne réagissait-elle pas ? Derrière le sofa, elle le dévisageait, le regard vide, terrorisé.

– Je ne sais pas, George. Je suis désolée. Pour tout.

– On pourrait s'enduire de terre ? J'aurais dû t'écouter, la première fois !

Il courut vers la première plante en pot et se tartina les bras de boue.

– Il Naso prétend sentir nos états d'âme. Pense à quelque chose d'innocent.

De l'autre côté de la porte, les pas se rapprochaient.

Soudain, l'une des plantes rares de Darwin attira son attention et une idée germa alors dans son esprit. Exactement de celles qu'Ada aurait élaborées pour l'une de ses folles, absurdes machinations, si elle n'était pas restée tapie, tremblante, derrière le divan.

– Ne bouge pas.

Avant d'avoir pu hésiter, George saisit le pot et traversa la pièce en direction du tube à essai rempli de fourmis rouges. Avec précaution, il ôta le bouchon et les fit doucement glisser au pied de la plante, puis remua les feuilles pour mieux les dissimuler.

– George, souffla Ada. C'est génial !

Cache-toi ! articula George sans un son.

Les pas s'arrêtèrent juste devant la porte de la soupente. Il entendit l'homme renifler bruyamment, tel un chien de chasse.

Parfait. George expira lentement, le cœur tambourinant dans sa poitrine, et ouvrit le battant de sa main libre.

– Monsieur Naso, quelle délicieuse surprise ! Je suis ravi de vous revoir, dit-il, en parfait gentleman. Je vous présente mes excuses pour mon odieux comportement, au marché. J'en suis vraiment honteux. Vous ne faisiez que votre travail et moi qui vous agresse à coups de sac de farine…

La moustache noire du policier frémit d'étonnement.

– Nul besoin d'excuse, petit lièvre. Tu m'as mené là où je le désirais, ajouta-t-il en jetant un regard par-dessus son épaule. Sortez de votre cachette, *signorina* ! Je sais que vous êtes là. Je flaire d'ici votre sournoiserie.

George ouvrit tout grand la porte pour le laisser entrer.

– Je vous en prie, venez et acceptez ce modeste cadeau en signe d'excuse. C'est une tradition anglaise. Le refuser serait très, très impoli.

Il Naso écarta le pot qu'il lui tendait.

– Je ne veux rien de ta part.

– Quel dommage ! C'est une plante au parfum très inhabituel. Je pensais qu'un expert doté de capacités olfactives aussi fines apprécierait cette subtile fragrance.

Il la leva juste sous son nez, si bien que le policier n'eut d'autre choix que de la prendre. Exactement comme George l'avait prévu, Il Naso approcha son nez des feuilles, inspira profondément…

Et se redressa d'un bond en poussant un cri.

Les insectes rouges grimpaient le long de son appendice, laissant des piqûres écarlates sur leur passage. D'autres se glissèrent à l'intérieur de ses narines. L'homme lâcha le pot, qui se brisa en deux, répandant la terre – et les fourmis – sur ses chaussures luisantes. Aussitôt, elles partirent à l'assaut de ses jambes, formant des rivières à pattes.

En voyant Il Naso s'agiter dans tous les sens pour se

débarrasser des insectes grouillants sur son visage et ses vêtements, George éprouva un sentiment de triomphe, bien vite dissipé par le geste d'Ada, qui le tirait par le bras.

– Filons !

Dans un tourbillon de jupons, de terre, de fourmis et de farine, les deux compagnons se faufilèrent sous le nez du policier, dévalèrent l'escalier et sortirent dans la rue inondée de lumière.

À l'exception de ses quelques courses-poursuites avec un balai pour chasser Mme Daly des placards, George pratiquait peu d'exercice au n° 8, Dorset Square. Ils ne dépassèrent que quelques immeubles avant qu'il ne soit forcé de s'arrêter derrière un mur recouvert de lierre, pour retrouver son souffle et soulager ses poumons en feu. Il se tourna vers Ada.

– Je suis navré d'avoir mené Il Naso chez ton ami.

Ada éluda d'un geste.

– Ton subterfuge était vraiment futé, George. Mais tu dois faire plus attention. Tu vas finir par nous faire prendre.

George se souvint alors comment le policier avait appelé Ada, au marché.

– Comment cet homme pouvait-il savoir que ton père était poète ? Je croyais que tu n'étais jamais venue à Venise.

– Mon père est un poète célèbre. Je dirais même que c'est le plus connu du monde. Ce policier est sûrement un admirateur. Et je ressemble beaucoup à mon père. Nous avons le même menton, ajouta-t-elle précipitamment. Si tu le rencontres un jour, tu verras.

George essaya vainement d'imaginer Il Naso plongeant son grand nez dans un volume de poésie.

– Si tu le dis.

– Comme je te l'expliquais avant qu'il nous interrompe, je t'ai envoyé faire ces courses pour faire diversion, pour détourner l'attention de l'Organisation et qu'ils me laissent tranquille. À partir de maintenant, tu devras suivre mes instructions à la lettre. As-tu confiance en moi ?

– Absolument, répondit George. Mais je réfléchissais... Ce policier parlait d'un quartier appelé San Marco. Il prétendait que c'était un repaire de voleurs.

– Et ? demanda Ada en haussant les sourcils.

– Eh bien...

Il se tut, car il se sentit soudain stupide. Allait-il vraiment suggérer de s'introduire dans un endroit infesté de criminels, sûrement armés jusqu'aux dents ? Et pour quoi faire ? Les interroger au sujet de « Roy », qui avait sans doute déjà pris un pseudonyme ?

– Je pensais simplement que cela pourrait être important, ajouta-t-il.

Ils réussirent à intercepter Oscar, Ruthie et M. Darwin avant qu'ils ne remontent dans la soupente, au risque d'y rencontrer un policier furieux et couvert de fourmis. Darwin assura Ada qu'il s'efforcerait de le retenir le plus longtemps possible afin de leur permettre de s'enfuir.

– Je croyais que la police devait protéger les gens. Nous n'avons rien fait de mal, fit observer Oscar, lorsqu'ils furent une fois de plus en route le long des canaux.

Blottie dans ses bras, Ruthie grommela pour acquiescer.

– Et si nous tentions de lui expliquer son erreur ? Il nous laisserait peut-être tranquilles.

– Je crains que nous ne puissions pas prendre un tel risque, Oscar. Nous devrons trouver un autre endroit où dormir. Si nous n'avons pas localisé l'Organisation d'ici là, dit Ada. Mais ce soir, nous avons une affaire urgente à régler et elle ne peut pas attendre. George m'a donné une idée.

– Moi ?

– Exactement. J'ai besoin d'une pièce pour réparer le moteur de l'oiseau mécanique et je ne la dénicherai que dans une certaine boutique de San Marco. Sans elle, nous risquerions de nous écraser en vol.

Le visage d'Oscar s'éclaira.

– Nous allons réparer l'oiseau ?

Ada hocha la tête et Oscar poussa un cri de joie.

– J'ai hâte de voler de nouveau ! De sentir le vent dans mes cheveux, de voir le monde à mes pieds et que rien ne me retienne au sol !

George lui lança un regard oblique. Lui aussi voulait regagner les cieux, mais pas avant d'avoir trouvé l'Étoile.

– Je croyais que nous cherchions Roy, Ada. Si nous ne récupérons pas l'Étoile très vite, Frobisher mourra !

– Lord Devonshire, si nous n'allons pas à San Marco pour acheter cette pièce et remettre en état l'oiseau mécanique, comment pourrons-nous nous échapper avec Frobisher lorsque nous l'aurons retrouvé ? Et si on nous pourchassait ? insista-t-elle d'un air sévère. Je te l'ai déjà dit : je ne permettrai pas qu'il lui arrive quoi que ce soit.

– Peut-être qu'une fois à San Marco, nous obtiendrons un indice menant à l'Organisation ? ajouta George.

– Bien entendu. Merci de cette suggestion, je vois que tu finis enfin par comprendre, répondit Ada d'un ton amusé. Je suis fière de toi.

Un sourire éclaira le visage de George. Peut-être le premier depuis des années. Il fit mine de tousser, pour dissimuler ses joues cramoisies.

– Comprendre ? Quoi donc ?

– Que tout est possible, Lord Devonshire.

CHAPITRE VINGT-CINQ

Cette fois, Ada obligea George et Oscar à porter ses robes et à nouer des fichus autour de leurs cheveux. L'Organisation cherchait une jeune fille et deux garçons, ils ne remarqueraient pas trois filles. En outre, expliqua-t-elle, peu de gens – même parmi les criminels – prêtaient attention aux filles. George enveloppa donc ses mèches blondes et rebelles avec le mouchoir de Frobisher pour parfaire son déguisement.

Ada leur fit promettre de l'attendre aux abords de la vaste place Saint-Marc, pendant qu'elle effectuait son achat, pour mieux guetter les dangers. De loin, ils pourraient observer les comportements suspects, peut-être des agents ennemis.

George l'assura qu'il ne bougerait pas.

D'après ses calculs – confirmés par l'énorme horloge bleu et or de la façade toute proche –, Ada s'était absentée depuis trente-sept minutes, ce qui lui semblait long. Bien trop long, pensa-t-il, même si elle ne lui avait pas exactement précisé quand elle comptait les rejoindre à leur point de rendez-vous, sous les arcades. La chair de poule s'insinuait sous les larges manches de sa robe en lin.

La nuit tombait, mais des lampadaires scintillaient à chaque coin de rue et une clarté jaunâtre illuminait les vitrines des magasins, trompant l'obscurité. George allait et venait, non loin de la gondole qu'ils avaient « empruntée » pour atteindre la place, et passait nerveusement la main dans ses cheveux.

Oscar tuait le temps en examinant un morceau de charbon offert par Darwin durant leur sortie. Sous son bonnet brodé de dentelle, Ruthie babillait joyeusement et observait sa feuille de bananier.

De là où George se tenait – ou plutôt, d'où il faisait les cent pas –, il embrassait du regard toute l'esplanade Saint-Marc. Sous le portique du bâtiment à la grande horloge bleue se trouvait une petite porte dans un recoin sombre, où Ada avait disparu depuis désormais quarante-deux minutes en leur intimant l'ordre de ne pas bouger d'un cil.

Avec le soir, la place s'animait. Les clients tiraient les chaises à l'extérieur des cafés pour siroter leur boisson dans la fraîcheur du crépuscule. Des tables où l'on jouait aux cartes ou à la roulette incitaient des badauds en quête de fortune à tenter leur chance. Oscar voulait désespérément essayer, mais George le retint fermement. N'importe quel gentleman savait que les jeux de hasard menaient au vice et à la ruine. Malgré cette foule et cette agitation nocturne, George gardait les yeux rivés sur la porte, guettant le visage menu et pâle d'Ada.

Il était si absorbé qu'il ne remarqua pas la silhouette élancée, coiffée d'un haut-de-forme et vêtue d'un long manteau qui s'approcha une première fois de lui. À son deuxième passage, le bruissement de l'étoffe attira l'attention de George. L'homme revint une troisième fois et George lui trouva quelque chose d'étrangement familier. Lorsqu'il glissa sous le réverbère, ce que vit le jeune lord le laissa sans voix.

Un chapeau noir.

Des boucles rousses.

Roy.

– Oscar... C'est lui qui s'est introduit chez moi.

George observa de nouveau Roy, qui allait et venait devant la petite porte bleue.

– Il cherche certainement Ada !

– Tu en es sûr, George ? souffla Oscar en plissant les yeux.

La peur envahit George. Il n'avait pas vraiment vu son visage, mais c'était forcément lui.

– Bien sûr que c'est lui ! Regarde, le revoilà.

– Alors nous devons le suivre.

– Habillés comme cela ? s'étrangla George en désignant sa robe.

Celle d'Oscar était déjà constellée de taches de charbon.

– Cela n'arrêterait pas Ada. Ruthie, reste ici et surveille la gondole, reprit Oscar en remuant les bras.

Puis il releva ses jupes et s'élança.

– Pas si vite ! cria George. Mêlons-nous d'abord à la foule. Et les dames ne courent pas !

– Les dames font toutes sortes de choses ! répondit Oscar par-dessus son épaule. Tu es si lent à t'en rendre compte, George !

Mais alors qu'ils essayaient de se glisser parmi l'attroupement devant les tables de jeu, George perdit de vue Oscar, puis Roy. Il se dirigea là où il avait aperçu les mèches rousses pour la dernière fois, mais la peur l'étreignait un peu plus à chaque pas. Pouvait-il arrêter ce voleur sans l'aide d'Ada ? Au n° 8, George avait bien failli y laisser la vie.

Enfin, il reconnut le haut-de-forme qui émergeait de la foule. Plus il s'en approchait, plus son cœur cognait dans sa poitrine. Il se sentait tiraillé entre deux sentiments : une partie de lui préférait fuir, l'autre voulait faire ravaler son odieux petit sourire à ce gredin.

Mais Roy paraissait nerveux, lui aussi. Son visage était dissimulé entre l'ombre de son chapeau et son col redressé jusqu'au menton. De temps à autre, il levait les yeux vers l'horloge bleue pour surveiller l'heure. Il souleva la bandoulière d'une lourde mallette de cuir avec un énorme fermoir en argent, de la même forme et de la même taille que les tarentules de Darwin. Elle semblait contenir une chose importante et précieuse.

L'Étoile.

C'était forcément cela !

Avant que George ait pu retrouver Oscar pour préparer un plan, le long et retentissant carillon de l'horloge sonna la demi-heure. Roy enfonça son chapeau sur sa tête. Il se dirigea droit vers la porte – l'échoppe où Ada achetait sa pièce pour l'oiseau mécanique.

George ne réfléchit pas. Avec un hurlement, il se précipita vers Roy et agrippa la mallette. D'un coup brusque, il la tira pour que la bandoulière glisse de l'épaule de Roy… mais l'objet résista. Il était rattaché par une chaînette d'argent à un bracelet autour de son poignet délicat.

– Eh ! Lâche-moi ! cria Roy d'une voix qui n'était clairement pas la sienne.

George observa attentivement son visage et comprit aussitôt son erreur. Il ne s'agissait pas du voleur du n° 8. Ni même d'un homme. C'était une femme, grande, à la large carrure et aux épaisses boucles rousses. Son manteau dissimulait sa robe et sa taille marquée.

– Pardonnez-moi, madame, s'excusa piteusement George en lui rendant la mallette.

Elle ne répondit rien, mais le toisa d'un regard bleuté dédaigneux. Elle se dégagea vivement et s'engouffra dans la boutique, en adressant un signe de tête aux deux gardes postés à l'intérieur. Oscar se faufila derrière elle.

George se frotta les cheveux, encore honteux de sa méprise. Mais...

Pourquoi deux hommes surveillaient-ils l'entrée d'une simple échoppe ? Et pourquoi cette femme avait-elle accroché sa mallette à son poignet avec une chaîne ?

Indécis et troublé, George ne savait plus quoi faire. Mais il perçut alors un claquement de sabots provenant de l'autre bout de la place et résolut de retrouver Oscar et Ruthie pour se mettre à l'abri. Avoir Il Naso à ses trousses était bien la dernière chose dont il avait besoin.

Oscar, en revanche, n'avait pas renoncé.

Il avait suivi la mystérieuse inconnue, se glissant entre les deux cerbères derrière la porte. Les hommes croisaient sur leur poitrine leurs énormes bras, chacun aussi grand que George, et qui arboraient une ribambelle de tatouages. Une grosse main saisit Oscar sous les aisselles et le souleva, comme un petit chiot.

CHAPITRE VINGT-SIX

– Arrêtez ! hurla George en se ruant sans réfléchir vers les deux colosses. Il… Elle… Lâchez-le !

À la stupéfaction de George, celui qui tenait Oscar le reposa aussitôt. Il regarda le jeune garçon faire de grands gestes, comme lorsqu'il communiquait avec Ruthie, puis il replia les avant-bras en croix.

– Ne t'en fais pas, George ! Tu vois ces tatouages ? Ce sont des pirates, comme mon père ! Je leur parle en alphabet sémaphore pour leur montrer que nous sommes des amis. C'est leur salut traditionnel, expliqua Oscar.

– Euh, bien sûr, répondit George, soulagé.

Il observa les boucaniers. L'un d'eux croisa les bras en X et, avec un sourire canaille, s'écarta pour les laisser passer. Alors qu'ils pénétraient dans la pièce sombre et l'autre homme tapota affectueusement la tête d'Oscar. *Pauvre Oscar, si innocent*, pensa George, *ils ont sans doute pitié de lui.*

– Sois prudent, Oscar. Ne t'adresse plus aux inconnus, lui dit-il en défroissant la robe du garçon. Tous les géants avec des tatouages ne sont pas forcément des pirates. Tu es jeune et tu provoques leur sympathie, mais si tu ne grandis pas un peu, tu vas finir par t'attirer des ennuis.

Oscar n'écoutait déjà plus George. Il s'aventurait dans la pénombre et ouvrait des yeux curieux. George comprit rapidement pourquoi.

Ils ne se trouvaient pas dans une boutique, mais dans un casino. L'air empestait le cigare dont la fumée enveloppait les joueurs, installés à des tables dispersées à travers la pièce. Sur chacune d'elles s'empilaient argent et bijoux, des fortunes à gagner ou à perdre. Quel lieu singulier pour cette étrange femme et sa mallette mieux verrouillée qu'une porte de prison ! Les boucles rousses avaient disparu : il ne voyait que des hommes mal rasés à la mine patibulaire. George s'avisa tout à coup qu'aucune pièce détachée ne se vendait aux alentours. Qu'était donc venue faire Ada ici ? Et où était-elle passée ?

Il eut soudain du mal à respirer et l'atmosphère enfumée n'y était pour rien. L'angoisse comprimait sa poitrine. C'était dans des endroits comme celui-ci que son père avait parié et dilapidé l'héritage familial. Des souvenirs qu'il avait tout fait pour oublier refirent alors surface. La tête lui tournait.

– Dépêchons-nous de retrouver Ada, murmura-t-il à l'oreille d'Oscar.

Le jeune garçon promena son regard noir autour de lui.

– Je ne la vois nulle part.

Dans un coin, des exclamations enthousiastes retentirent, suivies du choc de poings sur une table – en fait deux caisses de pommes retournées. Un groupe entourait deux joueurs de cartes. Au milieu se trouvait une montagne d'argent et de bijoux. L'un des hommes abattit une paire de reines et, d'un geste, fit glisser la pile scintillante vers lui.

– Ne vous en faites pas pour moi, dit l'autre avec un bref coup d'œil à ses pertes.

George s'étonna de l'entendre parler anglais.

– Ma déveine s'arrête aujourd'hui. L'Étoile de la Victoire est à Venise et ce soir, elle sera à moi.

George étouffa un cri de surprise et fit un pas vers lui. Son adversaire pouffa de rire.

– L'Étoile de la Victoire ? Connais pas ! Qu'est-ce que c'est ?

Malgré son fort accent italien, George décela une pointe de mépris dans sa voix.

– C'est... c'est... hoqueta l'Anglais, avant de frapper ses poings sur la table.

Son regard rendu vitreux par l'alcool sonda la foule qui l'entourait.

– Harold ! Harold ! Où qu't'es passé ? Dis-leur !

George hésitait entre l'excitation, l'angoisse et un mélange des deux.

– Tu as entendu ? murmura-t-il à Oscar. Ada avait raison. Roy n'est pas loin et il a l'Étoile. Ou alors…

Il s'interrompit.

– Quelqu'un nommé Harold. C'est peut-être le pseudonyme de Roy. Je dois interroger cet homme.

– Lord Devonshire ! Oscar ! siffla une voix derrière eux.

George se retourna sur Ada, ses cheveux dissimulés sous une casquette.

– Je vous avais demandé de m'attendre ! Vous allez nous faire prendre !

Elle aperçut quelque chose par-dessus l'épaule de George et une expression de panique s'empara de son visage. George fit volte-face, mais Ada se laissa tomber sur le sol et les entraîna dans sa chute en agrippant leurs robes. Elle leur fit signe de la suivre et rampa entre les jambes des joueurs jusqu'à ce qu'ils puissent se glisser sous une table.

– Nous devons partir. Tout de suite.

– Mais, Ada…

– Chut !

Elle leva le bras et saisit un pichet rempli d'un liquide ambré sur la table au-dessus d'eux.

– Qu'est-ce que tu fab…

Le reste de sa phrase fut noyé par le vin qu'Ada leur

versa sur la tête avant de vider le fond du récipient sur la sienne.

– Il pourrait flairer notre odeur. Par ici.

Alors qu'ils émergeaient encore dégoulinants de la table, des exclamations et des jurons emplirent la pièce comme un seul rugissement. Autour d'eux, les jambes se dispersaient. Les sièges étaient renversés avec fracas. Au milieu de ce chaos, George décela une voix familière.

– Je savais que tôt ou tard je te retrouverais. Les criminels se réunissent toujours entre eux.

Il Naso balaya le lieu d'un geste avant de pointer son doigt sur un homme édenté, qui remplissait frénétiquement ses poches de pièces d'argent.

– Je t'avais pourtant prévenu, la dernière fois que nous nous sommes croisés.

Le policier n'était plus qu'à quelques mètres. Tout comme celui qui avait mentionné l'Étoile de la Victoire. Il rampait vers eux au milieu d'une forêt de chaises. Ses yeux injectés de sang fixaient Ada.

Ce fut la dernière chose que George aperçut avant que la pièce ne soit brutalement plongée dans l'obscurité. Le policier lâcha un grognement de frustration. George sentit qu'on tirait sur sa manche et Ada l'entraîna à l'autre bout de la salle encombrée. Oscar peinait à les suivre.

– Venez, murmura Ada.

– Mais cet homme parlait de l'Étoile. Nous devons

absolument l'interroger, souffla George, qui cherchait à les ralentir en traînant les pieds sur le sol poisseux.

Ada l'agrippa plus fermement.

– Nous le retrouverons plus tard. Il Naso va rallumer les lampes d'une seconde à l'autre.

À tâtons dans le noir, George effleura une épaisse tenture de velours. Ada l'écarta pour révéler une cloison en planches de bois grossières. Lorsqu'elle s'ouvrit, George comprit qu'il s'agissait d'une porte. Elle donnait dans une ruelle faiblement éclairée par un réverbère. George eut juste le temps d'apercevoir le visage furieux du policier avant que le battant ne se referme.

– Il y a un raccourci de ce côté, expliqua Ada, en les guidant dans un passage abrité qui les ramena à l'extrémité de la place, non loin de là où ils avaient laissé Ruthie.

Il Naso surgit au centre de l'esplanade, grimpa sur son cheval et partit au galop dans la direction opposée. George respira mieux. Mais son pouls ne se calmait pas. Quelque chose clochait. Un malaise lui retournait l'estomac comme si une petite main intérieure tentait désespérément de l'avertir.

– Miss Byron, articula-t-il lentement. Pourquoi Il Naso prétendait-il te connaître ?

Une fois de plus, la peur s'insinua dans le regard de la jeune fille, mais s'évanouit aussitôt pour laisser place à l'expression amusée, quelque peu exaspérée, génialement animée qu'elle affichait en permanence. George se faisait-il des idées ?

– Pourquoi a-t-il fallu que vous interrompiez mes plans, alors que je vous avais justement demandé de rester à l'écart ? répondit-elle.

Elle se dirigea droit vers Ruthie et leur gondole vide, comme pour mieux échapper à ces questions. George n'eut d'autre choix que de lui emboîter le pas. Oscar, qui n'en perdait pas une miette, les suivait à bonne distance.

– Pourquoi cherches-tu à changer de sujet ?

– Tu prétendais avoir confiance en moi, George, s'emporta-t-elle en se tournant vers lui.

– Je te fais confiance. J'essayais simplement de me rendre utile. Et cela a payé ! J'ai entendu un homme raconter qu'on lui avait promis l'Étoile de la Victoire. Il tenait cela d'un certain Harold.

– Je te l'ai répété : je contrôle la situation. Tu as déjà oublié mon plan ?

– Tu ne m'as rien dit de ton plan !

La voix de George résonna trop fortement sous les arcades, mais il ne put contenir son agacement.

– Il y a quelque chose au sujet de ce policier et de ton père que tu me caches ? J'ai parfois l'impression de ne rien savoir de toi !

– Qu'est-ce que tu veux savoir de plus ?

Un souvenir refit alors surface. Qu'avait-elle dit, à propos de son père, à Dorset Square ? Qu'il avait *disparu*. George avait d'abord cru à une tournure délicate pour évoquer la mort de Byron. Mais elle ne le lui avait jamais clairement confirmé.

– Est-ce que ton père est… mort ?

Ada se retourna vivement, ses boucles brunes s'agitaient autour de son visage furieux.

– Mon père n'est *pas* mort, lâcha-t-elle farouchement.

– Alors, pourquoi réagis-tu de cette manière ? répondit George du tac au tac.

– Je… Je ne…

Les joues d'Ada s'empourprèrent et ses traits se durcirent. Elle semblait en proie à une douloureuse hésitation.

– Si tu tiens à le savoir, ma mère refuse que je le revoie, car elle croit qu'il aurait une mauvaise influence sur moi. Elle craint que j'hérite de ses travers.

Ada souffla d'un air agacé.

– Je pensais que tu serais bien placé pour me comprendre, avec ta famille…

George en resta coi. Il déglutit une, deux, trois fois, puis aplatit l'épi rebelle dans ses cheveux.

– Quoi, ma famille ?

– Rien. Oublie cela.

Mais il était trop tard pour oublier. Ou pour calmer le garçon blessé qui hurlait en lui. Et voilà pourquoi il répliqua :

– Tu es jalouse.

– Jalouse ? s'esclaffa Ada. Et de quoi, au juste ?

– De l'Étoile de la Victoire, lâcha-t-il. De Frobisher ! D'avoir une histoire familiale dont je peux être fier, contrairement à toi.

Ada lui tourna le dos, et se dirigea droit vers la gondole, où Ruthie et Oscar les attendaient. Ils avaient tous les deux les yeux baissés, mais George savait qu'ils avaient tout entendu.

George la suivit à contrecœur, avant de grimper dans l'embarcation d'un pas sec qui la fit osciller. Derrière lui, Oscar prit la rame. Par habitude, George chercha les yeux noirs et luisants de Ruthie dans l'obscurité, mais l'animal s'était déjà pelotonné sur les genoux d'Ada et ne lui accorda pas un regard.

Pas un seul.

CHAPITRE VINGT-SEPT

Dire que George faisait plus confiance à Ada qu'à n'importe qui au monde n'était pas faux. Mais cela ne voulait pas dire grand-chose. À l'exception de son grand-père, il n'avait jamais eu confiance en rien ni en personne. Chaque matin, il s'étonnait presque de revoir le soleil tout à sa tâche. Chaque jour, la joie de constater que Frobisher ne l'avait pas abandonné était renouvelée. À cause de sa malédiction, les gens finissaient toujours par disparaître de la vie de George. Et George s'attendait, tôt ou tard, à se retrouver seul.

En se réveillant le lendemain matin, il ne fut donc pas surpris de trouver le lit de fortune d'Ada défait et vide. Il était plus furieux contre lui-même que contre la jeune fille.

Après leur désastreuse aventure de la place Saint-Marc, Oscar avait déniché un groupe de gondoles où passer la nuit. À présent, dans la lumière gris orangé du petit matin, Ruthie et lui dormaient encore paisiblement, bercés par le doux clapotis du canal.

Ada, elle, s'était volatilisée. Tout comme son carnet de notes, son écharpe et même ses lunettes de protection.

George glissa une main dans ses cheveux. Il lui avait promis de lui faire confiance. Il avait tenté de tenir parole. Sans doute s'était-elle mise en quête d'un petit déjeuner. Ou, plus probablement, elle cherchait à l'éviter.

L'amertume de George se transforma en inquiétude. Il tapotait ses doigts contre son genou, qui lui-même tressautait de plus en plus vite. Ruthie remua.

Et si Ada n'était pas partie ? Et si l'Organisation l'avait enlevée au beau milieu de la nuit ? Et si elle avait essayé de mettre le reste de son plan à exécution avant d'être finalement arrêtée par Il Naso ?

Un scénario bien plus plausible prit forme dans la tête de George. Et s'il l'avait poussée à l'abandonner, en se comportant comme un enfant ?

L'inquiétude se changea en panique.

– Réveillez-vous ! cria-t-il en secouant Oscar et Ruthie. Nous devons retrouver Ada !

Oscar se redressa, le sourire en berne.

– Bonjour, George.

Il se pencha pour inspecter la gondole voisine, le front plissé.

– Oui, voilà qui est préoccupant.

Préoccupant ? George n'avait vu Oscar troublé qu'une seule fois : quand Ruthie avait avalé son pilon et qu'il pensait qu'elle en mourrait. Alors, si l'absence d'Ada l'alarmait...

– J'en étais sûr, s'écria George. Elle a été enlevée !

– Enlevée ? Ada ? s'esclaffa Oscar. Impossible. Ada est bien trop prudente. Elle a déjoué des kidnappings...

Le jeune garçon fixa le ciel, tout en comptant sur ses doigts.

– Euh... vingt-sept fois. Si je suis inquiet, c'est parce que Ruthie se blottissait contre elle hier soir. Elle fait cela uniquement lorsqu'elle sent la tristesse de quelqu'un. C'est pour cela qu'elle ne cessait de s'accrocher à toi. À ton avis, qu'est-ce qui a pu se passer ? Ada ne se laisse jamais démoraliser.

– Eh bien...

Du coin de l'œil, George devina le regard ensommeillé de Ruthie sur lui. Comment avait-elle pu percevoir la tristesse d'Ada alors que lui n'en avait rien vu ?

– Elle ne m'a pas paru particulièrement mélancolique. Et puis, tout cela n'est pas grave. Nous nous préoccuperons de ses états d'âme une fois que nous serons sûrs qu'elle n'a rien. Si ce malotru aux cheveux roux s'est avisé de poser un doigt sur elle, je...

George ne savait pas précisément ce qu'il ferait. Mais probablement quelque chose de terrible.

Après avoir revêtu un nouveau déguisement – George passa le tablier du boulanger, tandis qu'Oscar préféra le confort des jupes d'Ada et leurs larges poches –, ils rassemblèrent leurs affaires et se lancèrent à la recherche de la jeune fille. Le tintement vibrant des cloches emplissait l'atmosphère. Les garçons se faufilèrent parmi les prêtres en procession, vêtus de leurs aubes blanches et de leurs hautes coiffes, qui se dirigeaient vers une église. *Nous sommes sûrement dimanche*, pensa George. Leur aventure lui avait fait perdre la notion des jours.

– Séparons-nous. Prends à droite, je vais à gauche, suggéra-t-il à Oscar.

Chacun partit de son côté et George explora seul le dédale de Venise. À chaque coin de rue, il se sentait découragé. Il essaya même de pister l'odeur d'Ada, comme Il Naso, mais ne trouva rien d'autre que du crottin de chèvre.

Il crut marcher pendant des heures, puis se retrouva au pied de la basilique sur laquelle ils avaient atterri en catastrophe. C'était sans doute l'unique endroit de la ville qu'il n'avait pas fouillé. Il grimpa sur le toit et vit Ada agenouillée près de l'aile de l'oiseau mécanique, en partie brisée, qui semblait depuis avoir été raccommodée à l'aide d'un épais fil doré. Son carnet était ouvert devant elle, et elle y inscrivait quelques notes d'un geste rapide.

– Te voilà ! J'ai cru qu'on t'avait enlevée ! s'exclama George d'une voix bourrue, presque furieuse, malgré son immense soulagement.

Ada était saine et sauve. Il ne l'avait pas poussée à partir et elle n'avait pas été arrêtée par sa faute. Sa malédiction ne l'avait pas atteinte – du moins, pas encore. George n'y était pour rien.

– Est-ce que tout va bien ? demanda-t-il.

Elle acquiesça sans lever les yeux.

– Je t'ai dit que j'allais réparer l'oiseau, hier. Je pensais que tu m'avais entendue.

Elle bascula sur ses talons, puis s'assit en tailleur et le regarda enfin.

– J'ai pris mon carnet, mon sac, mon chapeau... Tu crois vraiment que des ravisseurs laisseraient à leur victime le temps de rassembler ses affaires ?

– C'est... Je n'ai pas...

Pourquoi tout lui paraissait-il toujours si évident ? Si simple ? La joie de la revoir s'évanouit en un instant, remplacée par une colère qui montait, furieuse comme un essaim de guêpes.

– J'ai fouillé chaque recoin de cette ville répugnante pour te retrouver.

– Je me débrouille parfaitement seule.

Elle se détourna pour griffonner la page de son carnet.

– Et c'est cela, que tu faisais ?

– Cela fait partie de mon plan, répliqua-t-elle en tournant la tête.

– Tu aurais pu nous laisser un mot. C'était la

moindre des choses ! « Partie faire une course, fit-il mine d'écrire. Je reviens. » Ce n'est pas sorcier.

Ada posa son crayon et le toisa d'un regard perçant.

– Tu as raison, ironisa-t-elle d'un ton dédaigneux. Mes plus plates excuses ! Quel manque d'égards envers toi, Lord Devonshire ! Bien sûr, j'aurais dû suivre les règles de bienséance, au cas peu probable où mes amis se seraient réveillés avant mon retour. Vraiment, je suis confuse !

– J'essayais de te protéger, grinça George.

– Eh bien, comme tu le constates, je me porte parfaitement bien. Retourne avec Oscar et je vous rejoindrai plus tard.

La moindre affection qu'il avait pu éprouver envers elle se muait désormais en exaspération froide. Elle montait dans sa poitrine et lui comprimait la gorge.

– Non.

Ada se tourna une nouvelle fois vers lui. Pendant une seconde, quand la lumière accrocha son visage, George aurait pu jurer d'y avoir vu des larmes. Mais un nuage obscurcit le ciel et l'illusion disparut.

– Explique-moi ton plan.

– Pour la millième fois : nous en avons déjà parlé. Fais-moi confiance.

– Non, répliqua George. À partir de maintenant, tu vas devoir tout me dire.

– Je n'ai pas de comptes à te rendre.

– Si.

Ada se leva pour épousseter sa robe.

– Nous ne serions jamais arrivés jusqu'ici sans moi. Je ne te dois rien du tout.

George croisa les bras d'un air obstiné.

– Pourquoi est-ce si long, alors ? Tu n'as pas une seule fois mentionné le nom de Frobisher depuis notre arrivée. Pourquoi fais-tu semblant d'ignorer ce que j'ai entendu au casino de San Marco ? Je te l'ai dit, j'ai vu Roy.

– Qui s'est avéré être une femme ordinaire avec des cheveux roux. Il y a une explication plausible. Pour tout.

Ada parlait d'une petite voix, curieusement passive. Quelque chose avait changé. Mais comment George pouvait-il comprendre ce qui se tramait dans cet esprit complexe ?

Le doute le saisit, et il s'efforça d'adopter un ton ferme.

– Sa mallette... Elle paraissait contenir quelque chose d'important. Et je suis sûr que cet homme a mentionné l'Étoile de la Victoire. Je ne peux pas m'être trompé.

– Tu l'as retrouvée ! Bien joué, George !

La voix enjouée d'Oscar résonna sur le toit de la basilique.

Ada rabattit ses absurdes lunettes grossissantes sur ses yeux, comme pour clore la discussion.

– Apparemment, elle n'avait pas besoin qu'on la retrouve, lâcha George, acerbe.

– J’étais certain qu’elle n’était pas perdue, renchérit Oscar. Ada ne se perd jamais. Du moins, pas physiquement.

– Tu vois ? Oscar, lui, me fait confiance. Il sait que je suis capable de lire une carte. Contrairement à d’autres.

George réprima une grimace. Les mots d’Ada étaient durs, destinés à blesser.

– Eh bien, demande à ton véritable ami de t’aider à préparer ton plan. Puisque ta mère le considère comme plus fréquentable que moi, bougonna George avant de tourner les talons.

– George, attends. Si tu cessais de te montrer aussi têtu, nous arriverions peut-être à quelque chose. Je t’en prie, sois patient.

Ada le rappela, mais George descendait déjà l’échelle et refusa de s’arrêter, même lorsque le visage de la jeune fille apparut au-dessus de lui et qu’elle se mit à crier. Il continua, toujours plus bas, jusqu’à ce que les remous du canal couvrent complètement sa voix.

CHAPITRE VINGT-HUIT

Comme toujours, George ignorait où aller. Alors, il s'assit sur le rebord du canal, pour tenter de calmer sa colère. Frobisher lui manquait. L'odeur humide du n° 8 lui manquait. Le fait d'avoir un but lui manquait – même celui d'empêcher Mme Daly de grignoter les lattes du parquet. Même les Revenus et les Dépenses lui manquaient.

Il ferma les yeux et passa en revue tous les indices inexpliqués de leur aventure. Le cheveu roux dans le coffret découvert au château. La mystérieuse femme et la mallette, devant le casino. L'homme qui voulait acheter l'Étoile à un certain Harold, *dans* le casino. Il avait l'impression de sentir les papillons métalliques de l'horloger, à Genève, s'agiter dans son crâne, comme si leur battement d'ailes lui envoyait un message codé.

Ces détails n'avaient-ils vraiment aucun lien, comme le sous-entendait Ada ? Il y avait probablement une signification à tout cela.

Il tira la carte jaunie de la poche de sa poitrine et l'ouvrit sur ses genoux. Du bout du doigt, il suivit le dessin du papillon, dont les ailes s'enroulaient sur la côte ouest de l'Amérique du Sud. Il était si semblable à celui de la boutique de Genève… Mais peut-être les papillons se ressemblaient-ils tous, pour lui ? Il n'était ni entomologiste, ni lépidoptériste, ni même naturaliste, alors que pouvait-il savoir des papillons ?

Alors que George décidait qu'il s'agissait d'une coïncidence de plus, il aperçut quelque chose qui n'en était sûrement pas une.

À quelques mètres de l'endroit où il était assis, un curieux instrument émergea à la surface de l'eau, s'agitant telle l'antenne d'une étrange créature marine. À chaque mouvement, il scintillait, étincelait dans le soleil. C'était un cylindre d'argent fin, avec des anneaux de cuivre et des lentilles rondes qu'il aurait reconnues n'importe où.

Il ressemblait singulièrement au périscope de Frobisher.

George bondit, soudain convaincu que l'Organisation retenait le pauvre valet quelque part sous les eaux boueuses du canal. George évita quelques promeneuses sous leurs ombrelles et s'approcha de l'objet. De plus près, il s'aperçut qu'il n'était pas complètement vertical, mais se courbait à angle droit à son extrémité. George se mit à quatre pattes pour mieux l'observer, car des vaguelettes troublaient l'onde. Le périscope prit de la vitesse, puis s'enfonça dans les flots, avant de disparaître.

George étouffa une exclamation. Le périscope de Frobisher n'aurait jamais pu faire cela.

– Arrêtez ! cria-t-il.

Il aperçut alors une ombre noire sous la surface de l'eau, de la forme d'une gondole renversée avec quelques protubérances, comme si des épines sortaient de ses flancs. Derrière lui, un large aileron s'agitait de part et d'autre pour le faire avancer.

C'était un énorme poisson mécanique.

George s'élança, mais la ruelle s'interrompit brusquement à l'endroit où l'étroit canal en croisait un bien plus grand. À moins de trouver un bateau, il ne réussirait jamais à le rattraper.

Il repéra une petite gondole, amarrée de l'autre côté du canal. Si George avait été plus athlétique, il aurait pu prendre son élan, bondir, et atterrir dedans. Mais il saisit l'extrémité d'une corde à linge qui pendait d'une fenêtre toute proche. Il tira de toutes ses forces pour l'arracher à ses poulies, si bien qu'une pluie de sous-vêtements se répandit sur les pavés. Il fit tourner la corde au-dessus de sa tête comme un lasso, visa la pointe en métal de la gondole… et manqua sa cible. La corde tomba à l'eau.

– Saperlipopette ! enragea-t-il en regardant l'ombre noire disparaître dans le grand canal, ne laissant que quelques remous dans son sillage pour seule preuve de son existence.

Même s'il en voulait encore à Ada, elle serait sûrement intéressée par cette découverte. Oui, il devait regagner au plus vite la basilique et lui raconter cette apparition. Qui d'autre que l'Organisation pourrait posséder un poisson mécanique ? Les piques qu'il avait aperçues sur les côtés de la machine étaient sans doute des canons miniatures, en tout cas une arme dangereuse. George avait à peine fait quelques mètres qu'une main rugueuse et poilue saisit la sienne.

– Ruthie, arrête ! murmura-t-il, en se retournant vers le singe.

Elle le lâcha pour s'agripper à son pantalon. Oscar accourut derrière elle, écarlate et le souffle court.

– George… tu… tu… tu dois nous aider, gémit-il.

Ruthie grogna en faisant mine de s'arracher les poils.

– Oscar, je n'ai pas le temps de gérer les crises de mélancolie ni de chercher une autre pierre pour ta collection de minéraux, répliqua George, déterminé, en reprenant le chemin de la basilique. L'Organisation est ici. Je les ai vus. Je pense savoir où ils retiennent Frobisher ! Oui, il est sûrement dans une prison sous-marine. Elle regorge sans doute d'armes. Nous devons prévenir Ada.

– Justement, c'est pour Ada que je suis là ! s'exclama Oscar. J'ai pris une feuille de son carnet pour écrire une lettre à mon père et j'ai déchiré son croquis de l'Étoile par erreur.

Oscar trottinait pour le suivre.

– Si tu pouvais me la décrire, je lui referais un dessin. Elle sera peut-être moins furieuse. Tu sais combien ses inventions et ses carnets sont importants pour elle. C'est la seule chose qu'elle ne supporte pas qu'on touche. En plus, elle est déjà triste à cause de votre dispute. S'il te plaît, George ?

Oscar pressa le morceau de papier dans la main de George.

– Oscar, ce n'est vraiment pas le plus urgent, je...

George s'arrêta si brusquement qu'Oscar et Ruthie le heurtèrent. Le papier, un fragment d'une feuille de carnet, tenait parfaitement dans sa main. Il comprit ce qu'Oscar voulait dire. Deux branches noires d'une grande étoile y étaient représentées. Mais Oscar se trompait : ce n'était pas *son* étoile. Une inscription, en haut, attira l'attention de George. Elle ressemblait aux dernières lignes d'une lettre et il reconnut l'écriture penchée, rapide et espacée d'Ada.

... au sujet de Lord Byron, le célèbre poète et aventurier anglais, aperçu pour la dernière fois à Venise. En échange d'informations le concernant, je peux offrir l'Étoile de la Victoire, un objet rare, jamais proposé sur le marché.

Criminellement vôtre,

C. Harold.

Ce qu'il venait de lire lui coupa le souffle. Sa poitrine comprimée l'empêchait de respirer. Il fixa si intensément l'encre sur le papier qu'elle devint floue et se mit à tournoyer devant lui, perdant toute signification.

Enfin, George sortit de sa torpeur. Il fit volte-face. Il arpenta la rue, dans un sens, puis dans l'autre, sous le regard perplexe d'Oscar et de Ruthie. George décocha même un violent coup de pied à un réverbère. Le métal sonna comme une cloche.

Le coffret vide du château de Chillon…

L'homme à qui un certain Harold avait promis l'Étoile…

Ada *était* Harold.

George ravala des larmes de colère. Comment avait-il pu se montrer aussi naïf ?

– George ? demanda timidement Oscar. Est-ce que ça va ?

Ada l'avait pris pour un imbécile dès l'instant où elle avait posé les yeux sur la carte. Elle l'avait trahi de la pire des façons.

Roy n'avait jamais dérobé l'Étoile de la Victoire. Ada s'en était chargée.

CHAPITRE VINGT-NEUF

Le morceau de papier dans la poche de George lui brûlait la main.

Ada était une menteuse.

Ada était une voleuse.

Ada était son ennemie.

– George ! cria Oscar, mais George l'ignora.

En nage, malgré l'air froid et humide du matin, il déboutonna le col de sa chemise pour se hisser en haut de l'échelle, jusqu'à la coupole. Oscar et Ruthie le suivaient, mais la colère le rendait sourd à leurs suppliques.

Une fois sur le toit, il jeta le papier aux pieds d'Ada. Elle le ramassa et écarquilla les yeux.

– C'est toi, Harold ? C'est toi qui as pris l'Étoile ?

Elle serra les lèvres.

– Pas de conclusions hâtives, finit-elle par dire.

Mais George ne la laisserait plus esquiver ses questions. Plus maintenant.

– Réponds-moi. Es-tu Harold ?

Plus que tout au monde, pensa-t-il, il voulait qu'elle nie. Mais elle continua de le dévisager, muette et déterminée. Enfin, elle ouvrit la bouche :

– Oui.

Il cligna des yeux.

– Où est-elle ? Où est l'Étoile ? siffla-t-il entre ses dents.

– George, s'il te plaît. Écoute-moi.

– Tu n'aurais jamais entendu parler de cette Étoile sans moi ! hurla-t-il.

– Et sans moi, tu serais encore dans ta vieille maison en ruine, à vivre ta pathétique petite vie ! Je t'ai acheté la carte parce que tu ne serais jamais parti seul à sa recherche !

– George… Ada… S'il vous plaît, ne vous disputez pas, implora Oscar.

– J'aurais dû suivre les conseils d'Il Naso et me méfier de toi, s'emporta George. Il m'avait prévenu : tu n'es pas mon amie.

– Comment pourrais-tu faire la différence ? Tu n'avais aucun ami, avant nous.

– J'ai… j'ai Frobisher !

– Vraiment ? Tu as de la considération pour un pauvre domestique ? Peut-être parce qu'il ne peut jamais te répondre…

– En quoi Frobisher te concerne-t-il ? cracha George.

Tu as préféré le sacrifier pour t'emparer de l'Étoile. Tu n'hésites pas à jouer avec sa vie !

Ada le toisa sans répliquer, mais son regard était éloquent.

– Tu sais très bien que je ne l'aurais jamais mis en danger, finit-elle par lâcher à voix basse.

George ouvrit la bouche, prêt à renvoyer une salve de paroles cruelles, mais ce qu'Ada lui avait dit plus tôt lui revint brusquement en mémoire. *Tu crois vraiment que des ravisseurs laisseraient à leur victime le temps de rassembler ses affaires ?*

Frobisher avait emporté son manteau, son écharpe et toute sa collection de bonnets.

Soudain, il eut l'impression qu'un sac de farine lui tombait sur la tête.

– Frobisher n'a jamais été enlevé, n'est-ce pas ? demanda-t-il piteusement.

Ada n'osa pas le regarder.

– Il est chez moi depuis le début.

George ferma les yeux. Frobisher était sain et sauf. Ce fut comme un bref répit pour son cœur qui se brisa de nouveau. Frobisher lui avait donc menti, lui aussi. Il avait simulé sa disparition, accrochant son mouchoir à une prétendue lettre de rançon pour parfaire le canular. Pourquoi ? Pourquoi avait-il dupé George de manière si cruelle ? Voulait-il se débarrasser de lui à tout prix ?

– C'était seulement un prétexte pour te forcer à partir, George. Frobisher voulait que tu sois heureux. Il espérait que tu vivrais une véritable aventure, reprit doucement Ada.

– Et toi, Ada ? Pourquoi m'as-tu menti ?

Cette fois, il vit clairement les larmes dans les yeux de la jeune fille. Elle se leva et inspira profondément, comme si elle s'apprêtait à faire un terrible aveu.

– Je comptais échanger l'Étoile contre des informations pour retrouver mon père, expliqua-t-elle. La dernière lettre qu'il nous a envoyée provenait de Venise. Puis il n'a plus donné de nouvelles. Je devais tenter de le sauver, mettre un terme à ce qui l'avait retenu loin de nous pendant si longtemps. Mais il...

Elle étouffa un sanglot, mais réussit à contenir ses larmes.

– Il est mort. Il y a quatre ans. Cet affreux policier me l'a annoncé ce matin et j'ai fini par y croire.

George esquissa un geste pour saisir sa main, mais il se ravisa.

– Je ne comprends pas, répliqua-t-il durement.

– J'ai pris un fragment de vérité et j'ai brodé tout autour.

– Tu as inventé l'Organisation ? Rien n'était vrai ?

Ada acquiesça.

– Pendant des années, ma mère m'a raconté des histoires au sujet d'ennemis sans noms, sans visages, pour justifier l'absence de mon père qui ne revenait pas. Elle disait qu'elle lui avait demandé de s'éloigner de nous, pour me protéger. Pendant des années, j'ai cru à l'existence de l'Organisation. C'est lorsque tu as commencé à y croire que j'ai fini par me poser des questions et remettre en cause ce dont je m'étais persuadée pendant si longtemps.

Elle essuya une larme.

– J'imaginais encore pouvoir le retrouver, grâce à l'Étoile, le sauver et le ramener chez nous. À présent, je sais qu'il aurait pu revenir s'il l'avait voulu. Mais il ne tenait pas assez à moi pour essayer.

La fureur de George s'apaisa peu à peu. Il se remémora ce qu'elle lui avait avoué la veille : sa mère refusait de la laisser voir son père, car elle le trouvait dangereux. Cela ne changeait pourtant rien au fait qu'Ada lui avait menti.

– Si l'Organisation n'existe pas, pourquoi l'homme aux cheveux roux m'a-t-il volé la carte ?

– Tu as demandé à Frobisher de proposer tes biens dans tout Londres. Il a dû croire qu'elle avait de la valeur, suggéra Ada.

– La machine volante qui ressemblait à la tienne ?

– C'était sans doute un oiseau. Notre imagination a fait le reste.

– Comme pour Bonivard, acheva George. Et Frobisher, il a écrit sa propre demande de rançon ?

Elle acquiesça.

– Je devais me rendre à Venise. C'est de là que venait la dernière lettre de mon père. Je pensais pouvoir retrouver l'Étoile, l'échanger contre sa libération, ou la vendre pour éponger ses dettes. Puis nous l'aurions reprise aux acquéreurs pour que tu la récupères, naturellement.

– Et le cheveu roux dans le coffret ?

– Un poil de Ruthie.

– Et le poisson mécanique que j'ai aperçu dans le canal ?

– Quel poisson mécanique ?

Ada s'approcha de lui, mais, instinctivement, il recula, se trouvant soudain ridicule.

– Peu importe. Tu m'as fait avaler absolument n'importe quoi.

Même que j'étais courageux, songea-t-il, plein d'amertume. Il rougit de colère et de honte.

– L'Étoile m'appartient. Rends-la-moi.

Oscar se glissa entre eux.

– Les pirates partagent tout, dit-il avec un sourire qu'il pensait sans doute pacificateur. Quand l'équipage de mon père s'empare d'un trésor, il doit le répartir équitablement entre tous. Nous sommes compagnons, n'est-ce pas ? Alors, partageons la carte et l'Étoile.

George sentit la veine de sa tempe exploser en une violente migraine.

– Comment oses-tu me demander de partager quoi que ce soit avec elle ? Nous ne sommes pas des pirates, Oscar. Pas plus que ton père ! Ce n'est pas un célèbre boucanier. C'est un vulgaire vagabond qui a abandonné un bébé !

Le menton d'Oscar frémit et de grosses larmes roulèrent sur ses joues. Mais George était comme une pelote de laine dont on a tiré le fil. Il ne pouvait plus s'arrêter.

– George ! cria Ada. Ne te venge pas sur Oscar ! C'est ma faute. Nous n'en serions pas là si j'avais accepté le fait que mon père m'a laissée...

– Il avait peut-être ses raisons ! siffla George.

Il n'eut pas le temps de voir l'expression défaite d'Ada. Ruthie se rua sur lui et lui arracha la carte des mains. Elle enfourna la feuille de papier dans sa bouche.

– Empêche ton imbécile de singe de manger ma carte ! s'emporta George.

Il réussit à la lui reprendre, mais Ruthie en déchira un large fragment avec ses dents.

– Ce n'était pas censé se passer ainsi ! hurla-t-il. C'était mon héritage !

Ada se frottait les yeux. Elle plongea la main dans sa poche et en sortit un linge blanc, qui enveloppait un objet plus gros que son poing, et le jeta aux pieds de George.

– Tiens.

Avec précaution, George le saisit et souleva un coin du tissu. À l'intérieur, il aperçut un enchevêtrement de cristaux argentés qui luisaient d'un éclat irisé. George n'avait jamais vu une pierre pareille. Elle ressemblait à une fleur faite de couteaux dont les lames étaient émoussées.

– Qu'est-ce que c'est ? Encore un canular ? L'un des minéraux d'Oscar ?

– C'est ce que tu voulais, Lord Devonshire. L'Étoile de la Victoire. Ton héritage. C'est ce qui se trouvait dans le coffret que j'ai découvert au château.

Il observa l'étrange objet scintillant. Il ne correspondait en rien à la description qu'en faisait son grand-père.

– Mais... L'Étoile de la Victoire est un joyau inestimable. Ça, ce n'est qu'une babiole inutile et sans valeur. De la...

– Camelote ?

– Ce n'est pas possible, murmura George, avant d'ajouter, plein d'espoir : C'est peut-être un autre indice.

– De la pacotille ! Je n'ai même pas réussi à la vendre aux voleurs de San Marco. Je ne pensais pas seulement à moi. Moi aussi, je voulais te protéger. Je savais combien tu serais déçu en la voyant. Je ne t'en aurais pas parlé avant d'avoir trouvé le moyen d'atténuer ta peine. J'imaginais que retrouver Frobisher à Londres t'aiderait. Ou rentrer avec...

– Avec qui ? siffla George.

– Avec nous, acheva-t-elle. Tu nous avais, nous.

Avais. Plus maintenant. George serra l'Étoile dans son poing.

– Allez-vous-en.

Ruthie grimpa sur le dos d'Ada, et blottit son museau dans ses cheveux. Ada prit la main d'Oscar et, doucement, l'attira vers elle, loin de George.

– Avec plaisir, Lord Devonshire.

CHAPITRE TRENTE

Cher Frobisher,

Tu es renvoyé.

Crac. La mine de son crayon se cassa. George poussa un grognement de rage et le jeta dans le canal. Il ricocha sur la coque d'une gondole.

Frobisher n'avait probablement aucune envie de revenir au n° 8, de toute façon, songea-t-il, désespéré. Il se leva et s'éloigna. Il croisa des églises, des boutiques, des maisons qu'il ne voyait même plus. Il arpenta les rues encore et encore, jusqu'à ce que la plante de ses pieds le brûle, jusqu'à ne plus savoir où il se trouvait.

Mais il avait beau parcourir des kilomètres, il ne parvenait pas à échapper à ses pensées.

Ada lui avait tant menti ces derniers jours… Étaitelle seulement capable de dire la vérité ? D'abord, elle l'avait convaincu de lui vendre la carte en lui racontant ses histoires au sujet d'une Organisation tout droit sortie de son imagination. Puis, avec Frobisher, ils avaient monté de toutes pièces son prétendu enlèvement, pour persuader George de l'accompagner dans cette quête familiale qui exigeait de retrouver l'Étoile de la Victoire. Une babiole sans valeur. Pire, elle avait caché sa vraie motivation pour récupérer l'Étoile qui était...

D'aider son père dont elle venait tout juste d'apprendre la mort.

George éprouva un sentiment de honte, qu'il réprima aussitôt. Cela ne changeait rien aux mensonges d'Ada. Il visualisa un tableau, calculant les sommes qu'il aurait dû recevoir en compensation.

Problèmes causés par Ada	– Montants dus à George
Perte des gages et des services de Frobisher durant le faux enlèvement	+ 2 £
Dommages et souffrances causés par la certitude que Frobisher était en danger	+ 1 £
Acquisition de l'Étoile de la Victoire avec intention de la vendre	+ 0 £ (l'objet ne vaut rien)

Acquisition de la carte menant à l'Étoile de la Victoire, obtenue à la suite de fausses allégations (mais restituée ensuite sans discussion)	- 100 £
Total :	97 livres dues à Ada Byron

À son grand désarroi, George eut beau calculer dans tous les sens les souffrances qu'elle lui avait causées, il lui devait tout de même quelque chose. Curieusement, Ada ne lui avait toujours pas demandé de rembourser ce qu'elle lui avait donné en échange de la carte… Ses quelques bleus et égratignures disparaîtraient. Le préjudice était purement moral. Aucune somme d'argent n'y changerait rien.

Et cela n'atténuerait certainement pas la peine d'Ada.

La honte le reprit, plus incisive cette fois. Des explications sincères ne pourraient apaiser sa rancœur, mais ce serait un bon début. Et puis, peut-être… éventuellement… qu'il pourrait également revenir sur ses réactions véhémentes. Mais les terribles paroles qu'il avait proférées le submergèrent comme une vague. Tout bien réfléchi, il devait lui aussi à Oscar, Ada et Ruthie de plates excuses.

George s'arrêta et s'aperçut que ses pérégrinations l'avaient ramené devant la maison rose de Charles Darwin. C'était sûrement un signe.

Ada était-elle dans la soupente ? Et Oscar ? Et Ruthie ?

George se retint de gravir l'escalier en courant. Il rajusta sa veste et frappa poliment à la porte. S'ils se trouvaient chez Darwin, il pourrait aussitôt leur demander pardon et espérer combler ce fossé entre eux.

Mais ils n'étaient pas chez lui. Le charmant naturaliste accueillit cependant George sans poser de questions, même s'il était évident que le troisième lord de Devonshire l'intéressait nettement moins que Ruthie.

– Puis-je vous offrir une tasse de thé ? proposa-t-il.

George acquiesça mollement, puis s'assit pour reposer ses jambes lourdes.

– Avec un peu de lait, si vous en avez, s'il vous plaît.

Alors que Darwin sortait des tasses, il jeta un regard aux chaises vides, comme s'il venait de s'apercevoir de l'absence des autres.

– Vos amis vont-ils bientôt nous rejoindre ?

– Je... n'en suis pas sûr, avoua George.

Darwin sirota son thé.

– J'espérais que le jeune Oscar m'assisterait pour l'une de mes expériences. J'étais même prêt à le rémunérer afin qu'il puisse s'acheter de la peinture et des fournitures. Il est très doué.

– En effet, concéda George, plein de regrets.

– Puisqu'il n'est pas là, accepteriez-vous de m'aider ?

– Euh...

George reposa sa tasse.

– Pourquoi pas ?

Darwin montra une boîte au couvercle percé. À l'intérieur, le raclement distinct de griffes fit hésiter George.

– Connaissez-vous le *Rattus norvegicus* ? demanda Darwin en soulevant le couvercle.

Une dizaine de gros rats bruns et noirs levèrent leurs museaux pointus vers la lumière. Leurs petites oreilles roses rappelaient à George les nombreux matins, au n° 8, où il avait été réveillé par le grattement de Mme Daly qui grignotait les montants de son lit.

– Eh bien, je connais un rat personnellement.

Darwin plongea le bras dans la caisse et saisit un rongeur par le ventre.

– Parfait, vous serez l'assistant idéal. Tenez-le comme ceci, je vous prie, afin que je le mesure.

George agrippa la bête à deux mains tandis que Darwin l'examinait et prenait note de toutes ses mensurations : moustaches, nez, dents, griffes, orteils, oreilles, etc.

– Si je puis me permettre, dans quel but faisons-nous tout cela, au juste ?

Darwin inscrivit la longueur de la queue.

– Pour alimenter mes recherches au sujet d'une théorie que je développe sur les animaux et les plantes et… tous les êtres vivants à vrai dire. Si j'ai vu juste, elle explique tout sur l'état du monde tel qu'il est et de l'humanité telle que nous la connaissons.

– Tout sur l'état du monde ? C'est ambitieux !

Ada approuverait sûrement ce projet, pensa-t-il. Elle l'avait probablement déjà fait.

– Ma théorie est que, petit à petit, les espèces peuvent changer. Les organismes peuvent devenir plus forts et mieux adaptés à leur environnement si leurs parents leur transmettent certaines caractéristiques. Par exemple, les dents de ce rat sont approximativement 1 % plus longues que celles des autres. Si cette caractéristique lui permet de survivre plus longtemps, il engendrera davantage de spécimens. Ses petits auront des dents plus longues et les petits de ses petits aussi. En fin de compte, le *Rattus norvegicus* évoluera vers une tout autre espèce.

– Une autre espèce ? s'étonna George en observant le rongeur qui s'agitait entre ses doigts.

Il avait du mal à imaginer l'animal se transformer...

– Eh bien, un tel changement se produirait sur une très, très longue période. Comme je le disais, c'est une théorie.

– Et si le parent-rat avait une mauvaise caractéristique ? demanda George. S'il mangeait trop de fromage ou contractait des dettes chez le fromager, ou s'il tombait par la fenêtre en faisant du patin à roulettes ? Est-ce que ces caractéristiques se transmettraient, elles aussi ?

Darwin fronça les sourcils et réfléchit à sa question.

– Je ne crois pas qu'il y ait de « bonnes » ou de « mauvaises » caractéristiques. Il n'y a que celles qui permettent de survivre et celles qui ne le permettent pas. Mère Nature ne juge pas les caractères.

– Mais si les enfants rats ne veulent pas ressembler à leurs parents ? insista George. S'ils souhaitent devenir d'honnêtes rats qui ne font pas de mal à leurs amis ?

– Eh bien…

– Et si le rat est poursuivi par la malchance ? Est-il juste qu'il passe cette malédiction à ses enfants ? Ou ne devrait-il jamais avoir de descendance et vivre seul à tout jamais pour qu'elle meure avec lui ?

George, le souffle court, avait parlé sans réfléchir. Darwin posa sa règle.

– La principale différence entre les humains et les autres espèces, c'est que l'humain est infiniment plus intelligent. Si nous discutions d'un rat, je dirais que ses descendants n'ont pas d'autre choix que d'hériter de ses caractéristiques – bénéfiques ou non. Mais pour un *Homo sapiens*, la plus sage et la plus intuitive de toutes les espèces, je ne vois aucune raison pour que les enfants ne puissent pas tracer leur propre voie et ne décident pas eux-mêmes du genre de vie qu'ils veulent mener – pourvu qu'ils soient prêts à essayer.

Darwin reprit sa règle et regarda George d'un air entendu.

– Ai-je répondu à votre question ?

George acquiesça et caressa la tête du rat avant de le replacer dans sa boîte et d'en saisir un second. Ada ne lui avait pas menti par cruauté, comprit-il. Elle s'était surtout menti à elle-même. Poussée par sa mère, elle s'était fabriqué toute une histoire au sujet de son père et de l'Organisation, exactement comme elle construisait des oiseaux à partir de plaques de métal et d'écrous. Tout comme son grand-père et lui avaient inventé leurs propres légendes au coin du feu. Même Oscar s'était imaginé un père pirate qui devait venir le retrouver.

George tenait le rongeur d'une main et de l'autre, il eut l'impression d'avoir ôté le masque qui occultait la laideur de sa propre existence. La vérité qu'il avait tant cherché à nier prenait forme dans son esprit. Il ne pouvait plus l'ignorer. Il se mentait à lui-même, lui aussi.

L'Étoile de la Victoire était un leurre. L'objet dissimulé dans le cachot du château de Chillon n'était qu'une curieuse coïncidence, ou un puzzle, incompréhensible, dénué de sens.

Tout cela n'était qu'un conte de fées.

Il poussa un long soupir. Peut-être avait-il toujours su que cette histoire familiale n'était qu'une légende, mais chaque fois qu'il s'était approché de la vérité, elle avait été trop douloureuse à admettre.

Peut-être ressemblait-il plus à Ada qu'il ne le pensait. Il avait incriminé la malchance pour expliquer toutes les disparitions dans sa vie. Mais si l'Organisation n'existait pas, la malchance n'existait pas davantage. Ce n'était que le fruit de son imagination.

Le troisième lord de Devonshire était seul car il avait choisi de l'être.

Après avoir mesuré ses rats, Darwin sortit chercher de quoi dîner et George sentit de nouveau le désir de retrouver Ada et Oscar enfler dans sa poitrine. Les horreurs qu'il avait proférées résonnaient encore dans sa tête, et le souvenir de leurs expressions blessées le hantait. Aussi, quand Ada apparut à la porte de Darwin, George crut d'abord à un mirage.

Ses yeux étaient soulignés d'ombres grises. Ses boucles étaient défaites et mal arrangées, comme si elle les avait triturées entre ses doigts.

– Oscar et Ruthie ont été kidnappés, lâcha-t-elle.

Aussitôt, le mirage s'évanouit. À la différence des rongeurs de Darwin, Ada ne changerait sans doute jamais...

– Tu m'imagines assez idiot pour tomber dans le panneau ? Reviens quand tu cesseras de raconter des histoires.

– George, je sais que c'est difficile à admettre, mais nous n'avons pas le temps. Essaie de mettre ta colère de côté, parce que tes amis ont besoin de toi.

– Tu n'es pas mon amie. On ne ment pas à ses amis. On ne trahit pas ses amis, dit George.

Ada baissa la tête, ce qui valut à George un étrange mélange de plaisir et de regret.

– Je peux le prouver. Voilà !

Elle lui tendit une feuille verte froissée aux extrémités dentelées.

– C'est la feuille de bananier de Ruthie, dit-il en tâchant d'ignorer l'expression implorante d'Ada.

Ada l'obligea à la prendre.

– Évidemment ! Et regarde ce qui est inscrit : c'est un indice. Ruthie ne l'aurait jamais laissée derrière elle et Oscar ne serait jamais parti sans Ruthie. Je t'assure : on les a enlevés. Nous devons découvrir qui a fait cela et les retrouver. J'ai peut-être inventé l'Organisation, mais nous sommes toujours en danger. J'ai besoin de ton aide.

– Tout comme tu en as eu besoin quand Frobisher a été kidnappé, n'est-ce pas ? Tu n'essaies même plus de te montrer convaincante, Ada. Trouve autre chose. À présent, va-t'en.

– Mais examine au moins la feuille. Quelqu'un y a écrit : « Levrnaka ». C'est sans doute un lieu, une ville. Si tu ne veux pas m'aider, tant pis. Mais laisse-moi au moins consulter ta carte et je…

– Disparais ! hurla George.

Elle pinça les lèvres. Elles formaient une ligne dure, blanche et rose, sur son visage.

– Écoute-moi, George, s'il te plaît.

– J'en ai assez de ces petits jeux. Plus d'indices, plus de quêtes imaginaires, répliqua-t-il en fourrant la feuille de bananier dans sa poche.

– Lâche, siffla Ada.

– Menteuse, rétorqua George. Dis bonjour à Oscar et à Ruthie pour moi ! lança-t-il.

Mais Ada avait déjà dévalé l'escalier.

CHAPITRE TRENTE ET UN

George serrait dans sa main son petit billet blanc : un aller simple pour Londres. Darwin avait tenu à le rémunérer pour son aide avec ses rats, la veille. L'argent lui avait permis de payer le voyage et il lui restait même quelques pièces. À présent, il n'avait plus qu'à embarquer sur le bateau qui le ramènerait chez lui, où il serait débarrassé d'Ada Byron.

D'abord, il avait insisté pour parler au capitaine et s'assurer du bon état du bateau. Puis il lui avait fallu négocier au marché le plus proche un chapeau pour se protéger du soleil. Ensuite, il avait dû trouver les toilettes pour... eh bien, se soulager. Enfin, il avait franchi la moitié de la passerelle du navire, avant de faire demi-tour pour récupérer un bouton de son manteau tombé sur le quai.

Le sifflet du départ retentit et il allait mettre le pied sur la planche lorsque quelque chose attira son regard. Ou plutôt, ses narines.

Un parfum de triomphe, mêlé de bandes de lin et de terre.

Une main lourde s'abattit sur son épaule. En se retournant, il aperçut une moustache broussailleuse, au-dessus de laquelle un épais bandage enveloppait un nez proéminent. George étouffa un cri. Il Naso l'avait retrouvé. Pourquoi avait-il tant tardé à embarquer ?

À son grand étonnement, Il Naso lui donna une tape amicale, renversa la tête en arrière et lâcha un rire sonore.

– Petit lièvre ! Tu quittes déjà Venise ? Ou peut-être pars-tu en vacances, comme moi ?

Il jeta un regard à son billet.

– *Ma che ?* Londres ? Cette ville est si ennuyeuse ! Va donc en Espagne. J'y passe tous mes étés et c'est bien plus agréable.

Était-ce un piège ?

– Vous ne comptez pas m'arrêter ? murmura George.

– T'arrêter ? Non ! D'ailleurs, je devrais plutôt te féliciter de t'être débarrassé de cette infernale Ada Byron.

Le sourire de George s'évanouit. S'il en voulait encore à Ada, il n'appréciait guère le ton du policier.

– Elle était sans doute derrière tous les troubles que tu as pu causer, continua Il Naso.

Le sifflet du bateau retentit de nouveau.

– Mmmh, marmonna George. Je dois m'en aller.

Mais alors qu'il tournait les talons, Il Naso le retint par le bras.

– Je la tenais entre mes griffes, ce matin. Enfin, elle ne pouvait plus m'échapper !

Ses griffes ? George sentit son cœur se serrer. La mine satisfaite du policier ne lui inspirait rien de bon. Ada était-elle saine et sauve ? Cela ne le regardait plus vraiment, mais... Il s'éclaircit la voix.

– L'avez-vous jetée en prison ?

– Non, répondit l'autre en se redressant. Je suis un homme juste, petit lièvre. Je l'ai simplement bannie. Elle doit partir et ne jamais revenir. Cela suffit. À présent, je peux prendre des vacances l'esprit tranquille. Quant à toi, j'espère que tu as compris la leçon et ne t'aviseras plus d'enfreindre la loi. Je sens d'ici tes regrets.

Il renifla de tristesse.

– Mon propre fils n'a pas retenu ce genre de leçon à temps. Mais je ne commettrai pas deux fois la même erreur. Miss Byron doit apprendre que, tôt ou tard, ses crimes la rattraperont.

George réprima une grimace. Les paroles d'Il Naso faisaient désagréablement écho à la petite voix qui trottait dans sa tête, mais avec un accent italien.

– Et son père ? Est-il vraiment mort ?

– Oui. Elle lui ressemble. Même grand menton, ricana le policier. Elle parle aussi comme lui.

Il agita sa grosse main en l'air, en feignant de prendre un accent anglais.

– Oh, *signor*, je paierai mon loyer le mois prochain.

Oh, *signor*, ce ne sont pas mes chiens, je ne sais pas pourquoi ils mordillent vos bottes. *Schiffo* ! Dégoûtant !

– Elle n'est pas comme lui, répliqua George. Elle ne ressemble à personne.

Il songea alors à ce qu'Oscar lui avait dit. Il existait autant de nuances de « bon » et de « mauvais » que de nuances de couleurs. Il Naso se trompait peut-être sur le compte de Lord Byron. Malheureusement, George ne le saurait jamais.

Le policier plissa les yeux, puis soupira.

– Nous verrons. Mais elle a finalement réglé les dettes de son père et les dommages causés à la statue, j'ai donc clos le dossier.

– Elle a payé ? Pour son père ?

– Oui ! J'ai dû la poursuivre dans toute la ville, mais elle a fini par le faire. Lorsque j'ai enfin réussi à la retrouver sans qu'elle puisse m'échapper, elle a tenté de me fournir un chèque de la Banque d'Angleterre. Elle cherchait à filer. « Mon ami a besoin de moi », répétait-elle. J'ai vu toutes sortes de chèques falsifiés : je savais qu'il était faux. J'ai dit : « Je refuse d'être dupé par un autre membre du clan Byron. Autant me proposer une timbale en fer-blanc en m'assurant que c'est le *Santo Graal.* Ne me prenez pas pour un imbécile. »

– Mais... que vous a-t-elle donné alors ? Avec quoi a-t-elle remboursé les créances ?

Derrière George, le bateau siffla deux fois.

– Avec sa machine volante. De nombreuses pièces

étaient en or : assez pour couvrir les frais de la fonte, expliqua Il Naso, le regard brillant de convoitise.

Ada n'aurait jamais renoncé à son oiseau mécanique. Pas pour l'une de ses fables. Pas pour un simple mensonge.

George chancela. Ada lui avait dit la vérité. Oscar avait été enlevé et il avait refusé de la croire. Il l'avait renvoyée sans ménagement. Avec un sentiment de nausée, il se rappela qu'il ne lui avait jamais décrit le poisson mécanique aperçu dans le canal. Qu'avait-elle dit, dans la soupente de Darwin ? Il n'y avait pas d'Organisation, mais ils étaient toujours en danger. Et cet engin sous-marin ? Annonçait-il un plus grand péril ?

– Petit lièvre ? Déjà le mal de mer ? demanda Il Naso.

Le souvenir de la feuille de bananier rongée, froissée, de la pauvre Ruthie lui revint en mémoire. Il la tira de sa poche et l'examina, comme s'il y cherchait une révélation.

Et elle se manifesta.

Il Naso se mit à renifler comme un limier.

– Range-moi cela ! Je le sens à travers mon bandage.

– Quoi ? Que sentez-vous ?

– La brillantine ! Je ne supporte pas cette odeur, dit-il avec dégoût.

George approcha la feuille de son nez et inspira profondément. Roy.

Non. Non. Non Non Non Non.

– Oscar a vraiment été enlevé ! Ada est en danger. Elle s'est lancée à leur poursuite !

Pourquoi l'avait-il laissée partir ? Pourquoi ne l'avait-il pas écoutée ?

– Vous êtes de la police ! Vous devez faire quelque chose. On les a emmenés dans un endroit appelé « Levrnaka ».

Un groupe de femmes, aux paniers remplis de poissons, s'étaient arrêtées pour les observer et discutaient d'un air désapprobateur. Mais George s'en moquait.

– Je ne suis plus en service. Et je ne travaille jamais pendant mes congés. Fais donc une déposition au commissariat. Ils t'aideront à contacter la police de Dalmatie, puisque tes amis ont des ennuis à Levrnaka, de l'autre côté de l'Adriatique, répondit Il Naso, en emplissant ses poumons d'air marin.

George réfléchissait à toute vitesse, cherchant le moyen de rallier Levrnaka au plus vite.

– Écoutez… Combien pour l'oiseau ? La machine volante ?

– Beaucoup, répliqua le policier. Tu ne pourrais pas te le permettre.

– Que diriez-vous d'une carte au trésor ? Elle indique l'emplacement d'une pierre précieuse qui vaut beaucoup plus que l'engin. Et vous n'auriez même pas besoin de la fondre, reprit George, désespéré.

Il sortit le document de sa poche et le déroula sous les yeux d'Il Naso.

Il s'attendait à ce que celui-ci refuse et prétende que la carte était fausse ou qu'elle n'était pas complète – un fragment se trouvait désormais dans l'estomac de Ruthie, avec le pilon d'Oscar et sans doute quelques autres objets indigestes. Mais il s'en empara avidement et répondit :

– La machine est parquée près de la prison.

Là-dessus, il tourna les talons et se dirigea vers son bateau pour l'Espagne.

Un mot se forma dans l'esprit de George :

Cours.

D'autres suivirent :

Pars. Laisse-les. Tu n'y es pour rien. Pas exactement.

Puis, les pires de tous :

Les épaules d'un escargot.

Du porridge en guise de cervelle.

Son père avait tort. Comme Ada le lui avait fait remarquer, les escargots n'avaient pas d'épaules. George avait des épaules... de lion ! Non, il avait ses propres épaules : celle d'un lord de Devonshire. Et cela devrait suffire. Et peut-être avait-il du porridge en guise de cervelle, mais il savait qu'il ne pouvait pas abandonner ses amis. Pas après ce qu'ils avaient traversé ensemble.

À présent, tout ce dont Lord Devonshire avait besoin, c'était d'un peu de chance.

CHAPITRE TRENTE-DEUX

George s'aperçut rapidement que, contrairement à sa malchance, sa chance ne le mènerait pas loin.

Mais avant de le découvrir, Lord Devonshire devint le capitaine d'une machine volante. Et il se sentit pousser des ailes.

Avec un rire de dément et une bonne dose de courage retrouvé, il tira sur la corde pour démarrer l'engin, qui se mit à ronronner comme un chat. Cramponné au manche à balai, il en avait mal aux mains, mais la douleur lui procurait une sensation gratifiante. Elle était la preuve de sa bravoure.

L'ancien George aurait blêmi à l'idée de voir la terre ferme s'éloigner, de plus en plus petite, jusqu'à ce que les îles vénitiennes ressemblent à quelques galets jetés au hasard dans la mer. Il aurait senti ses genoux flageoler en prenant une telle altitude qu'une toile de glace se dessina sur les lunettes d'Ada, qu'il portait fièrement. Mais le nouveau George voyait à présent les choses clairement. Le nouveau George avait un but. Il avait une mission. Et il ne tremblait pas.

S'il frémit lorsque le moteur toussota puis se tut complètement… ce fut un frisson d'excitation et non de peur.

S'il hurla lorsque l'appareil plongea droit vers les flots… ce fut un cri de guerre.

Car s'il devait s'écraser, il comptait bien le faire avec panache.

Tel un héros grec, il sauta et plana dans les airs, les bras tendus comme des ailes, sur le conseil d'Ada – il y avait déjà si longtemps – en cas de chute.

Mais un instant plus tard, une sueur glacée perla le long de sa nuque et tout devint noir.

CHAPITRE TRENTE-TROIS

George toussa et recracha une bonne rasade d'eau salée, étalé de tout son long sur une planche de bois. Il ne voulait pas ouvrir les yeux.

Allongé sur le ventre, les paupières closes, il prit peu à peu conscience que le sol remuait. L'espace d'une brève, terrible seconde, il se demanda si le poisson mécanique du canal l'avait avalé tout cru. Des grincements et des craquements montaient tout autour de lui. Une cloche tinta. Des mouettes criaient.

Un bâton s'enfonça dans ses côtes.

– L'est mort ? grommela une voix sonore, profonde.

George écarta mollement le bâton.

– Oui, mort. Allez-vous-en et laissez-moi être mort en paix.

– T'es pas mort. T'es sur le *Mauretel*, répondit une autre voix avec un fort accent.

George ouvrit prudemment un œil. Ce n'était pas un bâton qui lui piquait le flanc, comprit-il, mais une jambe de bois. Elle appartenait à un petit homme aux vêtements déchirés qui ressemblaient vaguement à un uniforme de marin. À ses côtés se tenait un second personnage, chauve, vêtu de la même façon, avec un enchevêtrement de cicatrices sur le visage, qui évoquait un motif de dentelle. Les bras nus des deux hommes étaient parsemés de tatouages noirs représentant des dagues et des crânes.

George essaya de se lever, mais tituba et retomba à genoux, car le plancher ondulait sous ses pieds. Il jeta des regards éperdus autour de lui : il se trouvait dans une étroite cabine sombre, éclairée par une unique lanterne qui se balançait au bout d'une chaîne et par un hublot d'où il apercevait la mer irisée par un rayon de lune. Le sol bougeait toujours.

Il était donc sur un bateau. Un bateau dont les matelots étaient tatoués et avaient des jambes de bois.

– Des pirates, murmura-t-il pour lui-même.

Ils éclatèrent d'un rire gras, découvrant leurs dents en or.

– J'exige qu'on me libère immédiatement, tenta-t-il, en se redressant. Je suis le troisième lord de Devonshire et un sujet de l'Empire britannique, pair du royaume.

D'une voix d'outre-tombe, les deux pirates échangèrent quelques sons gutturaux. L'un d'eux saisit une mèche de George et se mit à vociférer en direction de son acolyte.

– Pitié… ne me tuez pas. Je vous paierai une rançon. J'ai l'… l'Étoile de la Victoire, bafouilla George.

Il palpa la poche de sa poitrine où il gardait habituellement la carte. S'il ne l'avait pas donnée à Il Naso, elle aurait été de toute façon détruite par l'eau de mer, songea-t-il. Mais l'Étoile était à sa place, toujours enveloppée dans son tissu blanc.

À sa grande surprise, les pirates sortirent précipitamment de la cabine.

Se croyant perdu, George appuya son front contre la cloison. Une nouvelle vague de nausée le submergea. Ada, Oscar et Ruthie étaient-ils encore en vie ? Étaient-ils en sécurité ? Il s'accrocha à cette pensée comme à une poche d'air et inspira profondément. Il devait trouver le moyen de quitter ce navire et de retrouver ses amis avant que le pire ne se produise. Et s'il n'y parvenait pas…

Un goût de bile monta dans sa gorge.

L'homme aux cicatrices rouvrit la porte, seul. Il lui arracha l'Étoile et l'agrippa par les poignets.

– Je suis un membre de la noblesse britannique, répéta-t-il lorsque le pirate le tira hors de la cabine. J'exige de parler au capitaine !

Sur le pont, des bourrasques nocturnes s'engouffraient entre les mâts. George frissonna dans ses vêtements trempés. Lorsqu'il vit ce qui l'attendait, ce qui lui restait de courage se dissipa comme un filet d'écume.

Devant lui se tenait l'individu le plus effrayant qu'il ait jamais vu.

Cet imposant personnage était vêtu d'or des pieds à la tête. Il portait une plume dorée à son chapeau, un long gilet et un pantalon de damas broché d'or, la boucle d'or de sa ceinture scintillait et il arborait un fourreau d'or contre sa hanche. Mais sous ses atours étincelants, son corps était couvert de cicatrices, ou atrophié. Il avait une rame en guise de jambe gauche, dorée et gravée de dessins de sirènes.

Il prit l'Étoile de la Victoire des mains de son matelot et la leva pour l'observer à la lueur de la lune.

– UN FAUX ! vociféra-t-il.

Son équipage, qui s'était rassemblé autour de lui en cercle, hua et conspua George.

– Quel est ton nom, petit ?

– George, répondit le jeune homme d'une voix tremblante.

Le silence retomba.

– *Le* George ? Le troisième LORD de Devonshire ? demanda le capitaine, qui accentuait certains mots d'une intonation tonitruante.

George le dévisagea, bouche bée. Sa noble lignée méritait certes d'être connue de tous, mais... d'un pirate ? Il réussit, malgré son étonnement, à hocher la tête.

Le capitaine ôta son chapeau et se recula pour s'incliner largement.

– Bartholomé Bibble JUNIOR, capitaine du *Mauretel*. Tu as peut-être entendu parler de mon PÈRE, Bartholomé Bibble.

George étouffa un cri de surprise, puis leva le menton bien haut.

– C'est votre père qui a tenté d'assassiner mon grand-père. Si vous cherchez à achever ce qu'il a commencé, faites-le. Mais laissez-moi d'abord sauver mes amis d'une mort certaine.

– Tu es le compagnon d'Ada Byron ? s'enquit le pirate. Mes hommes prétendent qu'un DÉMON tombé du ciel s'est écrasé en MER pendant mon sommeil. Était-ce sa machine VOLANTE ?

Le cœur de George battait à tout rompre. Il n'était presque pas étonné que le capitaine connaisse lui aussi Ada. Sans doute avait-elle proposé l'Étoile de la Victoire à tous les voleurs, bandits et brigands d'Europe.

– En effet. Mais ce n'est pas elle qui tentait de vous offrir ce faux joyau. C'est moi, admit-il.

Bibble remit son chapeau et s'adressa à l'un de ses matelots.

– Pourquoi les gens s'imaginent-ils toujours le PIRE à mon sujet ? Cela complique HORRIBLEMENT les conversations courtoises.

Il fit tourner l'Étoile entre ses doigts et la soupesa tandis que la lune jouait avec ses reflets d'argent.

– Je me fiche de ces BABIOLES. Enfin, non. ÉVIDEMMENT, je raffole des trésors. Mais CELUI-LÀ ne m'intéresse pas. Mon père s'est déjà emparé de l'Étoile de la Victoire. J'ai d'AUTRES chats à fouetter.

Le capitaine Bibble lui lança la pierre. George tenta maladroitement de la rattraper, mais elle lui échappa. Il la rangea dans sa poche.

– J'ignore ce que votre père a pu retrouver, mais ceci est vraiment l'Étoile de la Victoire. Si vous n'en voulez pas et que vous ne voulez pas me tuer, alors que cherchez-vous ?

Bibble renifla. S'il n'avait pas été un redoutable pirate, George aurait pu jurer que l'homme essayait de retenir ses larmes.

– Je cherche mon FILS ! OSCAR...

George ouvrit tout grand la bouche.

Impossible.

Et pourtant...

Le capitaine Bibble fouilla la poche cousue dans sa manche, qui pendait au-dessus de son bras amputé, et en sortit une liasse de lettres nouées par une ficelle.

– Oscar m'ÉCRIT depuis qu'il sait tenir un CRAYON. Il m'a même dessiné un portrait de CAJOU, mon perroquet préféré, mort quelques jours avant que je ne perde Oscar, lorsqu'il n'était qu'un BÉBÉ. Je n'ai jamais réussi à le retrouver. Chaque fois que j'envoyais l'un de mes HOMMES à Londres pour le ramener, ils étaient CAPTURÉS. Récemment, son ÉCRITURE s'est beaucoup AMÉLIORÉE. Sa dernière lettre disait qu'il se rendait à GENÈVE en compagnie du troisième lord de DEVONSHIRE. J'ai ordonné à mon meilleur lieutenant de le récupérer, mais il a ÉCHOUÉ.

– L'homme aux dents d'or et d'argent... ?

Celui que Ruthie avait suivi, près de la boutique de l'horloger, pensa George, avec dépit.

Oscar avait eu raison.

– C'était l'un de vos pirates ? Je le prenais pour un automate !

– Les PIRATES sont mal à l'aise sur la terre FERME, expliqua Bibble. Une fois que nous avons le pied MARIN, MARCHER et RESPIRER correctement hors d'un navire devient difficile pour nous.

Bibble jeta à George un regard perçant.

– L'un de mes matelots a aperçu un ORANG-OUTAN à Venise. J'ai mis le cap sur l'ADRIATIQUE pour écumer les eaux de la lagune.

– C'est extraordinaire, souffla George. Je n'arrive pas à y croire.

– CROIS-LE ! tonna le capitaine.

Ses grands yeux pétillaient, exactement comme ceux d'Oscar.

– À présent, dis-moi : OÙ est mon FILS ?

L'incrédulité laissa place à l'inquiétude.

– Je pense qu'il se trouve dans un endroit appelé Levrnaka.

Bibble l'observa avec attention.

– L'UNIQUE Levrnaka que je connaisse est une île DÉSERTÉE de l'Adriatique. QUE ferait-il là-BAS ?

– Il a été enlevé, répondit George.

Comme un seul homme, les pirates tirèrent leurs sabres de leurs fourreaux et les agitèrent au-dessus d'eux. Bibble rejeta la tête en arrière et rugit de colère.

– ENLEVÉ ?

Cent voix éraillées lui firent écho :

– ENLEVÉ ?

– Oui, ENLEVÉ ! confirma George.

Bibble empoigna George pour l'attirer vers lui et le souleva, si bien que ses pieds ne touchaient plus le sol. George sentit le souffle chaud du capitaine contre sa joue, mais celui-ci ne cria pas. Au lieu de cela, il remarqua le mouchoir noué au bras de George et son seul œil intact s'ouvrit tout grand.

– Où as-tu trouvé cela ? gronda-t-il en serrant ses dents dorées.

– Ce mouchoir ? C'est celui de mon valet, Frobisher.

Bibble la lâcha. George s'effondra sur le pont.

– *John le Jardinier* ? Ton valet ?

Un silence effrayant retomba parmi l'équipage, comme si ce nom les rendait muets.

– John le Jardinier ? s'esclaffa George. Mon valet se nomme John Frobisher.

D'un mouvement sec, Bibble lui arracha le morceau d'étoffe aux arabesques bleues et vertes et le lança en l'air. Une centaine de cris étouffés parcoururent le vaisseau.

– Le foulard de John le Jardinier, qui arrosait les

ALGUES avec du SANG et qui changeait ses ENNEMIS en ENGRAIS !

– Mais John est mort ! cracha l'un des hommes.

– Non… Les rumeurs étaient donc VRAIES.

Bibble Junior examina le tissu, l'œil empreint de terreur.

– Il y a deux ans, il aurait renoncé à son NAVIRE et à son ÉQUIPAGE pour mener une existence de MARIN D'EAU DOUCE. Il se fait appeler Frobisher, dis-tu ? Il a pris le nom de son perroquet.

Bibble se tourna vers George, le regard dur et incisif.

– Et ce garçon vient d'avouer qu'il le connaissait.

– C'est… c'est sûrement une méprise, bredouilla George. Nous ne parlons sans doute pas de la même personne. Mon Frobisher n'a rien d'un pirate. Il a d'ailleurs du mal à…

… *respirer*, pensa George. Bibble et Oscar lui avaient expliqué que les pirates se réhabituaient difficilement à la vie sur la terre ferme. Horrifié, il s'aperçut alors que les motifs verts et tremblants du mouchoir représentaient… des algues.

– On ne peut faire confiance à aucun des amis du JARDINIER. ENFERMEZ-LE jusqu'à ce que nous ayons retrouvé mon fils, ordonna Bibble.

– Capitaine, je vous assure que je n'ai rien à voir dans l'enlèvement d'Oscar, implora George alors que Bibble lui tournait le dos et s'éloignait. J'ignore qui est responsable, mais ils sont rusés et redoutables !

L'homme se retourna et un sourire se dessina sur ses lèvres.

– L'équipage du *Mauretel* ne craint PERSONNE. Ses cales sont pleines à craquer d'EXPLOSIFS.

– Ils possèdent des machines dont vous ne soupçonnez pas l'existence ! cria George, la voix brisée par le désespoir.

Il n'était pas certain que le poisson mécanique fût dangereux, mais il ne voulait faire prendre aucun risque au père d'Oscar.

Ses avertissements se perdirent dans le brouhaha, les sifflets et les pas pressés des matelots qui s'affairaient sur le pont, sous une salve de jurons de Bibble. Avec un heurt retentissant, ils larguèrent les voiles, gonflées par le vent, et mirent le cap sur Levrnaka. George fut traîné jusqu'à la petite cabine où il avait repris connaissance. Les pirates le jetèrent au sol, avant de barrer la porte, scellant son destin avec un grand *clac*.

George était prisonnier.

CHAPITRE TRENTE-QUATRE

Un marin sonnait la cloche des quarts pour indiquer l'heure. Au cinquième tintement, George s'approcha du hublot et perçut une lueur dorée qui pointait à l'est. Puis, du haut du nid-de-pie, la vigie cria :

– Île en vue, capitaine !

Le nez contre la vitre, George vit une mince bande de terre scintiller au loin. Levrnaka. Ses plages blanches grimpaient en pente douce vers des forêts verdoyantes, aux cimes plates. À l'approche d'une grande baie, la vigie appela de nouveau :

– Un feu de camp, capitaine !

En effet, à l'extrémité de l'anse, de hautes flammes dansaient dans la pénombre. Les pirates fêtèrent leur arrivée en entonnant des chants tapageurs qui incitaient à trancher la gorge de l'ennemi.

Aussi gracieux qu'un cygne, le *Mauretel* glissa vers la côte et s'approcha tout près du rivage. Oscar et Ruthie étaient-ils bien ici ? Ada les avait-elle déjà rejoints ? George plissa les yeux pour tenter d'apercevoir ses amis, mais il ne remarqua aucun signe de vie.

Soudain, la coque du bateau grinça et George fut projeté contre la cloison. La poupe du vaisseau vira de bord. Ils avaient dû heurter quelque chose par l'avant. Lorsque George put enfin se relever et jeter un regard à l'extérieur, il ne vit que des eaux calmes, encore sombres, et une partie de l'île.

Le silence retomba sur le navire. Les pirates avaient cessé leurs réjouissances. Eux aussi guettaient les flots.

C'est alors qu'une curieuse vague rida l'onde et attira l'attention de George. En scrutant la mer, il aperçut une ombre qui se glissait sous la surface, sous son hublot. Puis une deuxième, près de la proue. Et une autre, au niveau de la poupe. La sueur perla sur son front. Il ne compta pas moins de cinq taches oblongues qui se rapprochaient.

Elles émergèrent sans un bruit. Ce n'étaient pas de simples ombres, mais d'énormes poissons mécaniques.

Le *Mauretel* était tombé dans une embuscade.

Des cris de surprise fusèrent sur le pont tandis que plusieurs engins sous-marins apparurent. George ne pouvait détacher le regard de ces machines menaçantes ni de leurs armes acérées, terrifiantes, surgies des profondeurs. Très vite, les eaux scintillèrent sous les reflets d'ailerons tranchants, de pinces de bronze et de harpons en forme de défense de narval.

George retint son souffle. Une trappe s'ouvrit dans l'un des sous-marins sur une cavité obscure où luisaient plusieurs paires de lumières rouges. Les appareils s'ouvrirent l'un après l'autre, révélant ces mêmes points brillants. Des yeux de chauves-souris métalliques, comprit George, lorsqu'elles prirent leur envol, assombrissant le crépuscule tandis qu'elles s'élevaient dans le ciel.

– DÉCAPITEZ-MOI ces DÉMONS ! hurla le capitaine Bibble.

Tout en scandant des cris guerriers, les pirates se déchaînèrent sur les automates volants. Ils les visaient avec leurs mousquets, les frappaient avec leurs couteaux, les embrochaient avec leurs épées. Quelques créatures mécaniques tombèrent dans l'eau et coulèrent comme des pierres. Mais il en montait toujours plus autour d'eux.

C'était terrifiant.

George plissa les yeux face au soleil levant, à l'affût d'une trace de ses amis sur la rive. Quelque chose remuait sur l'un des récifs près de la plage. Deux petites silhouettes semblables à celles d'Oscar et de Ruthie étaient blotties l'une contre l'autre sur un rocher surplombant la baie. Celle d'Oscar formait un X avec les bras.

Le cœur de George bondit dans sa poitrine. Il se mit à hurler jusqu'à ce que sa gorge le brûle, mais ses cris étaient vains. Il devait trouver le moyen de sortir de cette cabine et quitter ce bateau. Quelqu'un devait les sauver. C'est en tout cas ce qu'Ada aurait fait. Peut-être était-elle déjà sur l'île, capturée elle aussi...

George chassa cette idée. Il devait secourir Oscar. La porte était bloquée, mais pas le hublot. Il n'eut qu'à dévisser l'écrou pour l'ouvrir. Lentement, il se contorsionna pour y passer la tête puis les épaules. Les cordages fixés sur la coque étaient à sa portée. Si personne ne regardait de ce côté, il pouvait facilement grimper sur le pont.

Mais la voie n'était pas encore libre. Au-dessus de lui, les pirates étaient rassemblés contre le bastingage et brandissaient leurs épées, dagues et autres lames en tous genres. Certains fabriquaient des catapultes miniatures à l'aide de manches de balayettes.

George n'avait jamais vu un tel arsenal. Les pilotes des poissons mécaniques sortirent de leurs engins pour se lancer à l'abordage du *Mauretel*, leurs poignards entre leurs dents. Ils portaient tous une redingote rouge qui lui paraissait familière, mais il n'eut pas le temps d'y prêter attention. Il devait retrouver ses amis.

Alors que les chauves-souris fondaient toujours sur les matelots, les sous-marins percutèrent le navire avec leurs ailerons acérés. La coque tangua et sembla s'enfoncer peu à peu. Le bateau coulait : ce n'était qu'une question de temps avant que ses cales ne se remplissent d'eau et qu'il s'échoue sur la plage. George saisit les cordages près de lui : il n'avait plus d'autre solution pour s'échapper.

Il s'extirpa du hublot et s'agrippa aux câbles grossièrement tressés. Les chauves-souris volaient en couinant près de ses oreilles et les balles sifflaient tout autour de lui. George esquiva les dangers de son mieux et se hissa le long de la corde, jusqu'au bastingage. Scrutant les bottes des pirates, il finit par repérer la rame dorée qui servait de jambe au capitaine Bibble. Il baissa la tête juste à temps pour éviter un automate, qui trancha de son aile acérée quelques mèches de ses cheveux.

– Capitaine, j'ai retrouvé Oscar !

– Je croyais t'avoir dit de DISPARAÎTRE, vociféra Bibble.

– Vous avez des problèmes plus pressants que moi, pour l'instant. Votre navire est en train de couler et votre fils est en danger ! lui cria George.

L'expression farouche de Bibble se radoucit quelque peu.

– Il est là-bas, s'époumona George en essayant de désigner la côte du menton, tout en se cramponnant aux câbles.

Petit à petit, la mer montait autour du rocher où Oscar et Ruthie s'étaient réfugiés. La terreur l'envahit. La marée allait bientôt les prendre au piège.

Mais Bibble, aux prises avec quatre chauves-souris, ne pouvait voler au secours d'Oscar. L'une d'elles fonça droit sur la tête du capitaine. D'un coup de sabre, il la trancha en deux. Ses entrailles mécaniques s'éparpillèrent sur le pont.

Bibble lança l'une de ses épées à George, qui la rattrapa d'une seule main.

– Ramène-moi mon GARÇON, Lord DEVONSHIRE ! Si tu ne le sauves pas, je t'ouvrirai le ventre, du cou jusqu'au nombril, acheva-t-il en coupant une extrémité des cordes qui retenaient George.

George agrippa l'autre bout du câble, puis le sentit se tendre d'un seul coup. Son corps fut catapulté dans les airs et vola vers la plage. Le sable amortit étonnamment sa chute, tout près d'un groupe de pirates qui avaient nagé jusqu'au rivage et affrontaient farouchement leurs adversaires. Lorsqu'il eut repris son souffle, George comprit que les hommes et les femmes vêtus de rouge avaient eux aussi gagné la côte avec leurs chauves-souris mécaniques.

Il devait les éviter pour rejoindre Oscar et Ruthie.

Ne songeant qu'à ses amis, George chargea droit vers la masse de pilotes, de pirates et d'automates. Une chauve-souris siffla juste au-dessus de lui et, avec un terrible rugissement, il brandit son épée et frappa la bête. La tête métallique tomba sur le sol et son corps encore tressautant s'écrasa tout près. George leva le poing en signe de victoire et s'écria :

– Wouhou ! J'ai réussi ! Je...

Mais une chose lourde et épaisse s'abattit sur son dos. Il tituba, puis s'effondra, se tournant dans sa chute, juste à temps pour apercevoir l'homme qui s'apprêtait sûrement à le tuer. À contre-jour, dans le soleil levant, il distingua des cheveux roux. L'odeur de la brillantine emplit ses narines.

– Roy, cracha George avec dédain. Qu'est-ce que tu as fait de mes amis ?

Roy le regarda d'un air tout aussi méprisant.

– Pauvre petit lâche, perdu sans ses amis pour le protéger... Bouh-ouh !

George se redressa et lui décocha un violent coup de garde d'épée dans le genou.

– JE NE SUIS PLUS. UN. LÂCHE ! hurla-t-il.

Roy se frotta la jambe, mais renvoya George au tapis d'un coup de pied. Il leva sa botte, prêt à lui écraser le visage. Plein de remords, George comprit qu'il allait mourir. Il avait si longtemps eu peur du monde. À présent, il regrettait de ne pas l'avoir davantage parcouru. Il ne rentrerait jamais chez lui, au n° 8. Il ne reverrait jamais Frobisher. Ni Ada. Ni Oscar. Ni Ruthie.

Il n'avait pas pu les sauver.

Il n'avait pas su leur demander pardon.

Cette pensée était la pire de toutes. Des larmes roulèrent sur ses joues et il se laissa retomber contre le sable.

Au même instant, une ombre sauta au-dessus de lui et se jeta sur la poitrine de Roy. L'homme chancela avec un grognement rauque. Retrouvant enfin son souffle, George se redressa et aperçut un minuscule pirate, qui bondit courageusement vers Roy. Leurs épées s'entrechoquèrent dans une terrible tornade de fer. Le pirate semblait bien plus agile que Roy, mais beaucoup plus petit, ce qui donnait l'avantage à son adversaire.

– Tu n'es pas de taille à m'affronter, siffla Roy, qui frôla l'épaule de son ennemi.

– Je sais que je ne suis pas de taille. Je suis une diversion, répliqua le pirate.

Roy eut à peine le temps de froncer les sourcils. Une chauve-souris vola vers eux de travers. Elle partit en vrille, droit sur Roy, et percuta violemment son front. Sonné, il s'effondra la tête la première.

George bondit sur ses pieds. Le pirate ramassa l'automate, resté collé au front de son opposant, et le caressa en le félicitant à voix basse comme un chien qui aurait réussi un tour. Maintenant qu'il le regardait de plus près, George comprit que cet automate ne ressemblait pas aux autres. Ses ailes avaient été rallongées et renforcées à l'aide de brindilles. Plusieurs cuillères y étaient plantées et lui donnaient l'apparence d'un moulin miniature.

Le pirate redressa la tête et esquissa un sourire espiègle.

– Bonjour, George !

Évidemment, ce n'était pas un pirate.

George sentit son cœur bondir de joie.

– Bonjour, Miss Byron !

CHAPITRE TRENTE-CINQ

– Je te demande pardon !

Ada et George avaient parlé en même temps. Puis ils se jetèrent dans les bras l'un de l'autre.

Même au milieu de la bataille et du tintement des sabres, cela semblait la chose la plus urgente à faire.

– Je suis venu te sauver, s'exclamèrent-ils ensemble, lorsqu'ils se reculèrent enfin.

Ada éclata de rire.

– C'était courageux de ta part, mais je n'avais pas besoin d'être secourue ! Ce dont j'ai besoin, c'est...

Elle s'interrompit et se mordit les lèvres, soudain gênée.

– D'un ami, acheva George pour elle.

La réponse était simple comme un banal problème d'arithmétique. Mais l'angoisse le gagna de nouveau.

– Et Oscar ? Et Ruthie ? Nous devons les aider !

– C'est déjà fait ! C'est moi qui ai demandé à Oscar de faire signe à votre bateau depuis ce rocher, mais j'avais perdu la notion du temps. Je n'ai pas pris en compte le coefficient de marée, ajouta-t-elle d'un ton coupable. Ils sont coincés sur ce récif et Ruthie a peur des chauves-souris. Elle refuse de descendre.

– Nous allons les récupérer, ne t'en fais pas.

– M'en faire ? Moi ? Je ne m'en fais jamais ! Mais nous serons bientôt tous en danger si nous ne quittons pas cette île très vite.

Elle serra le bras de George. Elle ne semblait pas inquiète, mais enthousiaste.

– Ces assaillants ne sont pas l'« Organisation » telle que je l'envisageais, mais ils sont bien réels, George, et très bien équipés. Ce n'était pas seulement mon imagination, en fin de compte ! C'est formidable, non ?

Ils étaient peut-être redevenus amis, mais George ne partageait pas pour autant son avis sur tout. Lui n'y voyait rien de « formidable ».

Ensemble, ils coururent vers l'extrémité de la plage, où Ada avait poussé une barque sur le rivage. Tenant son moulin-chauve-souris d'une main et celle de George de l'autre, elle grimpa dans l'embarcation. George fit de même. Au loin, les chauves-souris tournoyaient et fondaient sur leurs proies, mais les pirates tiraient sur celles qui s'aventuraient trop près.

– Dépêchons-nous, reprit Ada.

Elle fixa son propre automate à l'arrière de la barque puis pressa l'interrupteur au centre de l'engin. L'animal s'agita de nouveau, mais cette fois, sous la surface de l'eau : ses cuillères se mirent à tourner comme une roue à aubes qui les propulsa en avant – droit vers Oscar qui les attendait, avec son sourire édenté.

– George ! Je suis tellement content de te voir ! s'exclama-t-il lorsqu'ils s'approchèrent.

– Oscar ! J'avais tort au sujet de ton père ! Il est ici. Il est venu te chercher. Tu avais raison sur toute la ligne. J'ai été odieux avec toi. Je suis désolé ! répondit George, concentrant les nombreuses excuses qu'il lui devait.

Quand la barque toucha la base du rocher, Oscar et Ruthie s'y laissèrent glisser avant de serrer George dans leurs bras.

– Je suis navré de ce que je t'ai dit. S'il te plaît, pardonne-moi, souffla George à l'oreille velue de Ruthie.

Oscar s'écarta de son épaule.

– Je te pardonne, à condition que tu acceptes enfin de voir ma collection de minéraux !

– J'en serais ravi ! s'esclaffa George. Oscar, ton père est un véritable pirate, comme tu l'avais dit. Il a reçu toutes tes lettres et il te cherche depuis des années. C'est incroyable, non ?

Le sourire d'Oscar s'élargit, plus éclatant que le soleil qui s'élevait au-dessus de l'île.

– Je te l'avais bien dit ! J'étais certain qu'il me retrouverait. Où est-il ?

Fou de joie, George se libéra de l'étreinte de Ruthie et se tourna pour désigner le navire du capitaine Bibble.

– Il est juste...

Mais sa voix se brisa. Il ne montrait pas un fier vaisseau pirate, mais une carcasse en plein naufrage. Avec leurs armes sophistiquées et leurs ailerons acérés, les poissons mécaniques avaient lacéré la coque du *Mauretel*. Une substance noire s'écoulait de ses entrailles, comme un jaune d'œuf crevé, teintant les eaux bleues de la mer. Sans doute de la poudre et le goudron contenus dans ses cales.

– Ne t'en fais pas, ils vont s'en sortir, le rassura Ada.

Oscar semblait désemparé. Aussi sombre et nocive que la matière qui s'échappait du *Mauretel*, l'angoisse gagna George. Sa malédiction, tapie dans l'ombre, avait-elle de nouveau décidé de frapper ? S'il n'avait pas atterri à côté de ce bateau pirate...

– Arrête George, intervint Ada. Je sais ce que tu penses. Ce n'est pas ta faute.

Ruthie se mit à gémir et pointa un doigt devant eux.

Plusieurs sous-marins attendaient, immobiles, à la surface. Leurs silhouettes lisses et grises luisaient d'un éclat menaçant. C'étaient les seuls éléments de cette flotte mécanique à n'avoir souffert aucun dommage. Et ils venaient de les repérer.

L'une après l'autre, les trappes dans leurs dos s'ouvrirent et des individus vêtus de rouge en sortirent. Roy se trouvait parmi eux. George remarqua, avec une certaine satisfaction, l'hématome d'un rouge violacé que l'engin d'Ada avait laissé sur son front. Une femme rousse à l'allure familière surgit du poisson posté près du sien.

– Elle ! murmura George.

La femme esquissa un sourire méprisant, ses traits étonnamment semblables à ceux de Roy. *Ils doivent être frère et sœur*, songea George. Une troisième personne se dressa à ses côtés. C'était un homme grand, maigre, au crâne chauve et luisant. Ils n'étaient plus qu'à un jet de pierre de l'embarcation. Soit extrêmement près, car le lancer de George n'avait rien d'impressionnant.

Comme le *Mauretel* quelques minutes plus tôt, leur barque était encerclée. Les quatre compagnons se blottirent les uns contre les autres, en s'agrippant par les épaules.

– Alors, c'est vous, l'Organisation, cracha George comme une insulte.

– L'Organisation ? répéta Roy en haussant les sourcils, avant de pointer son doigt contre sa poitrine. Nous ? Nous ne sommes pas l'« Organisation », pauvre idiot. Nous sommes la Société des Quidams.

– Silence, Roy, coupa l'autre personnage. Pourquoi ne pas leur donner notre adresse, pendant que tu y es ?

– Votre capitaine est mort, reprit Roy avec un sourire carnassier. Personne ne viendra vous sauver. À présent, remettez-nous ce que nous cherchons.

– L'Étoile de la Victoire n'est qu'un mythe, explosa

George, qui rassembla toute sa rage dans un sanglot étouffé.

Roy, sa sœur et l'homme chauve échangèrent un coup d'œil, avant d'éclater ensemble d'un rire mauvais.

– Entends-tu cela, Rose ? dit le plus vieux. Cet enfant n'est qu'un imbécile. Il pense encore que toute cette histoire concerne un joyau imaginaire. Si ton frère n'était pas aussi stupide, nous aurions récupéré la carte à Londres depuis plusieurs jours déjà.

Il tapota un étui cylindrique à son épaule, qui semblait pouvoir contenir la carte roulée de George.

– La carte ? murmura Ada. C'est cela que vous cherchez ?

Ils ne parurent pas l'écouter. Rose fusilla l'homme du regard, les poings sur les hanches.

– Roy n'est pas stupide, Shaw. Il avait dérobé la carte à Londres.

– Vous m'avez tous l'air stupides, intervint George. Vous convoitez une carte qui ne mène à aucun trésor ?

De nouveau, Rose et « Shaw » se regardèrent en pouffant.

– Elle vaut bien plus qu'un trésor, répondit Shaw.

Il lança un regard mauvais à Roy qui le lui rendit.

– S'il avait été moins cupide, il te l'aurait achetée plutôt que de te la voler. Si quelqu'un l'avait repérée avant lui, tu en aurais été débarrassé et tu n'aurais eu nul besoin de courir le monde.

Ada les dévisageait tour à tour, comme des énigmes qu'elle tentait de résoudre.

– Que pourriez-vous savoir sur cette carte que nous ignorons ? siffla-t-elle.

– Elle renferme d'incroyables secrets dont vous ne soupçonnez pas l'existence, répliqua Roy. Des secrets pour lesquels certains sont prêts à tuer.

L'étincelle dans ses yeux déclencha la peur – et la colère de George. Si elle contenait des secrets, le premier lord de Devonshire aurait voulu qu'il les protège.

– Quel genre de secrets ? demanda Ada, méfiante.

– Des secrets qui ne se racontent pas, rétorqua Roy d'un air moqueur.

George remarqua cependant que le regard dur, inquisiteur d'Ada le déstabilisait.

Elle éclata de rire.

– Cela ne fait rien. Je crois volontiers que la carte cache certaines choses. Mais les gens qui vous ont engagés savaient qu'il valait mieux ne pas vous les révéler. Alors, dites-moi, pour qui travaillez-vous ?

– Assez ! aboya Shaw. Donnez-la-nous.

– Vous voilà bien embêtés, lança George, hilare. Je l'ai vendue.

Les sourires chafouins de Rose, Roy et Shaw s'évanouirent aussitôt.

– Tu as fait quoi ? murmura Roy d'une voix assassine.

Ruthie gémit, et chercha à passer les bras autour d'Ada, Oscar et George pour les serrer contre elle.

La tache noire qui s'échappait du bateau éventré avait presque atteint leur barque, comme un affreux présage. L'air chargé de goudron et de soufre devenait irrespirable.

– Je l'ai vendue, répéta George. À un homme appelé – il ne connaissait pas son véritable nom – Il Naso, un policier italien. Et il s'est embarqué sur un navire de voyageurs pour l'Espagne, hier.

– Un navire de voyageurs en partance pour l'Espagne, reprit Rose, brisant enfin le silence, avec un regard triomphant qui provoqua le malaise de George. Puisqu'ils n'ont pas la carte, nous n'avons plus besoin d'eux.

Ruthie geignit de plus belle. George posa la main sur sa fourrure rousse pour l'apaiser.

– Même la fille ? demanda Roy. D.J. disait que…

Sans quitter Ada des yeux, Shaw le fit taire d'un geste. Ada le toisait, comme si elle sondait ses pensées.

– Oublie D.J. Cette gamine est la plus susceptible de nous causer des ennuis. Ses misérables inventions ne valent rien, comparées à celles que nous avons obtenues de grands génies. William Sturgeon n'a pas fait une telle histoire lorsque nous lui avons pris son électroaimant et tu sais que D.J. le convoitait bien davantage.

L'insulte mit George hors de lui. Il en oublia ses bonnes manières.

– Les inventions d'Ada Byron éclipsent toutes les

autres. Elles sont les plus extraordinaires, les plus époustouflantes qui existent ! cracha-t-il au moment où Ada s'emportait :

– Vous m'avez volé mes inventions ? Comment osez-vous ?

– Taisez-vous ! siffla Shaw, qui les observa tour à tour. Cette conversation a assez duré et je n'ai eu aucun plaisir à avoir affaire à vous.

Il leur adressa un petit salut moqueur. Roy et Rose tirèrent leurs poignards de leurs ceintures.

George lança un regard à ses amis. Il voulait contempler leurs visages une dernière fois. Comme toujours, Oscar paraissait ailleurs. Il fouillait son sac de minéraux, à la recherche de quelque chose. Ada ne semblait pas non plus voir le danger imminent. Elle fixait intensément la tache noirâtre qui s'écoulait du *Mauretel* et qui entourait à présent la flottille de poissons mécaniques. Elle agrippa le gouvernail de leur barque.

– Ada, Oscar, je suis heureux d'être devenu votre ami. Ce sera un honneur de périr à vos côtés, murmura George galamment.

– Protégez votre visage et tenez-vous prêts à sauter, leur souffla Ada avant de cacher sa tête dans l'épaule de Ruthie.

Clic.

– Qu'est-ce que tu fabriques ? s'emporta Rose.

Près de Roy, elle prenait son élan. Tous deux s'apprêtaient à bondir sur la barque en brandissant leur lame.

Clic.

Oscar tenait une pierre dans chaque main au-dessus de l'eau : les silex dont il s'était servi pour allumer le feu de camp, près de Reims.

Avec un sourire, il frappa une dernière fois les pierres l'une contre l'autre, là où la nappe noire rejoignait les flots turquoise. George eut à peine le temps de voir l'étincelle rouge voler avant que l'incendie n'embrase la mer.

CHAPITRE TRENTE-SIX

– Oscar, embraser la poudre noire grâce à tes silex, c'était une idée géniale !

Les quatre amis se laissèrent tomber sur le sable, trempés, après avoir nagé jusqu'à la plage. Les cheveux de George avaient légèrement roussi et l'explosion l'avait rendu un peu sourd. Elle leur avait au moins permis d'échapper à Roy, Rose et Shaw. Derrière eux, des flammes dansaient encore sur l'eau, mais le feu s'éteignait rapidement.

– Pensez-vous qu'ils sont morts ? Que je les ai tués ? demanda Oscar, avec une pointe de remords – ce qui ne surprit pas vraiment George.

– Je ne crois pas, dit Ada qui se redressa tant bien que mal sur le sable parsemé de galets.

Elle tendit la main à ses deux compagnons pour les aider à faire de même.

– Leurs sous-marins les ont sans doute protégés. J'ai

un plan pour quitter cette île, mais nous allons devoir la traverser. Et vite.

Ada désigna l'extrémité de la plage, à l'orée de la forêt.

– Est-ce que mon père est vraiment... ?

Oscar n'acheva pas sa phrase, et jeta un coup d'œil à l'épave du vaisseau pirate, que la mer avait presque engloutie. Un objet luisant s'échoua alors sur le rivage, glissant avec les vagues comme un crabe étincelant : le chapeau doré du capitaine Bibble.

– Il est vivant, Oscar, j'en suis sûre, dit Ada en les entraînant vers les arbres qui bordaient la plage. Ne perds pas espoir maintenant ! Après tout, je n'avais pas tort de croire que j'étais poursuivie par un groupe de bandits, voleurs et assassins qui convoitaient mes découvertes.

Elle semblait furieuse, mais George remarqua son regard pétillant de malice.

– Ada a raison. Il a traversé des océans pour te rejoindre. Il a sans doute affronté des armées, des tempêtes, des monstres marins. Ce n'est pas un petit naufrage et une légère explosion qui suffiront à l'arrêter.

Oscar se détourna à regret de l'épave.

– Et il ne pourra pas me retrouver si je suis de nouveau capturé ! Alors, dépêchons-nous de fuir, déclara-t-il en leur faisant signe d'avancer. Je suis navré que tu aies perdu ta carte, George.

Oscar marchait derrière Ada et George se plaça près de lui.

– Cela ne fait rien. Nous avons trouvé ce que nous cherchions. Peu importe les secrets qu'ils croient cachés dans cette carte, nous ne les découvririons jamais. Elle est entre les mains d'Il Naso, à présent. Ce qui compte, c'est que nous soyons sains et saufs. Et j'ai bien l'intention de le rester.

– Je savais que tu viendrais nous sauver, lui dit Oscar.

George rougit.

– Ils nous laisseront peut-être tranquilles, maintenant. Et à notre retour, Frobisher va m'entendre. Oh, j'ai oublié de vous le dire : j'ai appris qu'il était un ancien pirate !

Oscar le dévisagea, interdit.

– Quoi, tu veux dire que tu l'ignorais ?

– Que... Quoi ? Tu étais au courant ? s'étrangla George.

– Évidemment ! C'est lui qui m'a enseigné l'alphabet sémaphore, rappelle-toi ! Je te l'avais dit : les pirates ne sont pas mauvais. Tu me crois, à présent ?

George sortit l'Étoile de la Victoire de sa poche. Ses curieuses branches argentées scintillaient sous ses yeux.

– J'espère qu'aucun de vous ne me cache quelque chose au sujet de notre trésor inestimable.

Il éprouvait une légère amertume, mais il poussa un soupir et le sentiment désagréable disparut aussitôt.

Oscar ne l'écoutait pas. Il s'arrêta et se mit à tourner en rond.

– Oh non, murmura-t-il. Où est passée Ruthie ? Elle se tenait juste à côté de moi. Ruthie !

– Ne t'en fais pas, Oscar, nous allons la retrouver. Elle a peur du feu et s'est sans doute cachée.

George inspecta les buissons et les rochers à la recherche de l'orang-outan.

Quelques mètres plus loin, Ada toussota et se pinça le nez.

– Non, ce n'est pas tout à fait cela. Venez voir !

George et Oscar s'approchèrent d'un pin en lisière de la forêt. Au pied de l'arbre, ils aperçurent un petit tas marron et mou sur le sol. Sur les branches, Ruthie bondissait fièrement puis elle se jeta dans les bras d'Oscar. Ada s'agenouilla près des excréments.

– Eh bien, Oscar, tu peux enfin récupérer ton pilon. Pas un instant à perdre !

Sous les yeux horrifiés de George, Oscar plongea la main dans l'amas visqueux puis se précipita vers une flaque pour y laver sa précieuse pierre. Après l'avoir soigneusement frottée, il ouvrit le poing pour la leur montrer.

– Mon pilon ! s'exclama-t-il.

Bleu comme le ciel.

Étincelant comme le soleil.

Scintillant comme les étoiles.

C'était l'Étoile de la Victoire.

– Mais... comment... bredouilla George.

Il prit la gemme bleue à Oscar et la leva vers le soleil. Elle ne renfermait pas d'étoile d'argent à six branches, mais le saphir était exactement tel que son grand-père le lui avait décrit.

Même Ada demeura bouche bée.

– Est-ce que c'est... ?

Les lèvres de George frémirent. Des larmes de joie montaient au coin de ses yeux.

– C'est l'Étoile de la Victoire. Je le sais. Elle existe vraiment...

Au cœur du joyau, les rayons du soleil se changeaient en rayons de lune. Il semblait contenir tout un univers figé de vagues immobiles – des crêtes indigo, une houle cobalt – aussi infinies que l'océan. La pierre avait ses défauts. Une grande fissure la traversait comme un profond ravin. Mais aux yeux de George, cette imperfection ne la rendait que plus belle. Même ébréchée, elle restait d'une incroyable splendeur.

– Puis-je ? murmura Ada, ébahie.

George, rempli de joie, la lui tendit. Ada sortit une loupe de sa poche et l'examina.

– Pas étonnant que Ruthie ait souffert de maux d'estomac. C'est un miracle que cela ne lui ait pas perforé les intestins !

– Un miracle, c'est vraiment cela, renchérit George.

De toutes les choses étonnantes qui avaient émaillé son voyage, c'était décidément la plus époustouflante.

Il avait cherché l'Étoile sans relâche, sans jamais se douter qu'elle était tout près de lui, là où il n'aurait jamais imaginé la trouver.

Près de lui, Oscar étouffa un cri. Il saisit George par la manche et la tira violemment.

– Qui est-ce ? demanda-t-il en pointant le doigt vers une apparition dorée sur la plage.

Une silhouette vêtue d'or émergeait des vagues cristallines et rampait sur le rivage, à l'aide des rames qui remplaçaient son bras et sa jambe gauches.

– OSCAR ! hurla le capitaine, en ravalant ses sanglots et en essuyant de grosses larmes sur ses joues. MON GARÇON !

Oscar laissa Ruthie à George et courut pour sauter au cou de son père. Bibble le souleva de terre et le serra contre sa poitrine.

– Je savais, je savais que tu viendrais me chercher, répétait Oscar.

– Tu as tellement GRANDI ! s'exclama Bibble.

Maladroitement, il hissa Oscar sur son bras et le porta pour remonter sur la plage.

– Comment as-tu pu POUSSER si vite ?

– En huit ans, je n'ai pas pu m'en empêcher, répondit Oscar.

– HUIT ANS ! tonna le capitaine. Dire que je devais revenir te prendre, ce jour-là. C'est la faute de ce maudit pirate, John le Jardinier. Lorsqu'il a appris que je mettais le cap sur Londres, il m'a pourchassé sans relâche dans toute la mer des Sargasses jusqu'à ce que mon équipage et moi perdions la notion du temps. Il s'imaginait que je poursuivais les DEVONSHIRE, mais c'était toi que je venais chercher.

– Cela ne fait rien, dit Oscar. Cela ne fait rien.

Le capitaine Bibble secoua si brusquement la tête qu'il arrosa copieusement George et Ruthie. Il refusait de lâcher Oscar, comme s'il craignait de le perdre à nouveau.

Enfin, avec Oscar perché sur les épaules de son père, ils franchirent la forêt grâce à Ada. Elle les mena vers l'un des sous-marins de l'Organisation – ou plutôt, de la Société des Quidams. Elle leur expliqua non sans plaisir par quelle ruse elle les avait poussés à les abandonner de ce côté de l'île avant l'arrivée de George à bord du *Mauretel.* Oscar raconta à son père ses huit années d'existence (qu'il avait principalement occupées à amasser sa collection de minéraux) et George repensa aux révélations de ces derniers jours.

Tout avait paru si simple, au début : suivre la carte pour retrouver le trésor. Mais à chaque étape, rien ne s'était déroulé comme prévu. La carte avait davantage de valeur que le trésor. Le trésor ne se trouvait pas là où il aurait dû être. Et le plus étonnant, c'était que George s'en moquait totalement.

Le poisson mécanique était inspiré d'une des inventions dérobées à Ada, si bien qu'elle n'eut aucun mal à le piloter.

Une fois loin, très loin de Levrnaka, elle s'assit derrière le gouvernail et sortit sa loupe pour étudier la véritable Étoile de la Victoire, le saphir fendu.

George se laissa choir sur le siège près d'elle. Si le soulagement dominait encore dans son esprit, l'angoisse revenait peu à peu. George était riche de ses amitiés, mais il s'apprêtait à regagner Londres et sa maison en ruine. Si jamais il se décidait à vendre l'Étoile – ce qu'il n'avait aucune envie de faire –, tirerait-il quelque chose d'une pierre fendue ?

Comme si Ada pouvait lire dans ses pensées, elle poussa un petit soupir satisfait et rangea sa loupe.

– Elle n'a rien d'un trésor, dit-elle.

– Mais elle n'en reste pas moins belle et extraordinaire, répondit George. J'ai appris une chose importante aujourd'hui, que je n'oublierai pas tant que j'arpenterai cette terre. Toute son existence, mon grand-père a poursuivi un rêve, sans jamais s'apercevoir que le véritable sens de la vie est…

– Je voulais dire que ce joyau n'est pas celui que nous croyions, l'interrompit Ada. C'est autre chose. Donne-moi l'autre Étoile, la pierre argentée, s'il te plaît. J'ai une théorie. Il y a des traces argentées dans la fente du saphir.

George sortit l'Étoile d'argent de sa poche. Ada déballa l'objet aux branches pointues, puis prit chaque Étoile dans une main, en les examinant comme si elle cherchait la solution d'un problème mathématique. Elle les fit pivoter, puis les rapprocha. Alors que les deux gemmes se trouvaient à quelques centimètres l'une de l'autre, l'étoile d'argent bondit de la main d'Ada et rejoignit le saphir avec un léger cliquètement, s'y insérant comme un bouchon sur une carafe.

George l'observa, sidéré. Les deux pierres n'en formaient plus qu'une : une fleur d'argent qui s'épanouissait au creux d'un saphir éclatant. Le capitaine Bibble et Oscar, tout à leurs retrouvailles, levèrent les yeux et poussèrent un cri.

– Comment as-tu fait cela, Ada ? reprit Oscar.

– Nom d'une ANGUILLE CONFITE ! tonna Bibble.

– Qu'y a-t-il ? demanda George.

– C'est un PRESSE-PAPIERS ! s'exclama Bibble.

Oscar se gratta le menton.

– Ou un cristal tombé de la lune ? suggéra-t-il.

Ada esquissa un sourire. Elle leva l'étrange objet bleu, avec ses branches pointues, qui semblait à présent n'avoir jamais fait qu'un.

– Alors qu'est-ce que c'est, selon toi, Ada ? insista George.

– Je n'en ai aucune idée, dit-elle en le regardant. Mais… Je suis sûre que nous pourrons le découvrir.

– J'en suis certain.

Il glissa l'Étoile de la Victoire dans sa veste de marin sale et tachée, passant machinalement ses doigts sur les coutures.

– Mais… peut-on d'abord retourner chez nous ?

Oscar et Ruthie agitèrent les mains pour acquiescer, tout comme Bibble, même si celui-ci paraissait légèrement moins enthousiaste à l'idée de revoir la terre ferme. Puis, avec son sourire espiègle, Ada hocha la tête.

George poussa un cri de joie. Enfin, ils allaient rentrer. Il avait hâte de raconter ses aventures à Frobisher – qui aurait lui aussi quelques explications à fournir. Retrouver son foyer était plus important et plus urgent que de résoudre le mystère de l'Étoile.

Pour l'instant.

CHAPITRE TRENTE-SEPT

Dans son impatience de retrouver Frobisher, George cassa la porte du n° 8. Sans le faire exprès, bien sûr. Mais quelques jours de négligence avaient suffi à la maison pour se dégrader : même le battant ne tenait plus sur ses gonds. L'espace d'un instant, George se demanda, terrifié, si Frobisher n'avait pas bel et bien quitté les lieux. À moins qu'il ne se soit trouvé de l'autre côté de la porte, écrasé par son poids ?

Mais il se trompait.

À l'exception de ses habituels problèmes de santé, Frobisher se portait comme un charme. En apercevant son jeune maître, il esquissa un sourire penaud. Mais lorsque George lui sourit à son tour, sans la moindre trace de colère, le visage de Frobisher s'illumina.

Une fois remis de ses émotions, Frobisher lui écrivit un message sur le livre de comptes :

Je pansé que tu ne reviendré jamai. La méson é moi, nou some si vieux é en ruine. Je pansé quand découvran le monde, tu nou oubliré.

– Comment pouvais-tu croire que je t'oublierais ? répondit George. Le n° 8 est ma maison et toi, tu es…

George ne put dire « mon valet », qu'il prononçait pourtant si facilement auparavant. Il ne lui convenait pas du tout et, désormais, il n'avait plus peur d'employer le bon mot.

– Tu es ma famille.

Sous le toit croulant du n° 8, George se jeta dans les bras de Frobisher. Ils restèrent serrés l'un contre l'autre, tandis que de petits fragments de plâtre tombaient du plafond et s'accrochaient à leurs cheveux comme des flocons de neige.

Lorsqu'ils s'écartèrent, Frobisher fit un geste pour signifier que la demeure s'écroulait.

George épousseta son crâne en riant :

– Je l'avais remarqué.

Frobisher pointa vers le plafond lézardé d'un air navré et reprit son crayon.

La moitié du toi sait effondré apré un oraje. Le grenié et inondéé mintenen, il i a des chanpinions gro com des lapein la-oh.

– Des champignons ? s'étonna George.

– Tu as bien dit des champignons ? demanda Ada, qui passa la tête par l'embrasure sans porte.

– C'est cela, soupira-t-il.

La nouvelle parut la ravir. Elle haussa les sourcils, intriguée.

– J'ai un ami en Allemagne, qui les étudie. Il ne cesse de me réclamer des spécimens locaux, mais je n'ai pas eu le temps de lui en procurer. Je m'occupe de déblayer le grenier et d'y installer une bâche pour récupérer quelques échantillons.

– Je t'en prie, lui dit George. Je suis content qu'on puisse tirer quelque chose d'utile de cet endroit, autre que des escargots ou des crottes d'écureuils.

– Les crottes d'écureuils font un engrais excellent, fit observer Ada en grimpant l'escalier. Il y a un usage à toute chose, Lord Devonshire.

Environ une minute plus tard, alors que George questionnait Frobisher au sujet d'un certain pirate nommé John le Jardinier, un hurlement strident retentit dans le grenier. George bondit, mais avant qu'il ait pu atteindre l'étage, Ada apparut sur les marches, le souffle court. Elle brandissait un champignon blanc, à la forme vaguement ronde, et gros comme une monstrueuse pomme de terre.

– Tu dois être le lord le plus chanceux de tout Londres ! s'exclama-t-elle sans quitter des yeux la plante difforme.

– Tu veux dire le plus malchanceux, répliqua George, qui frémit à l'idée de ce qu'il trouverait dans son grenier. S'il te plaît, emporte cette horrible chose loin d'ici. Je n'ose même pas songer à l'état de ruine de cette pauvre maison…

– Il y en a partout, là-haut, poursuivit Ada, enchantée. Je n'ai jamais rien vu de pareil. Ton grenier croule littéralement sous les champignons.

George étouffa un grognement. Y aurait-il un jour où l'Extérieur cesserait d'envahir cet endroit ? Qui accepterait de dormir au milieu d'une colonie de champignons ? Son dernier espoir de gagner un peu d'argent en louant des chambres s'évanouissait.

– Le n° 8 est peut-être vraiment irréparable, dit-il. J'en tirerais sans doute davantage au prix du bois de chauffage.

Ada lui glissa le champignon sous le nez.

– Tu ne comprends rien ! Tu as la maison la plus extraordinaire du monde. Ce n'est pas un banal champignon. C'est la rareté des raretés. C'est un miracle ! Tu ne sens donc rien ? C'est la *Tuber magnatum*.

À contrecœur, George se pencha pour humer la curieuse forme blanche. Il fit une grimace répugnée.

– Ça sent les chaussettes sales, répliqua-t-il.

– Chacun y perçoit une odeur différente, dit Ada en l'approchant de ses narines.

Elle inspira profondément et soupira, comme si un

parfum de rose flottait dans l'air. Ses paupières frémirent.

– Pour moi, cela sent divinement bon. C'est comme ouvrir la fenêtre de mon atelier par une chaude journée. Comme un panier rempli de pains sortant du four et parsemé d'herbes aromatiques. Comme prendre le thé à la Société des mathématiques.

– Et en langage courant ? demanda George lorsque Ada eut rouvert les yeux.

– Une truffe blanche. D'ordinaire, on les trouve seulement au pied de noisetiers, dans certaines régions d'Italie. Certaines variétés de truffes noires poussent dans les forêts de hêtres, mais personne n'a jamais réussi à les cultiver... jusqu'à aujourd'hui !

– Bien sûr que non, répliqua George, maussade. Qui voudrait d'un hideux champignon-pomme de terre qui sent la vieille chaussette ?

– Qui ? Mais tout le monde ! s'exclama Ada. Et ces gens paieraient très cher pour en avoir.

Les mots « très cher » amadouèrent George.

– Combien, exactement ?

– Je dirais, deux cents livres environ.

George la regarda, la bouche grande ouverte. Son cri de joie provoqua une nouvelle averse de plâtre sur leur tête.

– C'est merveilleux. Bien entendu, un grenier plein de truffes ne vaut pas autant qu'un champ, mais deux cents livres nous permettront au moins de nous maintenir à flot quelque temps. Cela couvrira peut-être même les réparations du toit, pour nous débarrasser de ces champignons pour de bon. Tu avais raison, Ada. J'ai une sacrée chance, non ?

– Non, George. Ou plutôt si. Tu as beaucoup de chance. En revanche, tu te trompes dans tes calculs. Ce n'est pas deux cents livres que tu obtiendras pour tes truffes.

– Ah.

Évidemment… C'était trop beau.

– Donc d'après toi, toute la récolte du grenier ne rapportera pas cela ? Peut-être cent, alors ?

– Ce que j'essaie de te dire, c'est que cette truffe à elle seule vaut deux cents livres, expliqua Ada en examinant la forme irrégulière comme une pierre précieuse.

George observa la chose, stupéfait.

– Tu veux dire, plus que son poids en or ?

Ada hocha la tête.

– Et que nous en avons un grenier plein ?

– Bourré, ajouta Ada.

Il roula des yeux ahuris et manqua de tomber à la renverse. Des livres de comptes au solde positif dansaient devant ses yeux. Avec tant de zéros qu'une ligne de crédit n'y suffirait pas.

– Frobisher, nous allons nous en sortir ! Va donc nous trouver un peu de fromage pour accompagner nos truffes. Pardon, oublie cela. Je m'en occupe. Reste ici et tâche de ne rien piller pendant mon absence !

– Et des œufs, glissa Ada. J'ai très envie d'un œuf dur.

– Je m'en vais t'acheter une douzaine de poules pondeuses ! cria George.

– Ne t'emballe pas, le sermonna-t-elle. Un œuf suffira. Pour l'instant.

ÉPILOGUE

Boum.

Les vitres tremblèrent lorsque Ada atterrit sur le toit du n° 8 avec sa grenouille mécanique. George avait cessé de sursauter sur sa chaise comme il le faisait au début, quand Ada avait assemblé l'appareil pour la première fois. Un mois s'était écoulé depuis leur retour, et il avait fini par s'habituer à cette étrange machine bondissante. Il avait essayé de la piloter quelques fois, même s'il préférait se rendre à pied au n° 5.

Ada lui rendait visite presque chaque jour. Le vide et la solitude, compagnons de George pendant si longtemps, avaient été remplacés par une maison remplie d'amis, de meubles… et de champignons. Avec l'aide d'Ada, Frobisher avait transformé le grenier en serre pour truffes en moins d'une semaine. Le toit sur mesure et en verre rétractable, imaginé par Ada, fournissait aux champignons l'exacte dose de soleil et d'humidité nécessaire à une croissance impressionnante.

Les « truffes de Devonshire », comme on les appelait désormais, s'arrachaient partout dans le monde. Frobisher se chargeait de l'emballage et de l'expédition, pendant que George tenait les comptes. Ils avaient même trouvé un garde de la récolte, en la personne du majordome d'Ada, qui ne laissait personne franchir les portes – fraîchement réparées – du n° 8, à l'exception d'un ramoneur, de temps à autre.

Et d'Ada Byron, qui s'introduisait où elle le voulait, quand elle le voulait.

Elle surgit dans la pièce en criant « George ! » au lieu de « Bonjour ! ».

Le troisième lord de Devonshire leva les yeux de son livre de comptes, où il notait une nouvelle commande pour cinq livres de truffes de la princesse du Portugal, et vit qu'Ada agitait un papier jauni.

– J'ai reçu une lettre d'Oscar ! s'exclama-t-elle.

– Parfait, répondit George, absorbé par les taux de change entre la livre britannique et l'escudo portugais. Qu'a-t-il dessiné cette fois ? Encore des perroquets ?

Ada referma son livre de comptes.

– Oscar n'a rien dessiné du tout. Regarde.

Elle approcha le papier des yeux de George. Il étouffa un cri en reconnaissant un fragment de sa vieille carte. Et pas n'importe quelle partie, mais celle représentant un morceau du papillon. Il eut l'impression de retrouver un vieil ami.

– Mais où Oscar l'a-t-il trouvée ? demanda-t-il en bondissant de son fauteuil. A-t-il rencontré Il Naso ? La Société des Quidams est-elle à ses trousses ?

– Non, Oscar est en sécurité. Rappelle-toi : Ruthie avait déchiré un bout de ta carte lorsque nous étions à Venise. Elle avait dû le recracher et le ranger dans son petit sac de nourriture, car c'est là qu'il l'a récupéré. Il pensait que tu serais content de l'avoir.

– En effet, dit George qui le prit entre ses mains comme une fleur fragile – ou comme une truffe particulièrement précieuse.

– Et il y a mieux.

Lentement, Ada sortit l'Étoile de la Victoire de sa poche et la posa sur la table devant George.

– Avec l'aide d'Oscar, j'ai enfin réussi à comprendre.

– Comment as-tu réussi à la trouver ? Je l'avais fait mettre dans un coffre !

Ada leva les yeux au ciel.

– Oublie cela. Tu m'as entendue, Lord Devonshire ? L'Étoile n'était pas ce que nous pensions. Nous nous étions complètement trompés.

– Tu veux dire que ce n'est pas une gemme inestimable et légendaire ? demanda George d'un ton ironique. Je le savais déjà.

– Non, je veux dire que ce n'est finalement pas une babiole sans valeur.

Elle souleva l'objet et le déposa sur le fragment de carte, puis se recula, une main sur la hanche.

– Tu vois ?

– Voir quoi ?

– La carte, s'agaça Ada. Regarde la carte.

George se pencha et… dut se cramponner à son bureau pour ne pas tomber.

L'Étoile modifiait le dessin de la carte, comme au travers d'un prisme ou d'un kaléidoscope. Sous sa lumière, l'aile du papillon avait disparu, remplacée par une forme angulaire, d'un bleu sombre et luisant, qui semblait se décoller du papier et se refléter au cœur de la pierre, en trois dimensions.

– Qu'est-ce que c'est ? souffla George. Qu'est-ce que cela veut dire ?

– C'est une image cachée. Je ne suis pas vraiment sûre de ce qu'elle représente. Mais… cela t'intrigue, n'est-ce pas ?

– Eh bien…

George n'était pas exactement pressé de dénouer le fil d'un autre mystère. Surtout si celui-ci impliquait la Société des Quidams. Mais…

– Peut-être un peu. Un tout petit peu.

– Parfait, parce que j'ai une intuition. À ce propos, aimes-tu les îles perdues, Lord Devonshire ?

– Les îles perdues ? gémit-il. Eh bien, je n'ai pas d'avis sur la question.

– Merveilleux !

Elle frappa dans ses mains, saisit celles de George et le fit tournoyer, virevolter dans la pièce, dansant, encore et encore, jusqu'à ce que la tête de George lui tourne – non parce qu'il perdait l'équilibre, mais parce qu'une nouvelle aventure l'attendait.

NOTE DE L'AUTEUR

Chère lectrice, cher lecteur,

Je te dois une lettre d'excuses. Je dois t'avouer que ce livre contient des mensonges. Il y a toujours des mensonges dans les œuvres de fiction et la plupart servent à vous divertir.

Certains passages de ce livre sont basés sur des lieux bien réels et tu pourrais penser que tous les autres détails sont factuels et historiquement exacts. Beaucoup le sont, mais pas tous. Il y a bel et bien un n° 8, Dorset Square à Londres, mais aucun Lord Devonshire n'y a jamais vécu. Charles Darwin a véritablement existé, mais il n'a jamais séjourné à Venise. Je ne peux te dire si une mystérieuse organisation sévissait en Europe à cette époque… je suis tenue au secret.

En revanche, je peux t'assurer qu'Ada Byron était une personne réelle et qu'elle a inspiré ce livre. Elle a vécu de 1815 à 1852, en Angleterre. Elle était la fille de Lord Byron, le célèbre poète qu'on a souvent appelé « la première célébrité moderne ». On l'a aussi dit « fou, malfaisant et dangereux à fréquenter ». Ada n'a jamais eu le droit de voir son père, mort lorsqu'elle avait neuf ans. Elle a dû comprendre ce que signifiait d'être la fille d'un tel homme et accepter son héritage. Sa mère était si inquiète qu'elle adopte les travers de son père qu'elle a absolument tenu à lui faire étudier les sciences et la logique, plutôt que la poésie.

Autre détail véridique : lorsqu'elle avait douze ans, Ada rêvait de voler. Elle a tenté de fabriquer des ailes, parlait de construire une machine volante à vapeur et avait même prévu de rédiger un traité de « Volologie » qui donnerait une « liste des avantages à voler et... une explication complète de l'anatomie d'un oiseau ».

Ada n'a jamais pu mettre ses projets à exécution, car elle est tombée gravement malade peu après ses treize ans. Bien qu'elle soit restée alitée pendant des années, elle n'a jamais cessé de se montrer curieuse du monde qui l'entourait. Elle a étudié de nombreux sujets, mais les mathématiques devinrent sa véritable passion. À l'âge de dix-neuf ans, elle s'est mariée et est devenue comtesse de Lovelace. Elle est aujourd'hui mieux connue sous le nom d'Ada Lovelace.

Ada pensait que ses capacités de raisonnement, d'intuition et de concentration faisaient d'elle une « découvreuse des réalités cachées de la nature ». En d'autres termes, elle se voyait comme un génie scientifique. Elle avait raison. Elle est morte à l'âge de trente-sept ans, après de nombreux et douloureux problèmes de santé. Elle pensait que la reconnaissance de ses découvertes n'interviendrait que bien longtemps après sa mort. Là encore, elle avait vu juste. Aujourd'hui, Ada Lovelace est considérée comme la première programmeuse informatique et la première personne à avoir pressenti qu'un ordinateur deviendrait bien plus qu'une simple machine à calculer.

J'aime à penser qu'Ada aurait aimé le portrait que j'ai donné d'elle dans ce livre. Elle était vive, drôle (mais peu modeste), exactement comme elle apparaît ici. C'était une enfant esseulée qui rêvait de se faire des amis et de vivre des aventures en plein ciel. J'espère donc que tu me pardonneras de lui avoir inventé un périple où elle a pu vivre ses rêves d'enfance de « science poétique », enrobé de quelques absurdités.

Enfin, cher lecteur, j'ai un dernier aveu à faire. J'espère que ce roman fera plus que te divertir. J'espère qu'il te poussera à te montrer courageux dans la poursuite de tes propres projets et aventures. Même s'il est encore loin d'être parfait, le Monde Extérieur ouvre infiniment plus de possibilités qu'en 1828, année où cette histoire se déroule. Il reste de nombreuses découvertes à faire, des amitiés à nouer, des aventures à vivre. Alors, la prochaine fois que tu penseras comme George – *Je n'y arriverai pas. C'est impossible* –, tâche d'adopter le point de vue d'Ada : *Rien n'est impossible.*

Et maintenant, je laisse le dernier mot à la véritable Ada Byron qui, à l'âge de douze ans, rédigea ce *post-scriptum* dans une lettre à sa mère :

PS. J'ai mis autant de sottises que possible dans cette lettre, pour vous dédommager de tous les sujets sérieux et rébarbatifs que vous abordez dans les vôtres, mais je pense qu'au fond, je prends le plus grand plaisir à écrire des sottises.

REMERCIEMENTS

Mes remerciements les plus sincères vont d'abord à toi, cher lecteur, chère lectrice, à qui ce livre est destiné. Peu de gens lisent cette section du livre et tu dois certainement être extraordinaire, unique, brillant ou brillante. Sans toi, ce livre n'est rien de plus qu'un presse-papiers.

Ce roman n'aurait pas vu le jour sans la merveilleuse équipe de Glasstown Entertainment. Ils ont confié leur précieuse création à une autrice inconnue, repêchée parmi les manuscrits refusés. Pour m'avoir donné la possibilité de raconter l'histoire de ces personnages, je ne sais comment vous remercier. De nombreux et talentueux professionnels m'ont aidée à façonner ce livre : Kamilla Benko qui, la première, a trouvé l'idée pour le concept de ce roman ; Lexa Hillyer ; Lauren Oliver ; Emily Berge ; Adam Silvera ; Diana Sousa et Stephen Barbara. Mais ma plus profonde gratitude va à Alexa Wejko. Elle est le génie dans les coulisses et ce livre est tout autant le sien.

Mais, attendez, j'ai une autre équipe à remercier ! Merci, Lisa Yoskowitz, d'avoir offert un foyer à ce roman chez

Little, Brown Books for Young Readers. Avec Hallie Tibbets, elles l'ont couvert d'attentions qui ont permis de donner une profondeur à l'histoire que je ne soupçonnais pas. Merci à la formidable équipe marketing : Emilie Polster, Jennifer McClelland-Smith, Elizabeth Rosenbaum, Valerie Wong et Victoria Stapleton. Un merci tout particulier à mon agent publicitaire, Katharine McAnarney. Merci aussi à tous ceux, chez LBYR, qui ont travaillé et continueront de travailler sur ce roman : les équipes d'édition, de correction, de composition, publicité, marketing, sans oublier les stagiaires qui mèneront un jour la danse. Je remercie également Iacopo Bruno pour sa merveilleuse illustration de couverture.

Comme beaucoup de gens, j'ai deux parents. Comme moins de gens, j'ai deux parents qui me soutiennent à fond et qui m'ont toujours poussée à donner le meilleur de moi-même. Ils savent déjà combien je suis heureuse d'être leur fille, mais je ne pourrai jamais assez les remercier. Merci pour tout (en particulier le baby-sitting). Merci, Maman, d'avoir été ma première lectrice, mon ingénieur du son et ma plus grande fan.

Un remerciement tout particulier à mon incroyable amie polyglotte, Claire Smolik, qui m'a aidée pour certaines traductions et m'a encouragée à chaque étape. Merci à tous les autres amis, membres de la famille, professeurs et mentors qui m'ont soutenue de toutes les manières possibles durant l'écriture de ce livre. Vous êtes trop nombreux pour que je puisse tous vous nommer, mais si vous avez acheté ce livre, soyez certains que c'est de vous qu'il est question.

Si tu es curieuse, ou curieux, à propos d'Ada (et j'espère

que c'est le cas), sache que son existence ne peut être contenue dans un seul roman. Il existe beaucoup de livres plus véridiques à son sujet et tu les trouveras sûrement parmi les biographies de ta bibliothèque préférée. Je t'encourage à en lire deux : *Les Femmes scientifiques : 50 pionnières intrépides qui ont changé le monde*, de Rachel Ignotofsky et, peut-être, lorsque tu seras plus grand ou plus grande, *L'Algorythme d'Ada : Comment la fille de Lord Byron, Ada Lovelace, amorça l'ère numérique*, de James Essinger.

D'autres livres
Albin Michel Jeunesse

Irene ADLER, Sherlock, Lupin et moi – *Le Mystère de la dame en noir*
Irene ADLER, Sherlock, Lupin et moi – *Dernier Acte à l'opéra*
Irene ADLER, Sherlock, Lupin et moi – *L'Énigme de la rose écarlate*
Irene ADLER, Sherlock, Lupin et moi – *La Cathédrale de la peur*
Irene ADLER, Sherlock, Lupin et moi – *Le Château de glace*
Irene ADLER, Sherlock, Lupin et moi – *Les Ombres de la Seine*
Irene ADLER, Sherlock, Lupin et moi – *L'Énigme du cobra royal*
Irene ADLER, Sherlock, Lupin et moi – *Le Secret de l'œil d'Horus*
Irene ADLER, Sherlock, Lupin et moi – *Partie de chasse mortelle*
Irene ADLER, Sherlock, Lupin et moi – *Le Seigneur du crime*
Kwame ALEXANDER, *Frères*
Kwame ALEXANDER, *Les vrais champions dansent dans le blizzard*
Jay ASHER, *13 Reasons Why*
Audren, *Wild Girl*
Jennifer BELL – Les Extraordinaires – *Les Mystères de Londinor*
Jennifer BELL – Les Extraordinaires – *Le Sablier fumant*
Jennifer BELL – Les Extraordinaires – *L'Armée des spectres*
Roshani CHOKSHI, *Aru Shah et la lampe du chaos*
Roshani CHOKSHI, *Aru Shah et le royaume naga*
Fabrice COLIN, *Le Pays qui te ressemble*
Michelle DALTON, *15 ans*
Michelle DALTON, *L'Été de mes 16 ans*
Patricia ELLIOTT, *Les Enquêtes d'Emily Evans – L'Héritière disparue*
Patricia ELLIOTT, *Les Enquêtes d'Emily Evans – Danger à l'horizon*
Neil GAIMAN, *Coraline*
Kallie GEORGE – *Zéphyr, cheval de l'Olympe – La Course des dieux*
Kallie GEORGE – *Zéphyr, cheval de l'Olympe – La Revanche de la Nuit*
Ben GUTERSON, *Winterhouse Hôtel*

Ben GUTERSON, *Retour à Winterhouse Hôtel*
Ben GUTERSON, *Les Mystères de Winterhouse Hôtel*
Jenny HAN, *L'Été où je suis devenue jolie*
Jenny HAN, *L'Été où je t'ai retrouvé*
Jenny HAN, *L'Été devant nous*
Jenny HAN, *L'Été où je suis devenue jolie, L'intégrale*
Judith KERR, *Quand Hitler s'empara du lapin rose*
Judith KERR, *Ici Londres*

Composition : Nord Compo
Impression Normandie Roto s.a.s. en septembre 2021
Éditions Albin Michel
22, rue Huyghens 75014 Paris
ISBN : 978-2-226-45451-5
N° d'édition : 24157/01 N° d'impression : 2103474
Dépôt légal : octobre 2021
Loi n° 49-956 du 16 juillet 1949 sur les publications destinées à la jeunesse.
Imprimé en France.